ブラジル日本人作家
松井太郎小説選

# うつろ舟

著＝松井太郎

編＝西成彦／細川周平

松籟社

目次

・本書は、私家版『松井太郎作品集』を底本とした。
・読者の便宜のため、著者の了解のもと、表記の統一を行い、一部の表現を改めた。ただし、関西方言の名残りと思われる「知らす」(＝知らせる)、「ひっこく」(＝しつこく)などには、編者との協議により、手を加えなかった。標準語との接触の少ないブラジル日本語の特徴の一端があらわれていると考えたからである。
・今日の観点から見て不適切な表現が含まれているが、本書所収の各作品が執筆された状況を鑑み、訂正を施していない。
・本書中の挿画はすべて著者による。

(編集部)

# うつろ舟

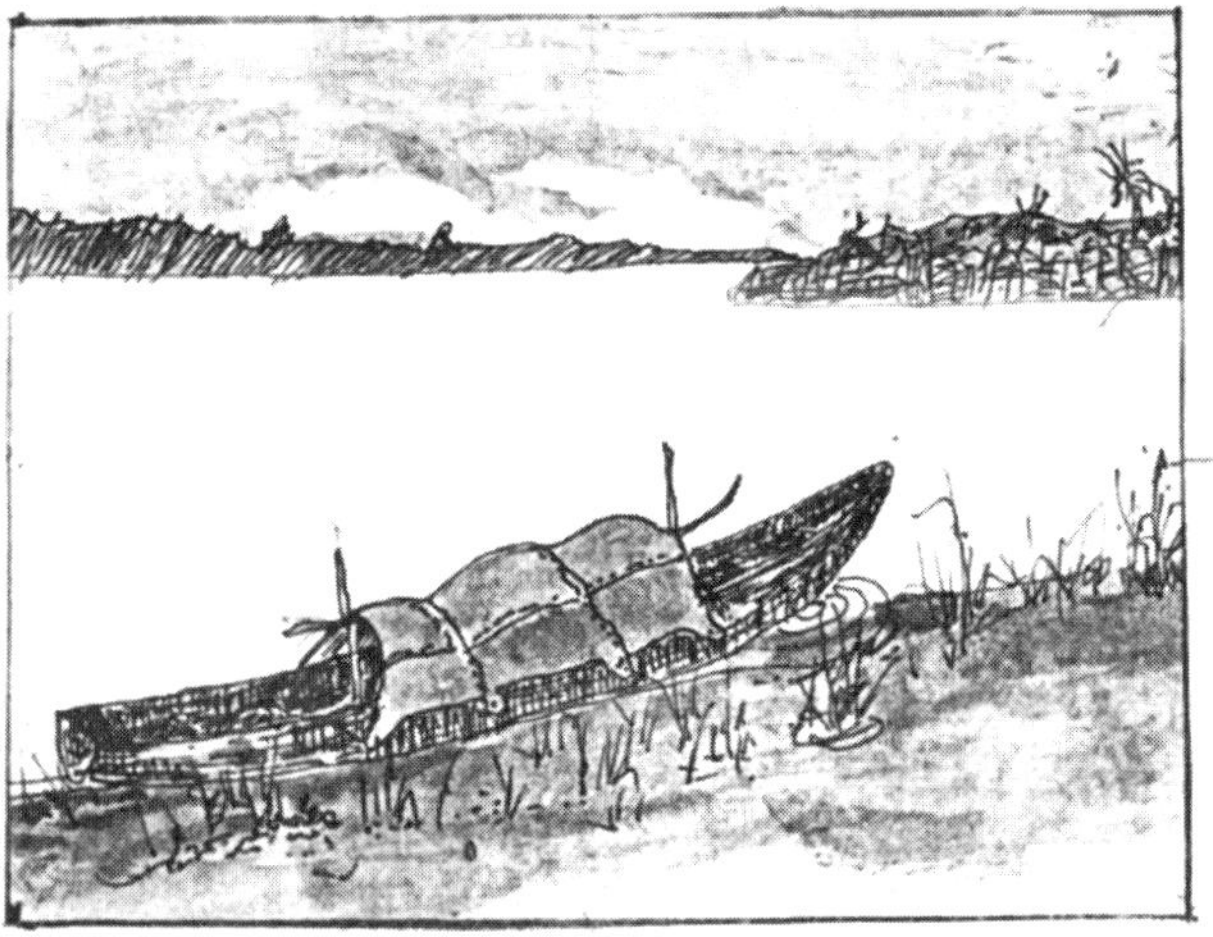

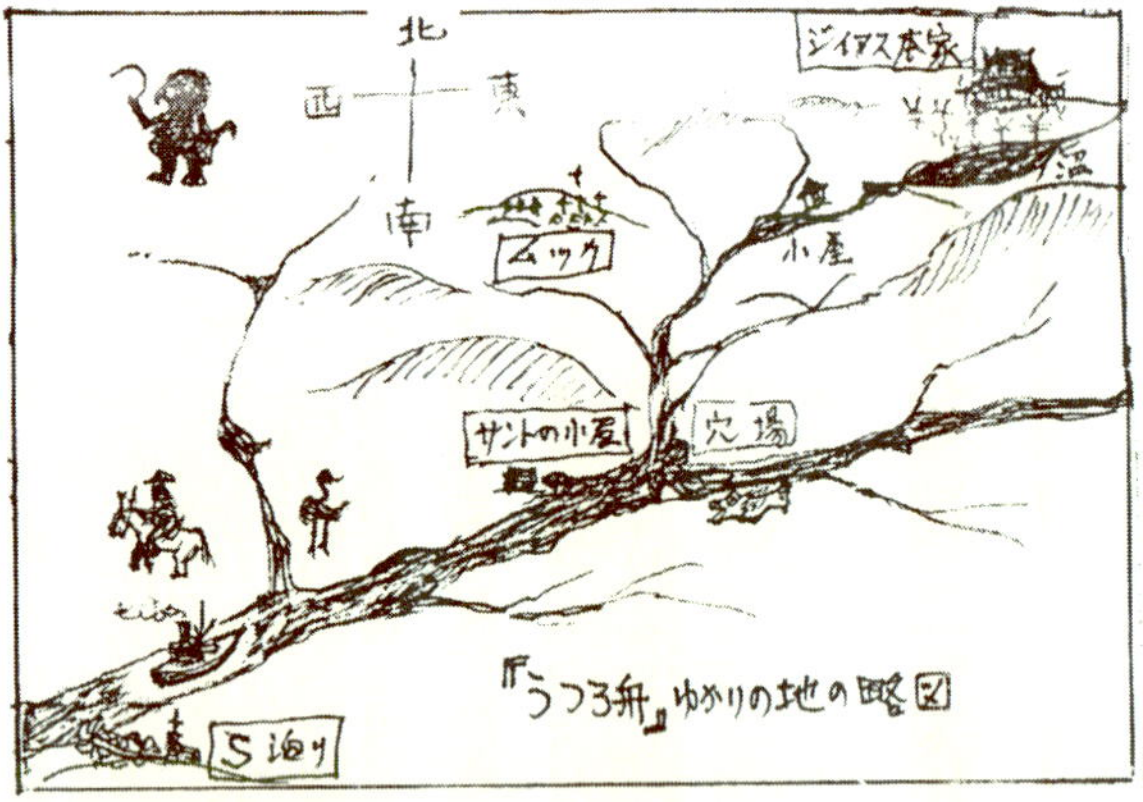
北
西
東
南
ジイアス本家
沼
ムツク
小屋
サントの小屋
穴場
S泊り
『うつろ舟』ゆかりの地の略図

# 第一部

## 野にひそむ者

二日続いて尾鋏鳥（おばさみどり）の群れが南方に渡っていった。鳥たちの旅立ったどこか遠い地では、天候が変わりはじめているのかもしれない。部屋の土壁に貼ってある絵暦では、すでに冬の乾期は終わって、春を告げるさきがけの雨が来る季節であった。

州境をなすP河の一支流を、奥深く遡行した果ての辺境では、九十日このかた地表を潤すほどの降雨は一度もなく、水気を含んだ湿原の泥土も罅（ひび）割れはじめ、日を追うにつれて、喝に喘（あえ）ぐ獣の口のように亀裂を広げていった。

過ぎ去った夏の日に、あれほど背高く繁茂した牧草も、しだいに生気をなくしてうす汚れた白灰色に変わった。時おり巻き上がる途方もない突風に、弱腰を押された牧草は一様に伏し倒れた。

まだ気象の変わる前触れはなく、無風の暑い日が続いていた。鳥の群れが去って幾日かの後、幾条もの煙が柱となって上がる野火を西の空にのぞんだ。それらは真っ直ぐに、ときには横になびき、日の没した後の空を赤く灼いた。

秋から冬にかけて太らせた家畜を処分したくて、ジイアス農場に行き、ゴンサルベに商人をよこしてくれと頼んでから一ヶ月になるが、まだ便りはない。手持ちの食料は底をついていた。どちらにしても近いうちに州境の町まで下って、くさぐさの用事もすましたいのだが、遠くでも野火の煙の上っている限り、一日でも家をあけることはできない。季節の変わり目に必ず起きる暴風に乗ってくる火から、放し飼いの豚、山羊を守ってやるのに気を遣わなければならない。住居と追い込み柵のまわりに、十メートル幅の防火道をきって延焼に備えたのは、日を追って盛んになる火の手を見てからであった。早すぎる迎え火は農場から堅く止められているので、こちらから手を打つこともできないでいた。

昨日から台所のどこかに潜んでいるらしい蟇（がま）がしきりに鳴くので、天候の崩れるのは近いうちだろう。独り身のおれには家畜の世話のほかは、雨の来るまでは別に仕事もないのだが、この地方の風習が身について、朝早く昼前まで働き、暑い日中は四時ごろまで昼寝をし、それから日の傾く夕方まで、少し仕事をするというのが癖になった。けれども朝は早い。東雲（しののめ）が壁の割れ目を明るませてくると目が覚める。まだ暗い土間で仕事着に替えると台所に入り水樽から瓢箪（ひょうたん）を割った杓（しゃく）で水をくみ、土着人のように口をすすぎ顔をぬらす。

大鎌をとって川岸に下りる。乳を出す牝山羊を農場からもらったが、少しずつ乳の出が悪くなってきた。神経質な山羊は糞尿の臭いの移った草には、口を寄せ鼻をひくつかせるだけで、いっこうに食（は）もうとしないので、このところ一荷の青草を川を渡って刈るのが朝の仕事になった。

雨期には流水が氾濫して、湿原地の窪地に流れ込み、いくつもの沼をつくるこの支流も、いまは減水して川床の石は流れから顔を出している。川の岸の土質はどの年代の生成期に属するものか、黄の斑（まだら）の入った粘土の崖は三メートルもの高さになった。

一荷の束はすぐ刈れたので、前から気になっていたモンジョーロ〔落水を使って動かす脱穀機〕を調べにいった。商人がまだ来ないとすると、手持ちの籾（もみ）を精米する必要があった。それは誰が作った代物なのか、牛追い橋の下にある古物だが、一日に一俵の籾を精白する力があり、玉蜀黍（とうもろこし）の製粉にもけっこう使えたのであるが、いまは上流からの引き水は涸れ、跳ね上がった水箱に鋳が入り、水海苔は剝がれて垂れ下がっていた。

土着人のように食い物は、木芋、玉蜀黍、干し肉に豆汁ぐらいで過ごせたらよいのだが、この腹もたせのためのこわいい食事は、胃の弱いおれにはどうもなじめない。しかし、車の便の来るまでは、あまり自分の好みばかり言っているわけにもいかない。

約束してある商人は、農場主の弟でレオといって、この地方を縄張りの内にして、乾期には商売に入ってきていた。

外からはめったに人の来ることもないのだが、どうかすると、ジープを駆って行商人の来ることがある。この前に来た男は、壁に干してあった山猫と河豚の皮に目をつけ、売ってくれと頼み、これは代金だと払った額を見て、牧童たちが狩りに熱をあげる理由が分かった。行商人は本番はこれからという顔で、

「親方。草はありませんかい、気張りますがね」

と必要もないのに声を落としてたずねた。

人煙まれな辺境を良いことにして、禁制の大麻の栽培をやる者がいるとは聞いたが、おれは豚飼いで、気狂い草などに用はないと言ってやると、へへーと愛想笑いをした男は、

「前にこの川の上の一軒家に行ったことがありましてな。顔立ちは親方によく似ているので、一族の方ですかい」

行商人はおれを同族ばかりで結婚している、土人の一人と思ったらしい。いつかジョンが教えてくれた、この川上にいるという日系人の家族のことをいったのだろうか。

あてのはずれた男は車に飛び乗るなり、やけに後輪で砂をまきあげて、草原の果てに消えていった。後

に残ったガソリンの匂いが、捨てたはずの過去を思い出すよすがとなり、二、三日は頭の芯がうずいた。

今日もまた暑くなるらしく、少し動くと脂汗が肌に光ってくる。家畜の餌づけをすますと、油炒めの飯に、干し肉の天火焼き、いんげん豆のスープと、変わりばえのない朝食をすました。夕方までは暇なので、パンツ一枚の裸になってハンモックに長くなった。食前にやった甘蔗酒がまわって、いつ眠ったかおぼえはないが、飼い犬の吠える声で目を覚ました。急いでシャツを引っかけ、壁の自動ライフルを身許に取って窓からのぞくと、ゴンサルべともう一人若い女が馬で来る。

二人は庭に入ると馬から降り、農場主は平鞭で長靴の腹を打ちながら戸口に来た。ニスを刷(は)いたような薄褐色の細面の容貌で、蓄えた頰髭は白い。ポルトガル人と土人の混血した家系らしいが、この地方の古い家柄の統領で、無学ながらしぜんと備わった威厳がある。若い女は紺ズボンに、白のナイロンのブラウスを着て、ボタンはかけずに前の角(すみ)をぐいと引き結んでいるので臍(へそ)が出ている。骨の細い長身で肌白いところは都会育ちと見えた。

「えろう乾くのう」

農場主は挨拶ぬきで、ぼそりと独り言のように言った。

「かわいそうに、牛も痩せますな」

おれは受けて、愛想にそう言うと、

「畜生どもは干上がるばかしでしょうもねえ」

「もう近いと思いますが」

「そうあってもらいたいもんだ。昨日レオは来たんだが、ここで聖ヨハネ祭(サン・ジョン)〔六月の冬至の祭り〕を過ごしていきたいというんで、豚の積み込みは明日昼過ぎになる。ああ、これは姪だ。弟の娘でな、馬で歩きたいというんで連れてきたんだ」

といって、娘のほうに目をやった。彼女は口許に笑みをうかべたが、灰色に薄く青みのかかった眼は冷たかった。

「お嬢さん、はじめまして。お世話になっているマリオという者です。よろしく」

おれはここの人間らしく、腰を折って馬鹿丁寧な挨拶をした。

「それじゃ、晩にでもなあ」

そう言い残すとゴンサルベは馬に乗った。


おれがここに尻を落ち着けるにあたって、ジイアス一家からいまのような好意があったわけではなかった。それどころか出ていけよがしの意地悪をずいぶんとされてきた。

おれは他人の土地へ無断で入ってきたのではない。持ち主のジョン（ゴンサルベの弟の一人）に借地料は払ってある。ジョンは酒で身をもちくずし、砂取り船で何とか家族を養っている。本流の古顔で川宿「万作」の主（あるじ）もいかがわしい人物だが、この男の紹介でジョンと話し合い、内約ではあっても一札はとってあった。

三艘のカヌーで荷物を運び、ここで仕事をはじめた頃、一族のなかの暴れ者が脅かしに来たこともあった。それがあの出来事があってから、農場から使いの者が来たり、なにかと好意の押しつけをするようになった。おれはつねに間をおいたが、それにも自ずから限度というものがあった。

あれは昨年の雨期も終わる頃で、大雨のあくる日であった。風で屋根の丸瓦がずれて、貯蔵食料の上に雨もりがするので、放ってもおけず屋根にのぼった。雨後のさわやかに晴れたすばらしい天気で、空高く箒(ほうき)のひと掃きのような雲がかかり、その下はるかに地平線はゆるい円をなし、青くかすんでいる。

アスンシオン行きの鉄道はあの辺りを走っているのだろうか、どうかすると夜半風に乗ってくる、列車の警笛を耳にすることもあった。

屋根から見ると川は近い、水嵩(みずかさ)はそれほどではないが、雨後のこととて流れはかなり荒れている。瓦の修理はすんだが、爽やかな気分に屋根から降りるのは惜しい気持ちになった。ここは川に突き出た瘤(こぶ)に似た土地であるが、農場に行く道をなかに、両側から水に囲まれている岬のようであった。

低地の稲はこのたびの雨で収穫は決まり、台地の玉蜀黍は褐色の穂を出しかけている。おれはこのジョンの土地のすべてを借りていたが、恐らく借地の十分の一も利用していない。その時、なかば放心の態(てい)のおれの耳朶(じだ)に、人のおらぶ声がする。声のほうに目をやると、荒い流れを二人の少年がカヌーでくだっていく。大声をあげているのはその一人であった。動作のおどけた様子から、こちらを嘲笑しているのはすぐ分かった。

危ないことをやると思った。すると、カヌーが嘘のようにくるりと返った。二人は船底に手をかけているが、いつまで保つことか。二百メートルほど下流に早瀬がある。そこにかかれば間違いなく、船も人も流れに巻き込まれるだろう。

おれはどうして屋根から降り、どこをどう走ったのか、気のついた時は、身体の浮き上がる流れに足を入れていた。やや間をおいてカヌーは突きかかってくる、舟を受け止めようなどという考えはなかったが、とっさに舳先に手がいった。艫は流れに押されて回ると船腹はどっと岸の砂をかんだ。

動転した二人はすぐには立てるどころではない、それでも水は飲んでいず怪我をしているようでもなかった。

聖ヨハネ祭の宵宮、夕方になって大気はよどみ、野火も一時おさまったように見えた。こんな夜はあわただしく風の起きることもないと思い、久しぶりにゴンサルベの招待を受ける気になった。六キロの小道を馬でいくと、西の空はいくらかの明かるみを残していても、草原はもうたそがれて、馬の歩む前後に蝙蝠がひらついた。やがて窓に黄色い灯の入った丘の地主屋敷が見えてくる。

門構えのつもりか太い自然木を二本たて、その上にさらした牛の頭蓋骨を魔除けに乗せてある。大戸もない門柱のあいだを過ぎ、高床に建てた邸の下の柵に馬をつなぐと、広間にいた主人に挨拶をすませて庭に出た。獣糞の臭気が鼻をつく広い砂地には、山と盛り上げた丸太がさかんに炎をふいている。焚き火を囲むようにして、荒挽きのままの板で腰かけはしつらえてあった。すでに十人からの人たちが座って、手ぶりを加えた話題に興味がわいているらしい。かがり火を中にして子供らと犬は騒いで、影は砂地に乱れ動いた。

「ようこそ」

すんだ声をかけて、おれの横に座ったのは昼間見た娘である。

「へえ、大旦那さまのお招きを受けて上がりました」

おれがなるべく田舎者らしい言葉を選んで答えると、彼女は白い歯を見せて高く笑った。

「あなた、ここら辺りの牛飼いはごまかせても、わたしには無理だわ、高等教育を受けた人はどうしても顔に出るものよ」

「おれ、日系だが、ただの流れ者だす」

「そう、あなたがそうおっしゃるなら。そうとしても、こんな僻地に入り込んできて、一人暮らしなんて、なにか訳がありそうだわ」

「べつに訳などないんで。縁あってここで豚を飼っているだけで、他所でもよかったんです」

「そういえば、前に伯父はあなたを追い出そうとしたことがあったそうね」

「そんなこともあっただが、おれはとくに土地の人たちから、迎えられたいとも思っていねえから」

「従兄弟たちを救ってくださったそうで、伯父には子供の命の恩人じゃないの」

「あの時、近くにいただけで、大仰にいわれても困るんだな」

牧夫のなかの器用なのが我流で鳴らすビオロン〔ギター〕の単調な調べにのって、ジイアス一家と近隣の者たちの交わった踊りがはじまった。十歳ぐらいの少女が甘藷の焼けたのを、串にさして持ってきた。かわいらしい顔立ちなのに口もとにしまりがない。娘は二つ受けて一つをおれにくれた。

「このジイアス一家は名ばかりで、もう亡びかけているのよ。土地の細分をおそれて血縁とばかり結婚するので、ご覧なさい。あの踊りの輪の中で、一人前で通るのはほんの二人ほどよ、それも読み書きがやっとという程度なの。しっかりした男なら五、六人もあれば充分な仕事に、二十人からの者がその日暮らしでのらくらしているんだから。飼料の当てもなく豚でも山羊でも、殖やしほうだいにして、夏草で肥えた牛は冬には骨と皮だけになるものと決めて、何一つ手を打とうとしないのですからね」

「大旦那も考えておられるのでしょうがね」

「何一つ考えるものですか、わたし、伯父とあなたの所にいったでしょう。その時、感心したのはこの人こそ養豚家だと思ったのです。前に伯父は若い者などやらずに、自分でいけばよかったのです。今でも同じでしょう。人を見る目がないのですからね」

影がのびてきて止まった。どこか抜けた顔の若者が、瓢簞の器に落花生の殻のまま炒ったのを持ってきて、おれと娘にひとつかみずつくれた。

「きょうだい、これを食って生姜酒でもやってみな、精がついて手ぐらいでは始末がつかなくなるから。なあ、姉ちゃん」

「ばかね、ほんとうに」

娘は顔をあかくして、若者を叱りつけた。

「あれですものね、躾（しつけ）もなくて人前に出されもしない。あなたに助けていただいた一人は、伯父が身内の娘に手をつけて生ました子なの、伯母は知らんぷりしているけどね」

なぜ、この娘は一族の内密のことまで、何の縁もないおれに話すのだろう。

「あなたはこの家の人たちを好いていないのですかい」

おれは彼女のすげない見方に興味をおぼえて、つい余計なことまで尋ねてみた。

「わたしがこの家に恨みのあるはずはないでしょう。わたしもジイアス家の一人ですものね。わたしが男ならここに留まって、大斧をふりたいのですが、年に一度父についてくるぐらいでは、改革はとてもできないのです。あなた、ここに移ってくださらないかしら、農場の管理をしていただきたいのです。待遇は好きなようにしますが。伯父も承知しているのですよ」

「ご厚意はうれしいだが、誰とも関わりのないのが性に合っているんで」

「そう、あなたは相当な人嫌いね」

おれはこの娘と会ったときから、用心はしていたので、誘導してきたなと感じて、分からないふりをして踊りのほうに目をやった。

仲買人のレオが来たのは約束の日の昼過ぎであった。これが終便になるというので頼んでやった食料が、雑貨商人「万作」から一つも届いてないのは、ひどすぎる手違いになった。レオは店に寄ってくれてはいた。噂によれば手入れがあったといい、事実店の戸は閉まっていたという。

この季節では荷を運ぶほどの舟は、支流には入ってこないので、本流の渡しから牛車で二日がかりになるが、それも仕方のないことになった。

助手は二人で豚の積み込みにかかった。不意の侵入者に驚き逃げまどう奴を、男たちは馴れたもので手当たりしだい、ひっ捕まえると、恐れて悲鳴をあげ口から泡を吹いている重い肉塊を、苦もなく檻に押し込んでいく。日頃手がけた家畜だけに、いったん商人に渡すともう手伝う気にもなれない。

おれは手持ちぶさたに、赭土の埃をかぶった車の前にまわり、何気なしに車体のナンバープレートを見ると、登録はA市になっている。ああ、A市。事の意外さにおれは思わず声をあげそうになった。ジイアスの一族の家畜商が、A市を根拠地にしているとは少しも知らなかった。

積み荷を終えた助手の話では、これから州境まで出て、最終の渡し船に乗り、夜を徹して走るのだという。レオは首をかしげ鉛筆をなめながら手帳に計算を出していたが、腹につけた胴巻きから札束を出し数え終わると、

「きょうだい、改めてくれ」

といって差し出した。

甘蔗酒で取り引きを祝って、冗談の出る気分に、おれはそれとはなくA市について問うてみた。

「さようですな、今年になって転居したのだが、わしが納めている肉会社が新しく冷凍倉庫を、A市に建て仕事をはじめたもので、B市にいればなにかと不便で今の所に引っ越したんで、まだ半年たらずで家にいたこともないので、よくは分からんのだ。連れてきている小僧はA市生まれなので、あれに聞いてみてくれ」

そういうと、レオは馬の水桶に歩み寄り両手を入れると、掌に受けた水で顔を洗った。

赤毛で顔に雀斑の散っている小僧は、S方面へ出る町外れの製材所の裏に家があるといった。ノオゲーラ親爺の工場の下なのは分かる。さりげなく尋ねてみると、共同墓地から谷一つ越えた丘陵地には、コーヒー園はないという。A市はもと馬市で知られていたが、大手肉会社の進出につれて市は景気に湧き、あの丘陵地帯は住宅地に変貌しつつあるといった。

「あにさんの忘れられん娘でもいるんですか」

小僧は不審顔におれを見たが、自分でもおかしく思ったのか、へへーと鼻に皺をよせて笑った。

「なあに、あそこでは日雇いをやったことがあるんで、ちょっと聞いてみただけだ」

運転台に首を入れていたレオが降りてきて、

「うっかりして忘れるところだった。きょうだい、この紙に一筆たのみますぜ。近頃はだんだんとうるさいことになりましてな。売り手の署名のないことには、渡船場でどえらい罰金ですわな」

レオはおれの前で、複写紙をはさんだ書類を太い指で整えた。

こんな事態になるのなら、A市のことなど口に出すのではなかったと後悔した。しかしこの二枚の送り状の署名で、何の関係もないペローバ区の知人たちに、おれの現在の居所が分かるはずはないと思い返した。

「神さまの思し召しなら、また来年もよろしくな」

と車一台分の商談に気を良くしたレオは車窓から手をふった。排気管から黒煙をふいて始動したトラックは、柔らかな牛追い道にタイヤを食い込ませ、左に右に揺れながら、本道に出ると速力をあげて砂塵のかなたに消えていった。


期待していた食料は届かず、とくに節約して耐えていた塩の不足には、我慢にも限界があった。農場へ行って当座の分を借りる手もあったが、まだレオの娘が逗留しているというから会いたくはない。

ジイアスの若い者がいつか教えてくれた、この川の上流に住むという邦人の家を訪れてみる気になった。どんな地形になるか見当もつかないので歩いていくことにした。川に沿って四キロも来ると流れの曲がっている所で、一面の蒲原（がまはら）に突き当たった。湿地を遠く迂回して高みにある疎林に入った。この季節は毒蛇に気を遣わなくてよいが、刺草（いらくさ）など払って道を開けるのにいらだってくる。林を抜けるとその先は萱（かや）草（くさ）の野原で、幾十と知れない白蟻の塔が立っている。枯れ草を踏みしだいてゆくと、水のないゆるい谷をへだてた先の丘に、赤錆のトタン葺（ぶ）きの倉庫が目に入ってきた。屋根の中ほどは大きく凹んでいて、建物はやっと倒壊を免れているさまに見えた。

小道に沿って川べりに下ると、胴ぶくれの木綿（きわた）の陰で、水の流れに入って洗濯している女がいる。誰かを訪ねてここに来たのだが、このような寂れ果てた土地で人に会うとかえって身の引きしまる凄みが加わる。とつぜんに声をかけて驚かせてもと考え、軽く口笛をふくと、予想通りに女は飛び上がり、すばしこく木綿の陰に隠れた。

「来ないで、来ると撃つよ」

と甲高い声でわめいた。事実、近よると引き金を引かれそうな緊迫感が伝わってきた。他意のないのを示して、おれは両手を頭の上で組んだ。

「きみ、橋の下にいる者だ。塩を切らして困っているんだ。余分があれば分けてくれないか」

下手に出て頼んだ。女はおれを獣じみた目であつかましいほどに見つめた。

「お前、ジイアス農場にいる日本人か」

「血はなあ、だがここの者だよ」

女はここで待てと合図をすると、木綿のもとを離れて坂道をかけ上がっていった。やがて戻ってきた女は、動悸で細かくふるえる両手に、五キログラムはある岩塩を抱えてきた。それを地面に投げると、肩で息をしていたが喉がつまって、激しく咳くと痰を水に吐いた。

おれの頼みを受けて塩を取りに行ったのが、それも急いで行ったのが障ったのだろうか。なにか悪性の病気が彼女をむしばんでいるらしく、樹液に似た粘ったものが流れに浮いて波紋を広げた。

「あんた、どこか悪いね」

「ずっと前からこうなの」

「熱はある」

「出ないけど、ひどくだるいの」

「一度、泊まりまで下って医者に見せたらどう」

「家からはひと足も出してくれない」

おれは何とも奇怪な印象を受けて女と別れた。教えてくれた帰途につき川を渡るとき、浅い川床を見ると、飴色のゆるい流れの底の砂礫をおおって、黒い巻き貝の群が仲間の殻の上に、またその上にと盛りあがって絡みあい、長い舌をのばして這っている。恐ろしい肝臓吸血虫に宿を貸す貝がこれほどいる川に、あの女がいつも素足で入っているなら、彼女の病気はそれからきているに違いない。

もらった岩塩をかじったのが障ったのか、炎天の帰り道でしきりと生唾が出る。頭痛もするようで家に着いたが飯も食いたくない。

聖ヨハネの宵宮で一夜焚き火のそばで過ごしたのがいけなかったのか、あるいは家畜商の連中が悪い風邪でも持ってきたのかもしれない。

ひどく悪寒がする。マラリアかもしれないと思った。買いだめのアスピリン錠をかんで呑みくだした。ひどく寒い。

# 美しき人形

混滞した意識のままに、何日を過ごしたものか、容易ならぬ状況に追い込まれているのも知らずに、薄織りのカーテンに映る、影のような女の夢を見ていた。もう妻とは呼べないアンナがそばにいて、――熱はもうひきましてよ。リオからのお帰りを待っていましたのに、お戻りにもならず、なぜこんな不便な土地で、一人暮らしをなさっていられるのです――といって声をあげて泣いた。

もし彼女におれが見た夢の中の情愛の一片でもあったなら、誰ひとり看護してくれる者もいないこんな荒野で病んでいることもなかっただろう。

なにか物の倒れる音がして、はっと目を覚ました。幻の女は夢とともに消えて、外は部屋に較べて異様なほど明るく、ただならぬ騒ぎは家の中からでも察せられた。

おれは上体を起こしハンモックから土間に降りた。頭はふらつくが歩けないほどでもない、瓢（ひさご）の杓子で樽の水をくみ、ジャタイ蜂〔蜜蜂の一種〕の蜜をたらして飲んだ。引きつった喉に冷たい水が甘味を残して過ぎると、痛いほど胃に沁みていった。病みあがりの身では体力に自信はなかったが、土間を踏んでいる両足はあんがい確かのように思えた。

部屋に舞い込んでくる煙から推して、天候の変わりと近くまで野火の来ているのは推察できたが、おれが自分の置かれている状況を甘く見ていたのは、すぐに思い知らされる破目になった。

いつものように戸口まで行き、何気なく閂（かんぬき）を外すと、戸は外から蹴られたように開き、どっと突風が屋内に躍り込んできた。取っ手を支えにして外に出たおれは思わず声をあげた。いつの間にか起きた風にあおられて、猛然と勢いを得た野火は、あの無風の日々に細々と遠い彼方で、くすぶりつづけていたものである。強風に乗ってくるおびただしい煙に、火の粉と灰ぼこりの量から見て、広い枯れ野をなめつくしながら来襲した野火であった。やっと利く視界の先で上がる炎のようすでは、火ははや防火線を越したと見てよかった。

この風ではもう手の打ちようもなく、あまりにも時機を逸しすぎていた。かすかな異常にも吠える飼い犬の虎(チグレ)は、名を呼んだが姿も見せない。前もって野火の延焼には意を払い、食料の不足に耐えて州境の河港まで行程三日の旅も、延ばしのばしにしていた。熱に浮かされていたとはいえ、恐れと憎しみしか持たない別れた妻の幻を見ていたとは、何とも悔やみようもないが、現実にはこの身にも抜き差しならぬ危険が迫っていた。いま少しで火と煙に巻き込まれるところであった。

この辺りの農場では、洪水や野火の災害が来ると見れば、草原に散っている牛群を、高らかに吹く角笛で誘って、追い込み柵に集める光景にあうことがある。ジイアス農場なども十キロもの原野で、隣接農場と境を接しているが、境界に近い山陰や川岸に茅屋(ぼうおく)をかまえて、身内の牧夫が自家の烙印のある、放牛の移動をつねに監視している。ひとたび野火が来ると見れば、風向きによっては迎え火を放つのだった。

そういう状況になると、思いもせぬ近い処から火の手があがる。借地の一角からのぼっている煙はそのような迎え火のひとつであった。風に乗った炎の舌はめらめらと高く立つかと見れば、風に押されて低く地を這い、一片の枯れ草も残さずに、乾ききった湿原をなめつくす。

いっそう強まった風は、重い丸瓦を落ち葉のように巻きあげ屋根を剝がしはじめた。もう一刻の猶予も惜しまれたが、家畜にするだけの事はしてやりたいと思って、飼い馬の柵に行くと、鹿毛は有刺鉄線を切って逃げていた。おれは足を返して豚小屋に入ると、繁殖用に残した二十頭の牝と子豚どもは、押し寄せる煙にむせて、豚舎の隅に重なりあい、我先に仲間の下に潜り込もうとして悲鳴をあげていた。押されてぐらついている板の一枚を外してやると、動転した牡の一頭が風上に向かって駆けだした。すると全部がそれに倣って煙に呑まれてしまった。こうなると後手の処置でどうなるものではないが、山羊の囲いも解いてやった。こいつは日ごろ乳を出してくれていたので、出口なしの柵で見殺しは忍びなかった。わずかな作業の間にも、火の手は間近に迫ってきたのか、ボール玉ほどの枯れ草の塊が燃えながら飛来して、農場に頼んで運んだ牛車三十台分の玉蜀黍の山が黒煙を上げはじめた。

　おれは三年ごしの自分の仕事が烏有（うゆう）になっていくのを目の前にしたが、この身にも一刻の躊躇も許されないほどの危険がふりかかっていた。丸太で組んだ屋根と壁だけになった家に駆け込むと、財布をかねて二重に折った弾倉バンドを腹に巻き、ライフル銃をおろして戸口に向かったが、吹きつける熱風と火の粉で目もあけられない。とっさの思いつきで六枚綴（つづ）りの山羊皮を寝床からめくり、それをかぶると足もとだけを頼りに橋の下に駆け下りた。そこも安全な地帯というわけではなかったけれど、猛りたった火勢も川岸の水気の多い雑木林に入ると、青葉をあぶり、樹皮をはじけさす音は立てても、上がる煙はしだいに衰えて白くなった。

　一方では養豚の設備一切を灰にした火勢は、風に乗って川上に遠のいていった。おれが避難した橋の下あたりは運良くも延焼をまぬがれた。この身ひとつさえ一時はどうなるかとやみくもに逃げてきた。かぶっていた干し草を投げ捨て、倒れるように川原に身を投げ出した。

家を出たときは覚えなかった疲労が、重くのしかかってくると、空腹の状態がひどく、体の芯が抜けた感じだった。もう少し下火にでもなれば、焼け残りの品で食料になるものを、探しにいかねばなるまいと考えながらも、指一本あげるのも大儀な気分に落ちていた。

どれほどの時間をそうしていたのか、あるいはわずかな時の流れに身を任していたのかもしれないが、時間の感覚はしっかりせず放心の態でいると、誰か堤の上からおれの通り名を叫んでいるのを耳にした。たぶん農場の者だろうが、一度は住まいに引き返す用もあるので、痛む体をやっと起こした。

乱れた牧草の茎を支えに摑みながら、土手の段々を踏んで岸に上がった。見知らぬ土地ほどにも眺めの変わった焼け野原を背にして、三人の者が馬で来ていた。かすむ視力ではじめは牧夫たちだけかと思ったが、その中にレオの娘マリア・イレネがいた。

灰燼のあがっている道を、拍車で責められて駆けてきた馬は気がたち、轡をかむ口からは泡を吹き、前足を折ってさかんに土をかいた。いまにも飛び出さんとするのを、乗り手はやっと手綱で引きしぼっている。

マリア・イレネの身についていない皮の牛追い服すがたは、いきり立っている馬をやっと制御しているだけに、薄いクリスタル硝子のコップを、不安定に揺れる台の端に置いた危うさがあった。

「マリオ。あなたほどの人が、これはまた何とした事ですの」

時が時だったから、日に灼かれていても、おれの顔は青かったに違いない。

「風邪熱に浮かされていて、気のついたときは、もう手の打ちようも無かっただ」

「身体のほうはどうなの」

「もう熱のほうは引いたし、怪我もしておりませんので。農場のほうはどうですかい」

「残らず追いこんできたので、べつに被害はないことよ。あなたはあれだけ用意しておいて、惜しいことでしたね」

「桶の底の穴を知らなかった迂闊者です。あなたに褒めてもらった豚飼いは、どうも偽物らしいですて」

マリア・イレネは出会いのときから、おれからなにか嗅ぎ出そうとする様子はあったが、今日はまた何故こんな処へ来たのだろうか。あの猛火のなかでおれがうまく処置をして、災厄をはずしたのを見に来たのだろうか、彼女の驚きの言葉から察してそのあたりと理解した。

「わたしたちね、ここへ来る途中あなたの家に寄ってきました。あなたは不在で、悪かったけど、ちょっと調べさせてもらったの。するとね、壁にかけてあったらしい暦のメモランダムに、家畜の疫病予防注射の日づけ、肥育の記録、それから土間に落ちていたノートには、種類別にした牧草の成分表や、この地方に適応、不適応の実験。その他わたしには分からない文章もありましたわ」

おれはこの娘の出しゃばりに腹がたった。明日の食うものはなくても、暦やノートなど焼けたほうが良かったと思った。

「わたし、あなたにお会いした折、どこか違っている印象を受けましたものね。これでどんな相談もできるわね」

レオの娘は蓮っ葉らしい口をきいた。

「いまは、あなたも他人どころではなくお困りでしょう。伯父に援助を頼んでみますから」

このたびの火災は大きな痛手ではあったが、回復不可能なほどではない。仕事がもとに復するのに、一、二年かかっても別に構わない、何とか食っていければ良いと考えている。養豚でひと儲けしようとか、何か他に世間なみの目的があって、こんな僻地を選んだのではない。これはおれの将来を決める一つの実験のつもりで移ってきた。その裏にはある懸念があったが、三年の歳月は過ぎて、それはひとつの杞憂に過ぎなくなったようだ。

いまのところ農場の人たちは好意を寄せてくれているので、貸し主のジョンさえ許すなら、この先々も世話になるつもりで、災害を受けた後も自分の考えは変わらなかったが、マリア・イレネがおれの学歴(といっても農業技師の成り損ない)を知って、何かに利用したい考えなら、困ることになると思った。彼女がおれに好意を持ってくれているのは否めないが、その真意はおれを相談役にして、本家の乱脈をただし、農牧の改善を企てているようだが、それはおれが自分の過去を顧みるまでもなく、もっとも避けなければならないものであった。

まったく他人ごとではない、おれは今日の日も分からないでいた。いまジイアス家の者に便宜を受けるとすれば、時間と日にちを知らせて貰うことであった。二人の牧夫のうち一人はゼーといって、日ごろ口などききあう仲なので尋ねてみた。

「X日の昼ごろだな」

というゼーの返事を聞いて、うつつに三日も寝ていたのかと、記憶の奥を探っていると、マリア・イレネの馬は騒ぎ立ち上がろうとする。

「雨が来そうよ、マリオ。屋敷においでなさいな、野宿することもないでしょう」

そういって彼女は馬の頭を回して手綱をゆるめた。悍馬(かんば)は放屁しながら駆け出すと、二人の牧夫もあとに続いた。

暗い空からは耐えず細かい灰が降ってきた。ときたま炭化してねじれ曲がった草の葉がくるくると舞いながら落ちてくる。ひと雨くるのだろうか、大粒な一滴が焼けた地表を打つと、シュウーと音をたてるような錯覚をおぼえた。

マリア・イレネの好意に頼って農場に行けば、当座の必要品には困らないだろうが、ここを去るのは裸の今が潮時ではないかと考え、明日は川を下ることにした。

古い血の澱(よど)みの滞(とどこお)った旧家などというものは、どうにもならないほど土台から朽ちていて、傾けばそのままに倒壊するに任しておけば良いのだ。その一族の中に一人でも進取の気性のある者がいれば、新しい階級が生まれてくるだろう。レオの娘も古い皮袋などに関わらずに、学業を修めて父の仕事を助けていけば良いだろうに。

おれが再びここに戻らぬ旅を考えたのは、彼女の善意にせよおれの断りを承諾しないに違いないからだ。強いて自分の考えを押すとなると、その理由も明かさなければならない。

おれは自分の過去を葬る気持ちはない。しかしマリア・イレネの依頼をしりぞける理由のために、過去の傷を他人に晒したくはなかった。

彼女から素姓を見破られたことは（ただ、そこらの日雇人(ピオン)ではないということだけだが）、レオの娘に妙な予見の自信をつけさせたかもしれない。このたびの火災にもあわず、何年かこの借地に腰をすえるとすれば、受けた相談は知らぬ顔ではすまない、というほどの気持ちはあった。けれどもそれは一対一の立場のことで、いまの場合、おれの立場はすっかり変わってしまっている。

一身上の都合のために、彼女の提言を受け入れることと、おれが求める生き方の認識とでは、ひどく食い違いのあるのに気がついた。

前に財産と名のつくほどのものを持っていた頃には知らなかった一人暮らしの不便や孤独に耐え、自分の力で暮らしをたて、このたびのように生命の危機にも遭ってきた。この三年の年月の間に、おれは精神の上では大きく成長した。以前にはなかった生きる力が身体に満ちている。

いまからのおれは自分に納得のいく生き方だけを、これからの長い、あるいは短いかもしれない生命のために、鍍金(メッキ)の剝げない自分になりたいものと思った。するとここを去るよりほかにすべはない、そのように考えが決まると、急に空腹を覚えてきた。

マリア・イレネは、おれの住居は延焼から免れたと教えてくれたが、前もって庭のまわりは除草しておいたのと、荒屋といっても土壁なので、わずかに火勢を食い止めたらしい。残った食料は前から切れかかっていたので、全部かき集めても知れた量だが、ともかく様子を見ようと坂道を上っていった。まだ盛んに煙を吹いている玉蜀黍の山を見て、自分の不運が身に沁みて辛かった。目がくらむので家の中に入った。部屋といっても寝間と台所しかないが、まったく狼籍の限りであった。多くもない道具でもこのようになると、足の踏み場もない。何冊かのノートと月めくりになった暦はどこにもない、たぶん彼女が持ち去ったのだろうが、そんな詮索はいまのおれにはどうでもよい。このたびは食料品だけにし、二、三の皿に鍋などともに麻袋に押し込むと、橋の下に戻った。

レオの娘の望みに添えないとなると、今夜はこの橋の下で過ごし、明日は早く川を下ることにしよう。

三日ぐらいの携帯食は要るし、長く放っておいたカヌーの点検も必要であった。

ありあわせのもので飯を食い、口の中に粉が残るようなコーヒーではあったが、熱いのを飲むと、先程の疲労はしだいに引いていくのが分かった。飽食による神経の弛緩と活力の充溢によるものか、今日の災害は過ぎた事にし、――負けてたまるかい――という気分になり、つい笑い声をたてようとして、はっと思った。

持病もちが久しく発作のないのを、もう快癒したものと思い込んでいた矢先、突然に兆候の予感におびえて、愕然とする病人におれは似てはいないだろうか。たえて人の気もない川岸で、ひとりの男が笑っているさまは、もう狂人の他の何者でもないだろう。

もうずっと以前になるが、アウグスト博士から退院の許しが出た日、――君のは一時の心理的な鬱積による発作で軽いものだから、人を恨まず多くを望まない、平穏単純な暮らしを選べば、おそらく再発はないだろう。今後の君の生活の便りはくれたまえ――と忠告と励ましをいただいた。

しかし、一時の発作で無意識にしたことでも、妻に危害を加えようとした行為は重く、決して消えはしない。その事件を奇貨おくべしとして動いた妻の実家のことで、心労がつもり母はおれの入院中に亡くなり、父の代からの支配人の小林も、おれを庇って追放されるはめになった。母のことを想い、小林のことを想い、離婚を求めてきた妻のことを考えれば、胸に熱いものが湧いてくる。こんな感慨は今に始まったわけではなく、何回とはなく想いだしては退けてきたものであった。

暮れるにはまだ早い。明日の計画もあり、舟旅となると小さいカヌーでも、ちょっとした道具は要るので、もういちど住居に行く必要ができた。

去る者は何とやら、屋根の修復は無理としても、家の中だけでも片付けておきたかった。未練のようだが、おれの三年間の仕事の焼け跡も見定めておきたかった。

地肌は黒く焼けていても、灰燼は一物も残こさぬほど強風に吹き払われて、地面の罅割れや、雨期につけた獣の足あとまで、くっきりと凹んだままに洗い出されていた。豚舎のあとに立つと、両手にすくえるほどの黒い塊が転がっている、火に巻き込まれた仔豚の死体であった。柵の外にごろりと寝たすがたで焼かれたのがいる、その先に孕(はら)んだ牝が長い舌を出し仰向けに伸びて、広げた後脚の間に三匹の仔をひりだしていた。山羊は助かったのか何処にもいない。丘の下の窪地に異様と見える物がうずくまっている。まさかと疑いながら坂を下ると鹿毛であった。風下に向かい、かえって火に巻き込まれたらしい。腹は熱に蒸されて膨れ、剛直した四つ足は空ざまに突き出し、見開いた眼の球、剝き出した長い歯の白さ、鹿毛は図体が大きいだけに、その死に様は無残であった。

設備の柱一本残さず灰にした火は、埋めた丸太の穴にまで食い入って腐れ木を燻(いぶ)している。玉蜀黍の山は目を疑うほどの炭の盛り上がりでしかない。必要な道具、残っていた食料など別にして、不要の物は火に投げた。

橋の下に戻ると、夏の出水の頃から、川岸の樹につないだままにしてある、カヌーの点検に行った。草に絡まれているのを引き出して、流れに入れると、船底から水が泌み出してくる、このくらいの浸水なら一晩川に放っておけば、とくに手を入れるほどでもない。突き棒と櫂(かい)は無くしていた。それらは長い夜のうちに作れるだろう。

ジイアス農場に顔を出して、一応は事情を話してから去るのが礼だろうが、そうするとおれの決心を鈍らすような、厄介な場合が予想される。押しつけがましいマリア・イレネの独断にしても、おれへの好意には違いなかった。ゴンサルベも引き止めてくれるだろう。そのように二人から止められたらとても断りきれるものではない。

ジイアス家との関係もはじめの頃はともかく、たいへん世話になったのは稀有のことと思っている。一族のことについては日ごろから気付いている事はあった。レオの娘が指摘するまでもなく、ジイアス農場のやり方はあまりにもアナクロニズムでありすぎる。その中の二、三を改善するだけでも、一家の収入はずいぶん増すだろうに。けれども、おれが避けようとしている事柄の恣意な想像はやめておこう。自分の気持ちを書き残していこうかと考えたが、何となく未練がましくて好かず、黙って旅立つことにした。

亡父がよく口にしていた、一期一会の深い意味は知らないが、ただ一時の雨宿りの縁であっても、深く胸に残る印象でも指したのだろうか。縁あって二世の契りの糸を結んでも、行く先でおれたちのように他人になる者もいるのだ。

今夜は焚き火をして、この橋の下で過ごすことにした。突き竿を切り、板を削って櫂にし、携帯食を作れば旅の支度はすむが、暮れるにはまだ時間はある。おれは川岸に座りこれからのたつきを考えていたが、思いはいつか四年前の事件にさかのぼっていた。

妻のアンナに加えたおれの傷害未遂の行為は、何故あんな兇行に出たのか、後からいくら考えても思い出せないでいる。

その日、現場には妻、女中のマリザ、それに母がいた。三人の目の前の行為だから、無意識の上とはいえ、おれがやったという事実には疑う余地は少しもない。

小林に言わせれば、妻の前に並べられた食卓の皿を割っただけで、主人の一時の錯乱だと、弁護をしてくれたが、彼は目撃者ではなく証言にはならなかった。母は息子は嫁に害を加えるような人間ではないと力説したが、女中マリザの見たところでは微妙な点で違っていた。後日、妻は、夫は確かに自分に向かって金槌を振り下したが、自分は危ないところで身をかわしたので助かったと、証言した。

行為の直前までのことはよく記憶にある。午前十一時を少し過ぎていた。朝食の刻であった。マリザの作った料理が食卓に載っていた。おれは耕地に出て雇い人に仕事の指図をしておき、家に帰ってきたところであった。別にその日の変わった事は知らない、軽い立ちくらみがするようであったが、こんな症状は前からのもので、いつもしぜんと消えていたので、気にもかけず食堂に入った。台所と共になっているこの室は、父が生前に改造したもので、台所用品、食器、食卓に椅子すべて、コロニアル風の様式に統一したもので、重厚な感じのする一室であった。

母は壁にかかった父の額縁が落ちかけていると言った。止め金の一本が抜けて額はひどく傾いていた。その絵は多くもない父の形見の静物で、銅鍋に南瓜と玉葱を描いた一枚である。絵にした素材はジプシーから買わされた鍋であった。それを卓上において、父が熱心にカンバスに向かっていたのは覚えている。

父の残したものでは、自画像と母を写した二枚は客間に上げてある。子供の頃からこの静物の一枚は好きであった。窓から来ているらしい明かりを受けて、銅器の半面は鈍く光り、陰の面は沈んだ鉱物の暗色が良く出ていた。鍋のわきに置いた二つ割りの南瓜の黄色い切り口からは、いまにも養液のしたたり落ちそうな鮮やかさがある。画面の左下にあしらった玉葱のまるみ、めくれおちた薄い皮はそよと吹く風にも、まろぶかと思うほどに描いてある。

　けれどもおれが大人になり、いくらかの鑑賞力がついてくると、父の作品はレンブラントの真似と、忠実に写実しただけの、素人の習作に見えてきた。しかし、おれがその絵を通じて父を敬慕する気持ちは、また別のものであった。

　落ちた止め金を金槌で軽く打って、額縁をもとのように架け直した。

　妻は食卓に着いて、マリザの給仕するスープに口をつけていた。日によっては食事の時間が不規則になるので、時刻になればおれにかまわず摂るように言ってあったから、その事については、おれはよく了解していた。けれども、母もまだ席に着いていないのに、妻が勝手に食事をしているのは、おれの不在のときは、いつもこのようなのかと思い、目がくらむように感じた。こんな無作法はわが家のものではなかった。

　前の日に、おれたちにちょっとした口争いがあったので、妻はわざと不貞くされの反抗に出たのかもしれないが、母までも無視した様子に、おれは怒りで目の前が暗くなるのをおぼえた。踏み台をおりて妻の方に歩んだのは知っているが、その後、どんな行為に出たかには全く記憶がない。

　おれが正気に返った時、母は足もとに倒れて泣いていた。母がおろおろした声で告げたのは、おれが金槌で妻を打とうとしたということで、彼女は危ないところで身をそらしたらしく、危害は逃れたが、おれがどんな狂暴な行為に出たかは、妻が手にしていたスープ皿が砕け散っていたことで分かった。

　あの事件いらい一度も妻に会っていないので、彼女がどんな感情を持ち続けているのか、正確には分からないが、注射一本でも顔色を変えるほどの女だったから、どれほどの恐怖と憎悪をおれに抱いているのか、推しはかることはできる。

おれは二度と妻に会わす顔はなかったし、自分の理性も信じることはできなくなった。いままで自分には縁のない他人の病気としていた狂気がおれの立場を崩し、深淵に突き落とすのを知った。いてもたってもおれない焦慮に追われて、おれは自室に駆け込み引き出しの拳銃を取り出した。

いつ母がついてきたのか、背後からおれの右手にしがみつき、

「継志、おまえが死ぬなら、わたしも一緒だよ」

と血の気の引いた蒼白な面で、必死に取りすがられては、おれはどうなっても、母を道連れにすることはできなかった。急を聞いて駆けつけた小林におれは手から銃を取り上げられた。

妻の実家は親戚の弁護士を通じて、おれを殺人未遂犯として起訴し、兇暴な狂人として生涯精神病院の鉄窓に押し込める手続きをすると息巻いたという。おれはその当時自宅の一室に監禁されていたので、母がどれだけ辛い思いをして、嫁の実家と交渉したのかは、後日、小林の口から聞くまでは知らなかった。これも彼から知らされたが、事件の後始末の条件というのは、身内の相談などという易しいものではなく、おれの財産を妻の側に譲れという苛酷なものであった。母の説得もあり、おれも自分の過失は充分認めていたので、つぎの書類に署名した。
一、神西継志は農場の所有権を妻アンナに譲り、合名会社として発足する。
一、継志は進んで入院して治療を受けること、経費はすべて会社の負担とする。同人は現在自由の身なるも、再度暴行の徴あるときは、このたびの恩恵は取り消されるべきこと。
一、神西千賀は会社の相談役として、ふつう日雇い人の給料の五倍を支払われること。ただし住居は農

場外に移すこと。

一、神西アンナは現在夫とは別居中なるも、将来当国にて離婚法が認められた時点において、両人は何らの条件をつけることなく離婚すること。

まだその他に細目はあったが、主な項目はこのようなものであった。おれはこの結果について、あまり深刻に考えないことにしている。治療に当たって下さったアウグスト先生は、リオまで付き添って来てくれた小林から、およその事情は聞いておられたのだろう、――過ぎた事は忘れるように――と忠告して下さった。事実おれの新しい人生はあの事件の始末のついたところから始まっている。

雨がしげくなり、思いなしか橋の下は暗くなった。まだ夕刻には間があるはずだが、雲の層が重なり深くなったのだろうか、気温が下がってきて、薄いシャツ一枚では少し寒い。熾火（おこりび）に萱（かや）を積んで風を送ると、煙がわいて岸に沿って流れる。すると煙をくぐって一羽のアヌー〔小型のカラスのような鳥〕がとんできて、土手から垂れている木の枝にとまった。しばらく枝で揺れていたが、人の顔を見てアノーと鳴いた。暗い回想にひたっていた折なので、おれは救われたような気分になり、アノーとまね声で返してやると、いつの間に寄ってきたのか、川のあちこちで、二十羽からの黒い鳥の群れがいっせいに鳴きかわした。

益鳥で昆虫を捕捉して餌としている鳥だが、羽毛は黒く艶はない、長い尾を持っていて身長三十センチほどで、猪首で嘴（くちばし）は太くて短く、角質が盛り上がって顔の一部をなしている。

脚も短くて太い、可愛げのない鳥で動作は鈍いので、悪童のパチンコの的にされがちだが、食えないので大人たちは相手にもしない。

野火に追われて、おれと同様にまだいくらか青いものと水のある、この川岸に寄ってきたものだろう。食料の無駄使いのできる身の上ではないが、脂で炒めた干し肉の細切れを砂原に投げてやった。鳥たちはいっせいに寄ってくると、我先にと餌をつつきはじめた。ここ一日は火と煙から逃げるのがやっとで、彼らの砂袋には何も入っていないのだろう。せっせと忙しげに餌をついばむ動作が、おれの推察とあまり違わないことを示していた。

遅れてきた一羽は仲間の背に飛びのり、慌てたあまりころげこむ奴もいる。おれは彼らの嬉々とした動きを見ているうちに胸の内が熱くなってきた。投げてやったわずかな餌でも、彼らはあんなに喜んでいるのだ。物いわぬ禽獣とはいうまい。おれら夫婦は一年の間、心をひらいて一度でも、相手を受け入れたことがあっただろうか、破局はついにおれの犯行で取り返しのつかないものになった。

しかし、いま思い合わせてみると、おれら夫婦は別の事情で離別しなければならない欠陥があったようである。その理由は先にゆずるとして、前にはアンナに含むところもあったが、今はすべて水に流した心境でいたい。ただ残念なのはあの事件を介して、妻との離別、母の死を招いたことだ。

人はあまり恵まれた境遇にあると、不幸さえ望むといわれるが、少年の頃、日雇いの家の小僧がうまそうに玉蜀黍粉の厚焼きを食っているのを見て、欲しくてたまらず母にねだったところ、長屋まで出かけていった母は、皮のほんのりとこげた切り口の鮮やかな黄色い一切れを貰ってきてくれた。おれは一口食ってみて、べっと吐き出してしまった。この時ほど厳しい母の顔は知らなかった。さんざん叱られたうえ、その塩っぽい砂をこねたような厚焼きを、しまいまで食わされたことがある。

これは罰当たりな考えかもしれないが、自分の生い立ちをかえりみて、篤実な家庭で何不足なく育ったので、もう一段向上しようとする人生の目的がなかったのは、自分の不幸だったと考えられる。いくさの始まる前、父は日本から財産をこの国に移して、A市近郊にイタリア人の手になる牧場とコーヒーの農園を買った。

多くの邦人移民の歩んできた道、まあ一言にいってみれば成功であろうが、移民の前途に待っている代替わりなど、まだまだ先のこととして、十年、二十年の歳月をものともせず、契約農（コロノ）〔年限契約の大農園就労者のこと。ここではコーヒー園の年限契約就労者〕から借地農、小地主から中地主へと、選ばれた者は大農場主への夢と、何はともあれ目的があれば生きがいもあるだろうが、父が不慮の死をとげ、その跡をついだおれは若くして家長になった。そののち事情もあって学業はやめ、農場の経営を見るようになったけれど、生涯かけて果たしたいと望む目的は何もなかった。

その頃、おれはひとりの娘に心ひかれていた。父の代から取引のあった食料雑貨店O商店前の、通りをはさんだ裁縫学校の生徒であった。下校の時間にどうかすると、通りに溢（あふ）れてくる娘たちに出会うことがあり、アンナはその生徒たちの一人であった。別れた妻のことはどうでもよいが、おれはあの出会いまで、日本人の娘で、色が白く上背があり、あれほどの美貌の女は見たことはない。通りに出ると娘は友達と別れて、駅のほうに帰っていった。名はもちろんどこに住んでいるかも知らなかったが、できれば求婚したいものと思う心はしだいに募っていった。

それがO商店の隠居の世話で、あっさり話が決まりそうになった。娘は十キロばかり離れたC町に住む高森作造の長女アンナと分かった。おれはこちらから頼んだことは伏せてもらい、O氏には母のところへ使者に立ってもらった。隠居しているとはいえO商店創立者でA市の邦人有力者の一人なので、母も一応は承諾した。
Ｏ氏の招待ということで、Ａ市の外人のホテルで晩餐を共にすることになった。一流のホテルといっても田舎町のことだから知れたものだが、高森夫妻は給仕人つきの食事は初めてなのか、ひどくまごついた様子に見えた。アンナは固くなって微笑さえしないので美しい顔の目と口に険がでて、高慢で我儘な根性曲がりにとれないこともなかった。Ｏ氏は場所なれた人で冗談など言って、この会合を上出来にしようと努めてくれた。おれは過不足なくふるまったつもりでいた。その夜の席でいちばん立派だったのは母であった。田舎住まいの婆さんでも、このような席につくと、歳は歳なりに美しく品位があり、物怖じしない態度にはゆとりと落ち着きがあった。倒産したとはいえ海産物問屋の老舗に育った娘だけのことはあった。

後日、アンナの里方が母を目して憎むべき敵としたのも、この夜に端を発しているようであった。ホテルからの帰途、おれは母とあまり口をきかなかった。

「このたびはＯさんにはたいへんお世話になったね」

と母は気の毒そうに言った。

その時、おれは今晩の会合は失敗だったと直感した。案の定、母はあの娘では困ると言った。アンナが家に来るまでには、糸の乱れにも似た経緯があった。

おれたちの婚約が世間の噂にたった頃、親しい友人の一人はアンナとの仲を取り消せと言った。理由は高森の過去に良くない噂があるから、親戚になれば将来災いのもとになりかねないというものだった。おれは友人の忠告や母のそれは心に留めたが、あれだけの女を他人のものにするのは我慢ならなかった。よしんば娘の回りに豺狼（やまいぬ）の影がうろつこうとも、深くは気にもしなかった。しかし、おれはアンナとの結婚生活一年足らずで、あんな狂気を呼び込んでしまった。

母はあの事件で早死したようなものである。こちらの弱みを握った嫁の里方との交渉で母が心身をすりへらされたことを思えば、今のおれの辛苦など物の数ではない。病気になり、財を失ってはじめて人の真情を知った。世の中にはよろめく者の足を払う者ばかりではない。小林や助力を申し出てくれた二、三人の友人もいたのだ。

発作は治まっていたが、まだ病状の分からない時期に、おれをリオまで連れていってくれたのは小林だった。また雇い人の身分をこえて、母の相談にものってくれた。母が亡くなった時、強いておれを病院から戻したのも彼であった。縁者の会葬は一人もなく、もしおれが喪主にならなかったなら、いかに母の葬式は惨めなものになり、悔いを後日に残したか分からない。母の野辺送りをすますと、自分はもう農場には用のない身だから、リオの病院に帰ることにした。

自分はひとりでも行ける由を告げたが、小林は是非にも共にと言ってきかない、予想したように彼はおれに話したいことがあったのだ。

リオまでの汽車の旅はサンパウロで乗り換えになるが、小林の話を聞くにはあり余るほどの時間があった。彼はこの旅から帰ると農場を辞めたいと言った。

高森も高森だが、アンナが母を敵視するのは見ておれないほどだとも言った。妻が家に来てから母と話しあっているのをおれは知らない、里方の強い要望で夫婦用の別棟を建てておれたちは住んでいた。食事も別にというのは断わった。そんなわけで、母はおれに言えないことも、小林に相談していたのだろう。

あの人を家に入れれば神西家の先は目に見えているとまで言われたという。結果から言うと母の予言は当たったわけで、その償いにはおれの新生を見てもらうことよりほかにすべはない。

おれたちは一等客車のゆったりした座席でいくらかは眠ったようであった。朝早く着くというから、明るんできた窓外の流れで、間もなくリオに着くだろうことが分かる。

今日、小林と別れてしまえば、また会える日はいつのことだか分からない。アンナと床を一つにして、二ヶ月ぐらいたった頃、おれは小林に尋ねたい疑問を持った。それはおれたちの閨室のことだったので、つい聞きそびれたままになっていた。その件は自分で判断するにも手がかりはなかった。というのは、自分の気性から金であがなえる女は嫌であった。なかには良家の息子と見て、接近してくる外人の娘もあったが、結婚は二世の娘と考えていたので相手にしなかった。そうはいってもストイシズムを信奉していたわけでもなく、純潔でもなかったが、他に比べてみる異性も知らないままに、大きな疑問を妻に持ち続けていた。

横の席で小林はよく眠っているようであった。起こすのは気の毒と思ったが、この時を逸してはふたたびの機会はないと考えた。

「小林さん」

と呼んでみた。彼は眠っていなかったらしく、

「何ですね、坊ちゃん」

おれはこの呼び名は嫌いで、そう呼んでくれるなと前に頼んだことが何回かあった。しかし、その時はなぜとはなくしっくりと調和しているように思った。おれは前置きを言ってから、妻と新枕を交わしてこ

のかた、一年たらずの夜の床のことを打ち明けて、彼の感想を求めた。小林ははじめおれが何を話し出したのかと、いぶかしい態にみえたが、おれの本意を知ると、ひどく驚いたふうに見えた。

「坊ちゃん、水くさいですね。なぜ気のついた頃わたしに言って下さらなかったのですか。このたびの事はすべてそこから起きてきたんでしょうな」

おれもうすうすは気づいていた。けれども小林の言うほどとは考えてもいなかった。

小林は前に亡くした妻のことから、いまの女房との性生活まで、隠すことなく知らしてくれた。おれはそこで男女の性愛のことをはじめて知った。

「そういえば、アンナはまだ自分の身体のことは知らんでしょうな。情が移らないからことごとに意地張ったのですな」

冷感症（フリジデス）は心理から来る病気の一つだと、小林は言った。全く知らないよりはましだが、もう凡ては手遅れであった。

明朝はこの川を下って本流まで行こう。行く先はどうなるか分からないが、もうこんな不便な土地に入り込んでまで、自分を虐げることはしまい。

つい物思いにふけっていると、にわかに鳥たちが騒ぎだし、アノーと一声鳴いて一羽が飛び立つと、アヌーの黒い群れはつぎつぎと川原に出ていった。おれは何かが近づいてくる予感がした。敏感な鳥たちは早くも異常を察して逃げだしたのだろう。橋の上を渡ってくる足音がする。細かい砂粒が上から降ってきた。いつか雨は止んでいた。

こんな時刻に、牛追い道にかかった橋を、渡っていくのは何者だろう。

おれは目を上げて、聞き耳をたてたが、人とも獣とも判断はつきかねた。踏み板を軽く鳴らして去った様子では、かなり急いでいる足音のようであった。うまく生き残った家畜でも戻ってきたのだろうか。どちらにしても、堤まで上がって確認しておく必要はある。モンジョーロの軸に立てかけておいた銃をとった。出会い頭に相手とぶつかる不利を避けて、少し間をおいて土手にのぼった。身のまわりに気配りしてのち前方に目を移した。灰燼の煙が低く地に這っている暮色のなか、揺れていく輪郭に鈍く赤い色があった。

直感でおれは人だと分かった。それも女らしい。もしおれの推定が外れていないとすれば、この辺りに女が一人で入りこんできたのはまだ知らない。訪ねていくのは誰だろうか、もうすぐに暗くなるし、この橋から先は迷路のような小径だけで、末は最果ての荒れ野に続いていて、女の行ける地域ではない。

二年前のこと、気のふれた牧夫の女房が家を出て、禿鷹（ウルブ）に喰われたのだろう、散乱した骨になって、家に戻ってきたという事件があった。おれはそれを連想して異常なものを感じ、放ってはおけない気持ちになり口に指をあて口笛を吹いた。辺境の住人たちが合図に使う生活の技の一つで、高い響きがあって、広い土地では実際の役に立った。おれがここで習ったものの一つであった。赤い影は鈎にかかったように立ち止まった。

おれは旅人が女らしいから、とくに好奇心を強めたわけではない。ここは往還に面した村落ではないので、誰にしても持ち主に挨拶はするし、主も旅人に行く先は尋ねて、時には食事を与え、宿も貸すのは辺境の人たちの慣例でもあった。

袋の荷を足もとに投げ出して、放心の態で突っ立っている女は、つい五日ほど前に、おれに塩をくれた娘であった。ことの意外さに、

「あんたか――」

と言ったものの、すぐに続くはずの言葉は喉につかえてしまった。

彼女は怒ったような固い表情でだまっている。胸に大きな包みを抱えていたが、どうかすると、ずり落ちそうになるのを持ち直した。仕草のようすでそれにかなり気をとられているのが分かった。何を抱いているのか、おれが娘に近づき胸元に目をやると、灰汁（あく）づけにしたような毛布に、しっかりとくるまれていたのは、生後六ヶ月ぐらいの幼児であった。

「この子あんたのか」

まだ二十代前の娘っ子らしい彼女が、子持ち女とはちょっと納得できかねた。けれども自分の子だからこそ連れているのだとも考えた。

「そう、わたしが産んだ子供よ」

彼女は当然とばかりそう答えると、固い表情は崩れて顔に媚びが浮いた。行き暮れの道で同類の牡にあい、本能的な牝の感覚からほっと安堵した一匹の獣のようであった。

もちろんおれは彼女の境遇など知る由はない。けれども一度会っているので、土地に家や家族もあるら

しいのに、なぜ女ひとりが子を連れて家を出たのだろう、と疑問をもった。

彼女は自分ら母子がいま、剝き出しの生命の危うさの中にいるのを分かっていないようであった。

「どうしたんです」

「罰あたりの恥知らず」

誰とも知れず放った彼女の悪罵は、クイアーバ訛の早口で一区切りの間に俗卑語の間投詞をはさみ、舌打ちしての話しぶりは、ひどく血が頭に上っているようであった。野火で家を失い、これから顔見知りの牧夫を頼って農場へ行くのだという。

おれの観察したところでは、彼女は初等教育をはじめ、母親からの躾も受けていないようで、知能は人なみに持ちながら、土俗化した移民の裔を見る思いがした。

「農場まではまだかなりの道程だ。もう遅いし、あんたには無理だな」

途中で暮れてくるし、いまは止んでいても険悪な雲行きから、大雨になる気配もある。それに農場では野火を避けて、追い集めた牛群で、地主屋敷は十重二十重に囲繞されていようから、男でも馬でなくては近寄れる場所ではない。とは言っても、今のおれには彼女の望みをかなえてやる手立てはなにもない。

「どうしてでもと、言うわけでもないの」

彼女はおれに引き止められたのを好いことにして、宿を貸せと言わんばかりの態度を見せた。おれはただ女ひとりが危ない地域に入るのを止めただけで、この母子の世話ができるほどの境遇ではない。過ぎた期待はこちらが困るので、いちおう自分の立場も知ってもらった。

彼女は先取りして一夜の宿ぐらいはしてもらえると思っていたのか、だんまりのまま何とも言わない。

ひどく困惑のようすは、毛をふくらませて居座った捨て犬に似ていた。

彼女の行く先をただ塞ぐだけでは、おれも心苦しいので、何か良い法はないかと考えて、これはギイドに頼むより仕方はないと考えた。ジイアス家の統領とはどんな血縁に続くのか知らないが、一族の中でも頭株の、女房持ちの初老の牧夫で、川べりに小屋をたてて住んでいる。信用がなければ任してもらえない境界の見張り役である。

ここからは三キロほどの道のりで、放牛はいないし、しっかりした道もあるから、暗くなるまでに着けるはずだ。一夜泊めてもらって、明日馬で送ってもらえば心配はない。

おれは彼女にギイドのことを話した。いまのところ農場へ安全に行ける方法はそれしかない、彼は夫婦者だし信用してよい男だから、明日は屋敷に連れていってくれるだろうと言った。

何となく彼女は追い詰められた鼠のように、目の前に開いた出口に走りだそうとしない。なにか陥穽でもあると考えてか、尻ごみする様子に見えた。

「あたし、あんたと川を下ろう」

おれがつい明日はここにいないと口をすべらしたのを摑んでの割り込みようであった。もう少し何とか口のききかたもありそうなものだが、おれはその厚かましさに反発して、女の申し出を断ろうとした。

いまの自分がいちばん求めているのは心の平穏だ。おれの生活に他人が、とくに気心の分からない女が介入してくるのは好かない。塩の代価をこんなことで払わされてはかなわないと考えた。けれどもここでこの母子を突き放せば、二人を見殺しにすることにもなりかねない。彼女の求めるのは三日の川下りだけだと、思い返して折れることにした。

「どこまで行くんです」

「P町まで。兄が行ったまま帰ってこないの」

彼女の行く先を知って、実のところおれは驚いた。本流のどこかに落ち着くとなると、どうしてもP町に係わりができるが、狭い河港の町でこんな女に絡まれてはかなわないとも思った。

それは先のことにして、話が決まれば、いつまでも焼け野原に立ってもおれないので、橋の下に誘うと彼女はついて川原に降りてきた。白く光る川明かりが足元を助けてくれるほど、崖ぎわや橋柱の台には、一刻早い暮れの闇がしのびよっていた。

おれ一人なら綴り皮でもかぶって一夜は過ごせるが、子連れの客にはそんな扱いもできない。戸板二枚を屋根に組めば、夜風ぐらいは防げると思いつき、元の住居まで上っていった。

おおかたの瓦は落ち、荷物を運び出したあとの家は、物すさまじいばかりに荒れ果てている。その家の中に何物かのいる気配がする。一人暮らしでは時々、確認しにくい他者の存在という恐怖に襲われることがある。すると一匹の山羊が戸口から首を出した。

片方の角の短いのに見おぼえがある、一才の若い牝でこいつだけ助かったのだろうか、メエーと声を張って体をすりよせてきた。おれは放っておいて、重い二枚の戸板を背負って川原に下った。崖寄りのところに戸を三角に組んで、母子が休めるぐらいの空間をつくった。床に干し皮を敷き荷物を重ねて枕にすると、仮の寝床らしいものになった。

おれが出かけている間に、焚き火を燃やし、豆汁に火を入れてくれたのか、良い匂いがして腹が鳴った。彼女はただ無為に座っているような性分ではないらしく、気配りをしてくれるところは、物分かりのよい女らしい。おれはなるべく好意に解しようとしたが、彼女はまだ多くの謎に包まれたままの女だった。

「晩めしにでもしますか」

と招いても、橋下の宿では豆汁に木芋の粉と干し肉の炙った品しかない、幼児には米を煮て粥でもやるように言った。

明日の出発の手はずは、一つの仕事を残して全部すんでいる。突き棒を伐れなかったのは、彼女との出会いに時間を取られたからで、それは明日に延ばして、腹のふくれた今は寝るだけになった。彼女が幼児をつれて戸板の中に入ると、あの山羊が寄ってきて、鼻を鳴らし頭をすりよせてきた。餌の催促なのは分かっていたが、三人の旅となると食料の節約は考えなくてはならない。玉蜀黍の荒挽きは持っていたが、知らぬ顔でいた。

「ねむったわよ」

暗い所から出てきた彼女は、火のそばに座って榾をさしくべた。

「冷えないかい、風邪でも引かすとことだぜ」

「うんと包んできたから。それほど寒くないもの」

そう言えば、暮れてきてから暖気は増したようで、風は収まったようだ。

「あらあ、またお客さんですか」

彼女は山羊のほうに手をさしだした。獣は餌でも貰えるかと、メエーと鳴くと短い尻尾を忙しく振った。腰を浮かした彼女は、ひとまとめにしてある荷物のうちの、黄麻袋の口を開けにかかった。

「それはやめてくれ」

そのつもりはなかったのに、しぜんと大声が出た。断りもなく他人の物に手を出す、けじめのなさにおれは黙っておれなかった。

「いけませんか」

「食料は命のもとと思ってくれ。予定通り着くものなら心配もないが、雨にでも降りこまれると、五日とも七日とも分からんのだ」

「山羊さん、駄目だとよ」

彼女はおれの小言を何と取ったのか、山羊の頭をなでた手を喉にあてて引いた。屠殺して持っていくかと尋ねたのだろうが、いまさら山羊の一匹などどうでもよかった。もとは農場から貰ったのだから、仲間のところへ戻っていくだろう。

それにしても彼女は変わっている。餌をやらないのなら、殺せと言う。このたびの川下りでも、――連れていって下さい――と頼むところを、――行こう――と強要するようなことを平気で言う。気性は走っていて、豆汁に火を入れてくれるほどであるが、断りもなしに袋の口を開けもする。

いくら野育ちの女といっても、少しは慎みはあるだろうに、彼女は作法の何かも知らない。赤茶けた服の長裾でよかったが、焚き火を前にして、恥じらいもなく股を開くのには困った。奇妙な巡りあわせから、この母子と旅をすることになったが、おれは女をもっと観察したい好奇心があった。彼女もおれのことを、何かと考えているのは確からしい。レオの娘ほどの知的な推察力はないので、おれは神経を使わなくてもすんだ。けれども彼女なりの直感で、男の欲望に迎合しているような気がした。おれたちの間にある約束事が、暗黙の中に交わされたと、ひとりで合点しているようであった。

彼女の考えでは、自分ら二人は互角で、ある商談をした仲間ということになるのだろう。このように考察してはじめて、女の態度が理解できる気がした。――代価はいつでも払います――であるのに、男がいっこうに求めようとしないので、何となく落ちつけない様子に見えた。

「あんた、何と呼べばよいの」

顔をつき合わしていながら、おれは自分の考えにかまけて黙ったままなので、彼女から声をかけてきた。

「マリオで通っているんだ」

「そう、わたし、エバ」

三日ばかりの舟旅で、その先は別れてしまう女にはマリオでよいだろう。彼女のは本名なのだろうが、おれには女の名前などどうでもよい。用があれば代名詞で呼べばよかったのだ。それでもおれたちは名前だけは知る仲になった。

「坊やは何て言うんだ」

幼児が男の子なのは、女の口の端から分かっていた。

「まだないの」

おれは子供の名前など聞かなければよかったと気がついた。推察するまでもなく彼女の身の上には曖昧なところがある。とうてい堅気の女とは見えない崩れた姿態があって、複数の男たちとの関係があると、おれはにらんでいた。

偶然の出会いから母子を本流まで連れていく羽目になった。引き受けた上は自分の責だけは果たすつもりでいるが、恣意に負けた盲目の行為だけは避けるつもりだった。

「もう休んでくれ」

女に毛布一枚を渡すと、おれは焚き火のわきに座り、足を折ると両手で抱えた。寝ずの番をするつもりが、夜半のひと時、いつの間にか眠ってしまったらしい、アンナを夢に見ていた。何とも嵩にかかった物言いで、その我儘と無知についおれも向っ腹を立てた。いちばん鬱屈していた頃の夢だったので、ひどく目覚めが悪く後を引いた。いつか焚き火は消えて、燃え残りの榾が白い灰を囲んで丸く残っている。丸めた枯れ草を燃え残りにのせマッチをすった。細い煙がたち赤いものが交わると見る間に、パッと炎に変わった。辺りが明るむと、戸のあいまからのぞいている、生白い女の足の裏が目についた。川原の霧は深かったが、もう朝の気配はあった。

おれは流れまで行って、放尿し顔を洗い、缶に水をくんで戻ると火にかけた。たぶん女は気疲れのゆえか何も知らずに眠っているらしい。朝食は彼女に任せて、その間に竿にする木を伐りに林へ行こう。雑嚢から山刀を取り出していると、女は起きてきた。

「おはよう」

挨拶する口もとに、ある意味を持つと思える笑みが浮いていた。

「うん」

くぐもったおれの返事は彼女に聞こえただろうか。それから朝食の支度を頼んだ。

「ちょっと待ってね」

そそくさと彼女は霧の中に入っていった。戻ってきた女は活き活きとして小娘らしくさえあった。顔には紅がさし、水でなでつけた髪はニスを刷いたように艶やかで、額に垂れた幾本かの後れ毛に、水滴が白く光った。

「あら、もうお湯が吹いてきた。熱いのを飲んでからにして」

山刀を手にしておれは、浅瀬を渡り対岸の湿地に入った。ここまでは火の手も及んでいず、滑らかな褐色の木肌に白い模様の浮いた、猿すべりが群生している。なるべく、竿に頃合いのをと、探しながら奥に入っていった。霧があるので迷路をたどるような気分になる。地面には苔の類が盛り上がって繁茂していて、一足ごとに身体が沈む。

過ぎた盛夏の季節、耐えがたいほどの炎暑の午後、この岸まで来て水浴びのあと、木陰での憩いを思い出した。必要な竿は手に入れたので、すぐ引き返してもよかったが、身体が芯から燃えて、胸まで苦しくなったのは、なにも熱いコーヒー二杯やっただけではない。生きていく上にあまりにも煩瑣なものが、つきまとってくるのは何故なのだろうか。

おれは水苔の上に自分を投げ出した。植物の冷気がほてった体に爽やかであった。この一刻の間に、何十年かが過ぎ、戻ってみれば女をはじめ橋までが、消えうせている場面を思い描いた。

「遅かったのね」

彼女は出発に先立って食事にかかるつもりらしいが、鍋いっぱい盛り上がるほどに炊いた米の飯を見て、おれはむやみと腹がたった。白米は幼児にはかけがえのない食料だし、おれたちだって腹でもこわした折は要るものなのだ。

「あんた、怒ったの」

「うん、大食らいのように米を使っては困るのだ、子供の分までおれたちが食ってはならん。どんな不慮の事件が起きるとも分からんからな」

朝から苛立った神経は収まりかねた。けれども、おれが不機嫌で食わないと、彼女も手を出さないに違いないから、はげた琺瑯(ほうろう)びきの皿に盛ったのを受けた。


「マリオ、誰か馬で来るようよ」

彼女は初めておれの名を口にした。言われた言葉にも気を悪くしないのは、女の良い性質の一面らしい。遠くからの微かな響きを、早くも捕えて知らしてくれたのは、おれが困る立場になるのを、何となく感じ取っていたのだろうか。

「やっぱり、そうよ」

そう言われると、遠くで木をたたくような音がする。彼女は不審がったが、おれにはよく分かった。昨夜農場に顔を出さなかったので、レオの娘が様子を探りに牧夫をよこしたのか。農場の者と会えばとても迷惑な場面が予想された。この女と一夜を共にしたとなると、人々の想像するところは、似たようなものだからだ。

おれは先方の厚意ある申し出に添えなくて逃げ出すのだから、その上相手に話の種をおいていくのは嫌であった。

「急いでくれ、訳はあとで話す」

おれは女をうながして、一気にカヌーの処まで走った。母子は舟に乗せておいて、荷物を運び終わった時には、馬蹄の響きはごく近くまで来ていた。おれは艫に立って竿に力を込めて、川葦の茂みに舟を押し込んだ。濃い川霧がすっぽりとおれたちを包み隠してくれた。人馬は橋の上を通っていったが、べつに意気ごんでいる様子でもない。

おれたちが息をつめてひそんでいたのは、ほんの十幾分のことだろうか、すぐに人と馬の気配はまったく消えてしまった。

なにも大騒ぎするほどの事ではない。たかが豚飼いの夜逃げだ。たぶん嫌々ながら来た牧夫たちは、それ見たことかとの思いで帰っていったことだろう。

おれは竿を立て力をこめてカヌーを突き出した。川の中に出ると舟は流れに乗って向きを変えた。霧にぼやけた両岸は、多くの思い出と共に後へ後へと去っていく。今日あることを予期していなかっただけに、別れの感慨はまたひとしおであった。

カヌーはすぐに、前にジイアス家の二人の少年が流された早瀬にかかった。あの日は大雨の後で川は増水し、急流は白い波頭を立て、泡立ち沸き返っていたけれども、今は嘘のように水は枯れ、カヌーの平らな底さえも川床にすれて、ややもすると止まりそうになる。おれは舟から降りて艫に手をかけて押した。

舟が深みにかかると、おれたちは緩慢ながらも流れに乗って、左側に見るギイドの小屋も過ぎた。もうジイアス農場から離れた水の上にあった。出発から彼女はひどく無口になった。おれが信用できない男に見え、何となくこの旅に不安を感じているようであった。

「なぜ、逃げたりしたんです」

女は訳を知りたいようすで話しかけてきた。おれは農場に関わる経緯だけ説明した。

「それでは、あんた農場に行けばよかったのに。その娘あんたに惚れていたのかもね」

大地主の一族の娘が、流れ者の変人を好いたとでも、彼女は思ったのだろう。

「おれは気の向かないことは、指一本うごかしたくない性分なのだ」

何を感違いしたのか、彼女はとつぜん笑いだした。

「マリオ、あんたは変な人ね」

彼女が何をさして笑ったかは、およその見当はついている。

「あんた、わたしが旅の連れに頼んだのを、好かないのでしょう」

「本当をいえば迷惑だった」

「では、どうして嫌なことをしたんです」

「人が危ない目に遭うと知れば、好き嫌いは言っておれんからな」

「恩になったわけね」

「なあに、塩代と思ってくれ」


前の川下りの時とは、比べようもないほどに舟の進行は鈍い。この分だと本流に出るまで、あと何日かかるとも予測の立てようもない。日輪は望めるような空模様でないので、また時間ぼけの状態になった。カヌーは流れにまかせて昼食にした。

空はしだいに怪しくなり、おれが懸念していた雨模様になってきた。こぼれるほどに水気を含んだ雲は幾重にも重なり、乱れ渦になって川面に低く垂れ下がってきた。

おれは急いで櫂と竿を立て、綱を渡して山羊皮で覆い、にわか作りの幌(ほろ)にした。カヌーはまるで川に落ちた蓑虫(みのむし)の巣になった。沛然と襲ってきた雨が通り過ぎると、川面は下ろし金の歯のように荒らだった。幌にもぐると、もとより狭い覆いのなかなので、おれたちは体を触れ合わすばかりになった。これで濡れずにすむが、幌の中は胸の悪くなる生皮の臭いがこもってきた。雨足に視界はとられ両岸を見失っていたが、川葦の茎にすれるカヌーを見て、舟はもう流れている状態ではなく、いつの間にか川についた沼に入っているようであった。

おれはここで一泊するつもりで、竿を泥沼に立てカヌーを舫(もや)った。こんな作業の間にも女は何となくもじもじと、落ち着かないのをおれは横目で見ていた。

「マリオ、ちょっと岸に寄ってくれない」

「何の用だ」

「ちょっとね」

何となく言いよどんで、はっきりとしない。

「岸はどちらか分からないし、もう泊まるつもりでいるんだ」

彼女がなぜ舟から降りたいのか、だいたいの推定はついたというのは、おれは朝から舟を漕ぐようにして、竿に伝わして二回もすましていた。カヌーは狭くて自由に身動きできる広さはない。その席で彼女は腰を浮かしたり下ろしたりしている、差し迫った焦慮が女を苛(さいな)んでいるようであった。彼女は柄にもなくはにかんでいた。

おれは笑い出したい気分とともに、もう少し女を苛めてやりたい妙な気持ちになった。彼女は船底に毛布を重ね幼児をそこに置くと、こちらに這ってきた。

「もう、待てない」

声は低かったが、切羽つまっていた。席を替えるときおれたちはちょっと抱き合う形になった。彼女は――ふふう――と笑って顔を赤らめたが、一刻も待てない排泄が女を急きたてていた。

「これを」

アルミの平鍋を彼女に渡した。多くもない炊事道具だが仕方がない。幼児が泣きだした。目を覚ますと空腹とひとりなので、泣き声をあげたのだろう。おれは蠟燭（ろうそく）を探りだしてマッチをすった。

「すみません」

と言う声を背中で聞いて、おれは子供を抱きあげ身体を回して母親に渡した。幼児は乳房に吸いつくとすぐ泣きやんだ。おれたちは夕食にかかった。貧しい食事ではあっても腹を満たすと、何となく和やかな気分になった。

「あんた、なぜジイアス農場に三年もいたんです、ちょっと怪しい。また、どうして逃げだしたの。話してくれない」

「話してもよいが、こういうことは客のほうからだろう」

「そうねえ。わたしの祖父は、未開の山に人にさきがけて入るのが好きだったらしいの、小屋がけで住んでいたP町の草分けの一人で……」

「ちょっと待ってくれ」

いくら小舟の中の退屈しのぎでも、いくさ前の昔がたりに、それも見ず知らずの他人の来歴に耳を傾けるほど、おれは物好きではない。

「聞いた事柄だけ、話してくれればよい。あんた、家の者と言ったが、誰かね」

「兄よ、わたしとはだいぶ歳は違うんだけど」

「火が来たときは、いなかったのかい」

「前の日に、P町へ出かけたの、先方からは町に入るなと言われていたらしいけど」

「あんたの家は、野火ぐらいでは燃えないだろうがな」

「誰も庭の手入れはしないし、枯れ草に埋まっていた倉庫から、火は風車の塔に移って家の屋根に倒れてきたんです」

「うん。分かった。それであんたは兄さんに会いに行くんかね」

「他の人よ、その人に聞けばみんな知っているんだから」

「誰だね」

「雑貨の店やっている人で、まだ他に何かやっているらしいけど、わたしは知らない」

「万作か」

「あらあ、知っているの」

そんなところだろうと推定はしていたが、彼女の驚きはおれの考えよりは大きかった。

「品物はあそこで買っていたからな。ジイアス農場を世話してくれたのも万作だ。彼はその筋の手入れを事前に知って、ずらかったという話だが」

「それは何時（いつ）のことです」

「まだ十日にならん。用件があってある人に寄ってもらったら、店の戸は下ろしてあったそうだ」

おれには彼女の溜め息が聞こえるようであった。蠟燭の灯は丸い暈（かさ）をもち、幌にくるまれたカヌーの中は、何となくこの世のものとは思えない気分に誘われる。おれはしだいに女の身の上に興味をもった。

「その子は万作の胤（たね）かい」

おれは思い切って突っ込んで尋ねてみた。

「それが承知せんのよ、おれの知らんところで何しとるか分かるかいと言ってね」

万作の逃げ口上だろうが、案外そうとも言えないものもあると思った。

エバの父の死が一家の崩壊、人間としての不倫の因になったのは否めないが、十五歳になったばかりのエバの兄が、父に死なれたのは何といっても悲運であった。

この辺りで死人がでると、虻（ムッカ）という集落の共同墓地に葬る。以前その村は牛追い道の要路にあって、百軒からの住民がいたが、十年前の大洪水に、南方に通じる道が湿原に変わり、牛追いが寄らなくなったのと、近くに出現した沼が呼んだ悪疫のため、村民は離散して、いまは十軒ばかりが残った寒村になった。

村人を証人に立て、喪主も手伝って穴を掘り、エバの兄は父を埋葬した。

父が生前に、——困ったことがあれば相談せい——と言った男が万作であった。彼は子供にしてはませているエバに目をつけ、ゆくゆくは情婦にしてやろうと先を楽しみにしたのだろうか。

その頃からエバの兄のかかった風土病で、俗に言う破傷風（フェリダブラボ）の病状が目立ってきた。砂蠅の伝播するレイシュマニア病原菌に冒されていたのである。初期の症状は鼻腔の粘膜が赤くただれ、いくらか赤鼻に見えても、日に灼けた顔にはまだ目立つほどでもなかった。彼は好きな牧夫の娘がいて通っていたが、病気が進行してくると、鼻腔の隔壁も腐ってとけ、鼻梁が陥落すると顔の中に黒い穴があき、妹のエバでさえ気味悪いほどの容貌になった。それより前に、かなりのことには物怖じしない荒くれ男たちも、彼を魔性の者として恐れた。娘からはとっくに交際は断られていた。

　これまでに、彼女は万作の子をひとり生んでいたが、生後まもなく死んだのは、万作の女房が呪術師に頼んで殺したのだ、と信じている口ぶりであった。

　おれもその女には一面識はあった。北ブラジル産らしい混血女でどっしりとした自信たっぷりな、いけずうずうしい態度は、ひとつは太っているからでもあろう。この手の女は少し暮らしが楽になれば、いくらでも脂がのってくる。猪首に黒、白、赤色の木の実や石を糸に通した、首飾りを幾重にもかけ、卑しい顔の眼窩の黒ずんだ奥の目は血走って濁り、疑い深く人を見る。石女なので、他の女に宿った万作の子に憎しみをかけるのは、当然と思えた。

　身辺に差し迫った事情で万作はエバから離れたのだろうが、供給を受けている耕作者、小牧畜者はパトロンが来ないとなると、いくら自給の生活でもやっていけないのは、おれも体験で知っている。農具のほかに塩、砂糖、コーヒー生豆、火酒、石油、砒素化合物、苛性ソーダ、石炭酸、布、靴、薬品その他ちょっとした物もいる。いくら文明から離れた荒野でも、人は動物と同じにはいかない。

　そんな訳で、エバの兄は万作に会いにいったのだろうが、もう町に出られる容貌ではなくなっていた。そんなことで万作は嫌ったのか、病気の進行した昨今では、妹の彼女でさえ正視できないほどに顔は崩れた。昼間は気に紛れていても、夜になり身体がほてってくると、患部はうずきはじめる。

「痛いよう。痛いよう」

と泣きながら、土間を転げ回り、看護をしようとする妹に抱きついてくる。こうなればもう兄妹の家は畜生の世界でしかない。彼女は隠し事をする女ではなかった。おれは同情はしたが、他人の身の上に少し係わりすぎた思いも一方にはあった。

「兄さんね、もう生きていないかも知れない」

ぽつんと、彼女はそんなことを口に出した。

「こんどは、あんたの話す番よ」

と女は言う、彼女は洗いざらい言わでものことまで話したが、おれは良いとか悪いとかは別にして、事実そのままを口にしたくはない。といって嘘でごまかす気持ちもない、名を聞かれてマリオと告げたようなものだ。この辺りではそれで通っているが、本名ではない。けれどもここで暮らしていれば、マリオは間違いなくおれ以外の誰でもないのだ。

おれは自分の過去の大概は話した。事実でも不要のところは抜いたけれども、真実性は曲げなかった。

雨はひっきりなしに降っている。幌に張った干皮の綴りは水気にふやけて縫い目が伸び、そこから垂れる雨滴が背中に沁みた。

「あんたの奥さんて人、情の強い女ですね」

「おれが逆上して殺そうとしたからな、妻でなくても怖れるだろう」

「あんたは一本気の男なのよ。わたしなんか誰も殺してもくれない」

おれはこの女と話していると、何とも妙な気分になる。何となく考えさせられるのだ。

「それで奥さん帰ったんですね」

「怒ったのは里方だ。連れていってしまった。訴えないのを条件にして、財産はすべて妻の名義にして、おれは精神病院に送られた。母は町に出て縫い物などしながら、おれの退院を待っていたのだが」

「あたし、あんたのお母さんに会いたかった。あたしの母は土人の娘で何も知らなかった。教えてくれたのは洗濯とクスクス〔玉蜀黍料理〕の作り方と、オウムを飼いならすぐらい。父からも馬鹿にされて、日本に引き揚げがあれば、こいつは置いて行こうとまで言われていたんです」

おれの語った母の姿が、女の心にそれほどの印象を与えたとはと、おれの驚きは大きかった。楽しかったこと、苦しかったこと、哀しみの追憶は母の思い出がいちばん深い。そのような感慨が彼女に伝わったのだろうか。身の上話とは、いつもある慙愧（ざんぎ）の念をよぶものか。女は何とも言ってこないし、おれも話しかける気分ではなかった。

おれたちは蠟燭の灯を中にして、有り合わせの物で晩めしにした。話題の尽きたいまは灯を消して寝ることにした。

雨は九十日の旱（ひでり）を返すように降り続いた。いつの間にかおれは眠ったらしい、カヌーの近くで水の音がしたので目が覚めた。かなり大きな魚でも水中で寝返った模様である。舟が少し持ち上げられた感じで、舟底をこすって通ったものがある。カヌーにかなりの横揺れがきた。おれのすぐ前で寝ていた女は、

「わあっ」

と寝ぼけ声を上げて、おれにしがみついてきた。とっさに女の肩に手をやったので良かったが、こんな

場合むやみに立ち上がられては、舟は転覆することさえある。おれはマッチをすった。必要なら灯をつけてもよかったが、続いては何も起こらない。細い木片の炎は燃えつきて消えた。

「鰐（わに）のいたずらだ」

二人はほとんど抱き合わんばかりに、身体を寄せていたが、おれは彼女の肩を押してもとの席に座らせた。闇の中でおれたちはだんまりのまま向かい合っていた。雨はあいかわらず降り続け、沼の水をたたいていた。

## カヌーを焼く

「マリオ。起きてよ」

うつつで誰かに呼ばれている気がして、はっと目を覚ますと、女がおれの肩に手を置いていた。声をかけても起きそうもないので触れたのだろう。よほど気疲れが出たものか、なにも覚えずにぐっすり熟睡したものだ。背をのばすと狭い場所での無理がたたったのか首と肩に筋がつって痛みが走った。

おれはカヌーから身を乗り出し、浮き草をかき分け掌に水を受けて顔は湿したが、澱み水では口はすすげないほど強い泥の臭いがあった。

沼は深い朝霧の中で眠っている。クイクイと近くで水鳥の鳴く声がする。いつの間にか雨はやんでいた。夏の朝の霧はその日の好天の前兆なのは知っている。けれども今は冬の終わりだし、三ヶ月もの旱のあとなので、天候の予想はなんとも云えないが、一夜の雨があっただけで、なにか柔らかい感触が満ちているようであった。

女はおれを起こす前から朝の支度にかかっていたのか、フライ鍋の中で小枝を燃やしていた。幌の支え木の先に吊った深鍋からは湯気がもつれ立っている。彼女の取り柄は何でも手早いことだ。目覚めの熱いコーヒー一杯は気がきいていると思い、アルミのコップに受けて一口つけてみた。胸の悪くなるような味が舌に乗ったので、思わず水の上に吐いた。

「あんた、もう口をつけたのか」

「まだよ」

「そうだろう。ここのは腐れ水だぜ、これは捨ててまた別に頼むよ」

「ええ、沸かせばよいいと思ったんだけど」

「障るとは言っていない、味のことだ。まあ、いいよ。雨はあがったようだ。行くとするか」

「マリオ、一度岸に寄ってよ」

彼女は昨日のことを思い出したのか、言葉尻をフーフーと笑い声で切った。おれも女の切羽つまった変な身のこなしを回想すると楽しくなり、妙な味のコーヒーを飲まされた不機嫌は消えていった。それに好天になるらしい霧の動きが気持ちを明るくしてくれた。

昨日、この川についた瘤のような沼に入り込んだ折、カヌーの腹をすれていった葦の細い葉が、まばらにしか目につかないのは、一夜の雨で川の水嵩が増えたのだろうか。それは舟足を早くしてくれるし、浅瀬で舟底が川床に触れないだけでも助かることになる。

霧はしだいに薄れていて、まだ視界は限られていて、カヌーの前方に暗いかげりが、とけそうもない隈取りをもって動かない。灌木の茂みのように思えたので、その方に漕いでいくと、そこは予想したとおり立ち木のある岸であった。

おれは舟を陸につけると、雨にふやけて重くたるんだ幌を舳先に積み上げ櫂と竿は倒して船べりにおいた。たぶん彼女は気をきかしたつもりなのだろう。舟に残ったおれと幼児に、熱い一杯のコーヒーと哺乳ビンをもってきた。このたびの一杯は旨かった。母親に代わって幼い者にゴムの乳首をあてがってやると、そこはかとなく他人の子にも、旅は道連れというのか、慈しみの心が湧いてくる。

見上げると、流れる灰色の雲に切れ目ができ、光の縞がぽっと明るく差すかと見る間に、すぐに続く雲に隠されてしまう。雲の去来は目まいするほどにも速い。女は食事を整えると舟に乗った。時刻は朝食にはまだ早い九時頃であった。

おれはすぐにカヌーを流れに突き出した。思いのほか舟足は滑る、このぶんだと夕暮れまでには、予定の送電塔のある丘の下までは着けるだろう。そこは片側が浸蝕された崖になっていて、川岸は小石混じりの砂州で野宿には格好の場所である。そこで一泊すればもう舟旅は終わりといってよい。

それにしても道連れになった女は、行く先のことは考えているのだろうか。何とも頼りなさそうな母子の身の上を思うと、自分の身の振り方よりも気になった。一舟の中で一夜明かした縁で、おれの心境にある変化が生まれて、出会いの時の突き放すような気持ちはなくなっていた。

目当てはP町にしても、そこに彼女の親身になってくれる者はいるのだろうか。万作はその筋の手から逃亡していて、たずねるすべもないだろうし、兄という人にもたぶん会えないものと、何となくおれは推察した。女を約束の地まで送り届ければ、引き受けたおれの役目は済む、ただ行き会ったというだけの縁でしかない母子ではあったが、何となく気懸かりになる。

彼女は当座の生活費ぐらいは持っているのだろうか。S村の泊まりに着いて、困っているようなら少しは援助してやってもよい。しかし、おれも他人どころではないのだ。別れた後はさっぱり女のことなど忘れようと思った。

ジイアス農場を退去する時から、おれにはある目的があった。一年ほど前P町まで行っての帰途、手違いが生じて本流で夜になった。どこか舟を寄せる岸はないかと探していると、何処までも続くと見えた原始林のひとところに、ぽっかりと空いた開拓地があって、灯火のまたたきがあった。そこで一夜の宿の世話になったが、主（あるじ）はギオマール・アルベス・デ・ソウザ・サントスと言った。この辺りではサントで通っているとと言う。女房は死に、他家で育った娘が一人いて、彼女に世話はするから来いと呼ばれているが、現在は一人暮らしで、釣った魚は塩物にして、廻ってくる商人に売ってたつきにしていると言う。

おれが贈った火酒で上機嫌になり、天井から吊った石油ランプの下で、主の話はいつ果てるともなく続いた。サントは広大なM州の原野を掌に指すように詳しかった。

おれがジイアス農場の豚飼いと知ると、

「ジョンの土地だろう。あそこは川に突き出た糸瓜（へちま）のような土地で、先があると思って入り込んで、後から追いかけられてみろ、間違いなく地獄行きだ」

おれの借地の地形までよく知っているのには驚いた。若い頃は牛追いだと言ったが、主の語り口では家畜泥棒のそれであった。

「おい、若いの、わしも色々な仕事をやってきたが、漁師が一番だ。悪いことは言わん。実は娘が呼んでいるのでな、気に入った後継ぎを探していたところだ。誰でも良いのじゃない、お前が気に入った。一切まとめて権利はゆずる、日雇い三年分払ってくれ、この河では名の通った鯰(ピンタード)揚げのサントだ。お前は馬鹿ではないらしいから、仕事もすぐ覚えるだろう。二、三年地道にやってみい、一財産できるぜ。嘘は言わん」

すぐにでも手を打ちたい主の様子であったが、おれもまさか今日の状況を予想していたわけではなかったので、話はその場限りのものと聞き流した。

朝になって、おれが出立するに際して、別れの挨拶に答えてはくれたが、昨夜あれほど勧めた用件のことは、おくびにも出さないのも変わっていた。

サントは達者でいるだろうか。このたびはおれの方から頼むことになるが、一度蹴っている相談なので老人がどう出てくるか、その時になってみなければ分からない事ではあるが。

ついサントとの出会いの一夜に思いをはせていると、女が声をかけてきて、かれこれ昼時だと言う。物思いにふけっているうちにおれたちはすっかり変わった土地の流れにあった。昼食といっても食欲のそそられる食い物ではない、砂をかむような木芋の粉だ。咀嚼(そしゃく)に時間をかけて何とか呑みこめる代物で、空腹は満たされても便秘がちになる。

幼児は重湯をもらったのち、母親の乳房に吸いついている。彼女はあまり食わない。遠慮するような質(たち)でもないから、おれは何も言わずに見ておいた。幼児はまだ飲み足りないのか母の胸から離れようともしない。肥えた子と痩せた親が、おれには腹の袋にたくさんの仔をかかえて夜歩きする、鶏の生き血を吸うガンバ〔オポッサムのこと〕に思え、そんな野性の小動物を思っただけで、いくらか酢っぱい臭気が臭ってくるようであった。

薄織りの白いレースのような雲をすかして、弱い日輪は空にあった。一群の雲が通ると墨一色で刷いた焼け野原は暗くかげった。そしてしばらくすると、ぱっと明るい陽光が射し、水面にも反射して波はきらめく、それもわずかの間に淡くなると消えていった。

昼食を終えたころから、カヌーは揺れはじめ流れは荒れてきた。おれたちは丘陵地帯の狭間にかかっていた。増水の折の下り舟には危険な場所の一つであった。今日の状況ではそれほど気を遣うことも無いが、それでもカヌーが流れに押されて、岸に接触するのを避ける必要はある。おれは舳先に立ったが竿を使うほどもなく、舟は狭間を抜けると前方のアンジッコ〔樹木の名前。生長して大木化する〕の森に向かった。前の時はその茂みを横に見て過ぎたが、三ヶ月の旱の後の減水では今のが流れの本流なのだろう。川は古木が水の上に根を広げ、深い陰をなしている中に消えている。

おれは女に伏せるように伝えると、自分もそれにならった。挟間から急流に押されたカヌーは、枝々の交錯した森の底に滑り込んでいった。するとおれたちの頭上で奇声が湧いた。舟底に身をかがめていた女は、何か分からぬままに大声をあげたほどだった。こちらも面くらったけれども、先方でも突然流れ込んできた舟に仰天したに違いない。すばしこい獣の群れは枝から枝へ騒がしく散っていった。

木の下闇を抜けて明るみに出ると、荷物や舟底に点々と妙な塊がついているのに気がついた。竿の先ではらうと足元に転がってくる。猿の巣の下をくぐったおれたちに、落ちてきたのは彼らの糞であった。

カヌーは平坦な果て知れないような土地にかかった。野火のあと、また草の芽吹きの見えない原野に、銀色に光る流れはどこまでも続く、その先に青くかすんで望まれるのは他州の遠い山脈である。これから暮れるまでの川下りは、退屈を持て余すほどの旅になるだろう。おれは竿を舟べりに投げると、腰かけ板に背中をつけ足を伸ばしてくつろいだ。女は何となく落ちつかない様子に見えた。彼女は何かおれに相談でも持ちかけたいのだろうと、おれは推察した。

「マリオ、わたしね、お金といっては何も持っていないの」

思い切ったというふうに、彼女は話しかけてきた。

「うん――」

なるべく不愛想な返事をした。やはり持ちかけてきたな、という気持ちであった。

「貰った物を持っているんだけど、お金にしたいんです」

換金できるような品物を持っていて、おれに値踏みしてほしいとは意外であった。彼女が身体から離さず、枕代わりにもしている赤茶けた袋から取り出したのは、家畜の膀胱をなめした巾着であった。口はしっかりと結ばれてあるのか、皮の細紐を解くのにひどく手間がかかっている。

女は何を取り出そうとするのか、おれは事のなりゆきに好奇心が湧いた。指に力を入れているのか、彼女の手は震えている。やがて紐をほどくと小袋を片手に載せ、無造作に突き出した。おれは受け取ってみて、その重さに驚いた。とっさに砂金ではないかと考えた。

この州では今でも時に砂金の噂の流れることがある。ここから遠い川上では、過去に猫ながしや椀がけをする人がいたというのは聞いている。そんな連想をしながら、受け取った巾着の皺で縮んだ口を広げた。目に入ったのは金の鎖、メダルに腕輪の類である。

大きな財産と思われる装身具と、持ち主である外見には貧しい女を、おれは相互に見比べた。この均衡のとれない現象に、いくらかはおれの気持ちもうわずっていたのに違いない。いま手にしている貴金属はすぐには評価のしようもなく、まして今の通貨に見積っての見当はつけようもない。それとは別に、女が自分の宝をおれに見せるには、よほど思い切った行為であろうことは理解した。

おれはただ行き暮れの母子の世話をしたに過ぎない。いくらか節度を守ってきたのは、その場限りの女とつまらぬ関係になりたくなかっただけで、彼女の信頼を得るような事は何一つしてはいない。彼女が自分の持ち物を金にするにしても、もっと安全な方法があるように思った。つまり、この女はひどく危険な状況を自分で作りだしているのだった。場所柄から見ても、もしおれが女の所有物を強奪しようと思えば、赤子の手をひねるよりも易しいし、証拠も完全に湮滅できるはずである。何となくおれと女を結んだ糸はピンと張り切った感じであった。

おれは小袋の中に指を入れて、鎖の一本をつまみあげた。互いに絡んでいるのがするすると離れてきた。垂れ下がったのを掌に受けて、おやっと思った。一本の鎖にしては意外と軽いのである。

おれは過去にも宝石や貴金属の装身具を蒐集する趣味はなかった。けれども別れた妻は身につける装飾品には目の色をかえて興味を示す女であった。妻の傾向を増長させるように仕向けたのは、ひとつにはおれであったかも知れない。夫婦の仲がささくれだち険悪になればなったで、胸留めや首飾りなど買って妻の機嫌をとっていた。ここ何年かはそんな浮いた生活とは縁のない暮らしをしてきたが、過去の経験がもとになって、おれは直感で異質のものを感じとっていた。

金細工の装身具はあっさりと仕上げた小さな品でも、それなりの優美さと重さがある。それが、手に持っているのはかなり太い平打ちの鎖なのに、ずっしりと掌に迫る重量感に乏しい。不審に駆られて細工品の肌に目を凝らした。ちょっと調べただけで、これは粗悪なメッキ物と踏むより仕方のない品であった。メッキでも本物に見紛うほどの物もある。

持ち主がそれと知っていれば何も問題はないが、偽物を本物と思っていれば、そこに大きな誤算が生じる。いまおれが手にしているのは、聖人祭の日などに、お寺の広場で大道商人が売る二束三文の品である。まさか全部がこんな紛い物ばかりでもあるまいと、次々に引っ張り出してみた。どれもこれも類似品ばかりか、なかには緑青(ろくしょう)の吹いたやくざな腕輪も袋の底にあった。

真偽も知らず貰うほうも無知だが、値打ちをつけて贈り、女の歓心を買い女心を思いのままに扱った、男の笑う顔が見えるようであった。

おれの様子から彼女はようやく疑いを抱いたようであった。

「ぜんぶ偽物だな、売れる品物は一つもない」

「えっ」

「かぶせ物で一文にもならないぜ」

酷であったが、おれはそう言うより仕方はなかった。

「そう――」

女の落胆ぶりは、風船の凋(しぼ)むのを見るようであった。必死に耐えているようであったが、顔色は蒼くなり、目は吊り上がった。

女はおれの返した品を、ひとまとめにすると巾着に押し込んだ。その紛い物を彼女がどう処置するかについて、おれは好奇心を湧かしていた。すると巾着はあっさりポイと舟の外に投げられた。

「あっ――」

おれの方が不意をつかれて軽い叫び声を上げた。波というほどのうねりもない水面に、ポトンと音がして飛沫が上がった。広がる波紋は舟べりを打ったが、すぐに流れのうちに消えてしまった。

「あっ、はっはー」

女はさもおかしそうに白い歯並みを見せて笑った。

「ねえ、マリオ、万作の糞爺が本物よこすはずはないのに、なぜ今まで気がつかなかったんだろうね。これであんたにお礼もできなくなった」

そう言われると、おれは謝礼など期待していなかったけれども、いままで彼女の一面だけを見て誤解していたのが分かり、何と返事をしてよいのか言葉に詰まった。指摘するまでもなく彼女は世に立ってゆけない、多くの欠点を持っている。しかし、当てにしていた金目の品が無価値と分かったとたんに、ポイと川の流れに捨てられる未練のなさ、諦めの良さには、おれは目から鱗の剝がれ落ちる思いがした。

父の不慮の死や、おれの発狂にも、冷静に事件を処理してきた、あれほど出来ていた母でも、財産には執着を持っていて、おれが無産者になったのを、いちばん気にしながら死んだとは人伝てに聞いた。

おれは裸の人間として、彼女に対比して内省をしてみると、まだまだ多くの物を捨てなければ一対一にならないと考えた。ジイアス農場での三年間の仕事の結果は、野火に焼かれて灰になり損害は大きかったが、アウグスト先生の勧めてくれた、不安定な心の治療には目的を達したことになる。

クイアーバ者の言う、——ちょっとそこまで——は遠きに過ぎたけれど、そこで生きる自信をつけたのは、何よりの収穫と考えて、仕事の失敗はあまり苦にしなかった。けれども、生活に困らないだけの金銭はいつも身につけていた。いま神西農場がどんな状態になっているかは知らないが、おれの貰い分はP町の銀行に入っているはずである。頼めば駆けつけてくれる小林の家族や、幾人かの友人もいる。生まれて人に頭を下げなくてもよい環境に育ったので、他人に頼むのは嫌だとか、その日によって気持ちが変わるとか、何か目的を持って近づく奴は虫が好かないとかは、あるいは少なくとも利害に関わりたくはないと考えるのも、支えてくれる物を充分に持っている者の保身と自尊以外の何物でもない。それだからこそ自分の所有物を失うのを何よりも怖れるのだ。

過去におれは財産と名のつくものを失ったが、いまだになお執着する心は払拭されずにあった。出会いの折からおれは彼女を見下ろしていたが、自分はとても対等に立てるどころではないと自覚した。

おれはそんな心境で女を見た。彼女は済んだことは仕方がないという様子で、幼児を抱いてあやすと子供は母の胸で声を上げて笑った。

「ああ、笑った。声を出して笑ったのは今日がはじめてだ」

と屈託のなさで母子は戯れている。おれはがんらい感傷には縁のない性格と思っているが、その時は不意をつかれてむっくりと熱いものが胸に湧いてきて、自分でもおかしいほどに慌てた。

おれは自己の経歴から、余生は独身がふさわしいと考えている。それは一つの諦めからであって、とてもおれの立場を理解してくれる女性はいないものと決めていた。ところが何とかして達したいと望んでいた心境を、一連の出来事を通じて彼女に見たのであった。育ちからして彼女は人の中では暮らせない。環境がそんな女にしていた。その点ではおれと似た者どうしのように思った。俗にいう手鍋さげてもというところか。おれは女の気持ちを訊いてみようとした。

一方ではのぼせるなと言う思いもあって、――お前が女の美点とするところは、すべて投げやりの無知から由来したものだとか、ただ袖触れあっただけの関わりで、素姓も知れない母子を抱きこんで、生活を繁忙にし、先々で後悔しないのか――などの声も聞いた。

別れた妻アンナはあれだけの美貌でありながら、煮ても焼いても食えない性根には、ほとほと手を焼き、遂には発狂までしたのだから、このような杞憂は当然だった。しかし彼女の無教育からくる欠点は直せるもので、おれはこのような資質の女性を心底でひそかに求めていたのを知った。

「エバさん」

はじめて彼女の名前をおれは口にした。

「何ですね、マリオ」

「話がある、聞いてくれ。マリオは通り名で本名はツグシ・ジンザイと言うんだ」

「へえ」

「エバ、おれと所帯を持ってみる気はないか」

彼女には突然のことで、おれが何を考え何を望んでいるのか、理解できない様子に見えた。今頃になって何を言い出すのかと思い惑ったのだろう。あの出会いの夜、橋の下の宿でおれが女の体を求めていった方が、彼女にとってはより納得できた行為に違いない。不幸にもエバは生きてゆく条件の中で、自分のささやかな望みとは別に、万作のような男にも身を任さねばならない事情が、常について回っていたようであった。

彼女はまだほんの子供上がりの頃から、世の荒砥石でこすられたためか、人を見る目が一方に片寄ったのだろう。おれを不能者か、よほどの変人に思っているようであった。

「そう、わたし、はじめからあんたはそこらの牛追いや日雇いじゃないのは分かっていた。何となく旦那の型よ。それでも変じゃない、マリオ、あっ、マリオじゃなかった。あんた、わたしを嫌っているんでしょう。拾ってやろうというのならお断りよ」

「うん、そりゃあ、出会いの折は喜んで迎えたわけではなかったよ。けれども見直したということだ。頼りない者どうしだから、助けあっていけると思うのだ」

「そう、でもわたしは父なし子を抱えているんですよ」

「そんなことは分かっている。お互いに過去の事は忘れよう。子供はおれの子にすればよい」

「ツグシ、それは、あんたの本心なの」

「そうだ」

エバの大きく見開かれた両眼は涙でうるむと、瞼にあふれて膝の上にこぼれた。おれは生涯の伴侶を約した女の手の上におのれのを重ねた。

いつの間にか平坦な流れは過ぎて、カヌーは昼前に遠く望んでいた山並みの裾にかかっていた。水路は丘と丘の谷間に進路を求め、複雑な図を描いて本流に合流しようとしている。この下流には広い砂州があるはずだが、そこで一泊するのは出発時の予定と変わりはない。けれども、まさかおれたちの新婚の夜になるとは思いもしなかったことである。

カヌーは流れの渦に巻かれて横ざまになり、そのまま岸に乗り上げそうになった。すぐにでも竿を取って流れを艫に受けるように操作すべきを、櫂に手を出すような失敗をやった。おれはエバとの突飛とも言える結びつきに、何となく心を取られていて、舟の操りに必要な気配りに欠けたのだろう。すぐに竿に取り替えたが一瞬の動作に間隙ができた。

カヌーは横からの強い圧力に押されて、横すべりのまま岸に寄ってゆく。このままでは転覆の恐れもあるので、水中に差した竿に力を入れた。舳先が方向を変えたとたんに、舟底にきつい衝撃を受けた。その反動で舳先は立ち上がり、艫は水をかぶるほどにも沈んだ。カヌーは水中の障害物は乗り越えたようであったが、その時グキッと舟底で鈍い音がした。エバは子供を抱いてかがんでいるので、まずは危機は脱したと安堵していると、

「わあ、水が」

エバは大声を上げた。見るとおれの座席の下から、扇子を広げたように水が吹き上げている。おれは浸水の量を計った。裂け目に布でも詰めれば目的地までは行けると見た。

「心配ない、沈みやしない」

おれは一応舟の安全性は確かめて安心はしたものの、意外に思ったのは、カヌーに触れた物体はたぶん水中に沈んでいた倒木だろうが、あれぐらいの接触で舟底に亀裂ができたことであった。

おれたちはようやく丘陵地帯を後にして湿原にかかった。視界に入ってきた送電塔は、いつまでも遠景

のままでいるのに、岸の木の枝に寂然と止まっている翡翠が、しだいに後に移ってゆくのは、かなりの速さでカヌーが流れに押されているからだと分かる。おれは絶えず浸水をかき出し続けた。

前向きに座っていたエバは砂州が見えると知らせた。今朝、出立の折はS泊まりまで送る時刻の予定などもう考えていたが、もうその必要はなくなった。明日は親爺に冷やかされるのは承知の上で、サントの小屋を訪ねてみよう。もしそこで彼の仕事を継げるなら、将来の計画も立てられるだろう。

舟が砂の広場に着いた時刻は、陽の傾きから推して夕べに間もない四時頃であった。岸に引き上げた舟の中でも一夜は過ごせるが、カヌーの点検は欠かせないので、前方の崖に添って小屋掛けすることにした。両側を草壁にして屋根には綴れ皮を張った。

おれは舟から荷物を小屋に運び入れると、近くの木立ちに行き枯れ木を集めてきて、エバに湯を立てるように頼んだ。

今夜はおれたちの初夜になる。灰と煙にまぶれて三日、水浴びさえしていないので、契る前の身体は清めたかった。はじめに幼児に湯をつかわした。温まるにつれて赤くなり、気持ち良さそうにしているチビを見ていると、黄色いソーセージのような物が浮いた。エバは何でもないように掌で受けると、砂原に投げた。

「この子、下したことはなく、お腹はとても丈夫なんです」

「育てやすい子なのだろう。しっかりした面構えだ」

幼少の頃のおれは、胃腸が弱くて母は苦労したと聞かされていた。父は旧家の滞った血に活を入れるつもりで、この新天地に渡ってきたようであった。けれども神西家はあまりにも脆弱で、取ったか見たかの荒々しい土地では、二代の半ばで早くも傾いてしまった。おれは養子にしたこの子の野性の血に将来を託すつもりになった。資性がすぐれていれば、いつか世に出る折もあるだろうと考えた。

「こんどはお前だ、流してやろう」

エバは幼い者を掛け小屋に寝かしてくると、大鍋に湯をつぎたし、砂場で裸になるとおれに背中を向けて座った。肉体の貧弱なのは意外であった。肌もかなり黒い、おれと同じ民族の血は半分あるにしても、なんとなく土人の女じみている。寒いのか彼女は細かく震えている。おれは湯加減を見てから、上から流し石鹸をこすりつけ背中をすますと、前向きに立たせた。鎖骨はくぼみ、肋骨は半開きの傘の骨のように出ばり、胸のふくらみはどうにか乳房らしいが、その下から胃にかけて張れが見える、エキスモーゼ〔寄生虫の一種〕による肝臓の肥大は明らかであった。

見たところ、成熟した女体などとはかけはなれた、骨っぽい少年のようであり、毛をむしり取られた鶏の印象を受けたが、女の下腹から腰にかけて子を産んできた生命が見られた。エバはおれに裸を見られたことで含み笑いをして、反応を窺っているようであったが、おれは笑い返すどころではなく、彼女の慢性の疾患はかなり厄介な性質のものとの思いに気をとられていた。肩から胸、下腹から足まで洗ってやると、エバは袋から出したウストップ印の紺（インディゴ）のズボンをはき、メリヤス織りのシャツを着た。これで髪でも刈れば少年に見紛うほどだ。

「こんどはあんたよ、どうぞ」

改まって使う言葉も少しは知っているらしい。けれども彼女は多分ふざけて言ったものだろう。おれは服をぬぐと砂州に膝を折ってかがんだ。背中に石鹸をぬられ湯を流されると、目の覚めるような爽やかな気分になった。立って身体をまわして対になった。

おれとエバとは三十センチも差がある、彼女はおれの下腹部に目をやった。

「わあ――」

エバは予想外の物を眼にしたように、声をあげると手を出した。

おれたちはもう互いに異性は知っている、それも暗い汚い面をいやというほど知らされてきた二人だ。彼女が見えすいたポーズをせずに触れてきたのは、率直な愛情のあらわれと解した。

「おい、流してくれ」

そうエバにうながして片膝を折った。


陽は沈みかけていた。突起した石塊の上に建てられた鉄塔から、川を越して渡された送電線の幾条かの両端は碍子（がいし）に吊られていても、半ばでは自体の重みで皺みたるんで、朱から紫に移ってゆく冬の夕景に架かっている。

おれたちはまだ暮れないうちにと心ばかりの祝宴を張った。無いものづくしは常のことで、宴というほどのものではないが、取っておきの牛缶に鰯の油漬け、オリーブ実の梅干し、ゴヤバ〔グアバ〕羊羹、貝殻マカロニの即席スープは沸いてきた小鍋に、酒瓶の栓はおれが抜いてコップに注いだ。おれは一口飲み、エバにも口をつけてもらった。

おれたちは誰からも祝福を受けない結合ではあるが、それだけに親子三人ひっそりと暮らしていくのは許されると思った。

「よろしく」

おれはエバに頭を下げた。

「わたしこそ」

エバは固い表情になって、えらく神妙になった。おれは少し酔った。彼女はあまり食わず、スープを子供に与えていた。

その夜、おれたちは夫婦になった。おれは初めて女心をしっかりと握ったのを知った。エバの反応もおれの未知のもので、彼女も新しい生活に望みをかけ、おれに身も心も任してくれたのはよく分かった。


翌朝、エバは頭痛がすると言うので、コーヒーはおれがいれた。背負い袋からアスピリン錠を取り出し飲まして寝かしておいた。

三日の野宿と環境の変化で体調をこわしたようであった。もう急がなくてよい旅になっていたので、昼過ぎから出発してもよいし、エバの様子でもう一日ここに止まってもよかった。その間にカヌーを点検して舟底の裂け目にぼろ布でも詰めて、ひとまずサントのところまで下るつもりでいた。

カヌーを裏返しにして応急処置の作業にかかった。するとそれは堅い木質に入った罅ではなくて、詰め物をするほどに縁も広がるといった腐れかたで、とても川下りのできる状態ではない。腐食がどれほどのものか山刀の背でたたくと、ぼそっと鋸(のこぎり)くずの塊のようなものが抜け落ちて、金だらいほどの穴になった。さいわい腐れはそれだけで、外縁は堅いようなので、皮を重ねて釘で止め、外は腰かけの板ででも補強すれば、残り少ない半日の旅はできると考えた。おれは作業に必要な山羊皮と釘を取りに掛け小屋に戻った。

エバと子供はよく眠っていた。

袋をかきまわしてから、初めておれは釘の箱を橋の下に忘れてきたのに気がついた。あまりにも慌てた出発だったので、道具箱は置いてきたのだった。カヌーが使い物にならないでは厄介なことになったと困惑した。おれ一人でなら山野の跋渉（ばっしょう）もさほど苦にならないが、女子供を連れてとなると、一刻も早く人里に着きたかった。舟が使えないとなると、早々にここを発つべきであった。おれはエバを起こした。歩く旅となるといくら行程の終りに近いといっても、手ぶらという訳にはいかない、余分に見積った食料と衣服、重くても銃は欠かせない。天候の変化に備えての山羊皮の綴り、その他、当座の役に立ちそうもない物はすべて投げて行くことにした。おれはすぐにでも出発するつもりで、一足先に川原に下ってエバを待った。

子供づれの支度にしても、あまりにも手間どっていた。おれは待ちきれずに様子を見に戻った。するとエバは崖を背にずれたように倒れていた。おれは荷物を投げてエバを抱き起こした。起き上がると目まいがしてと彼女は弁解した。病気なら仕方がない、もう一日ここで過ごせば治るだろう。

エバは風邪をひいたようであった。熱さましは余分にあったが、定量を越す服薬は考えものと思い、時間をおくことにした。それにしても熱は高すぎる。額など燃えるようだ。川水に浸したタオルを彼女の頭に置いた。その間にも幼児は眼覚めて泣く、子供には粉乳を湯にといて与え、病人には投薬すると、もう昼近くなっていた。おれは一人の昼食をすましたが、舌が荒れたようで少しも味はなかった。

おれは病人の横に座っていても、ほかに何もすることはない。時々タオルを冷やして替えるぐらいだ。

一日は暮れていった。子供とエバに粥を作ってやったが、彼女は夕食もとらなかった。薬は与えてあるのに熱はいっこうに下がりそうもない。この容体だと肺炎になるおそれがある。おれはようやく病人に危惧の念を抱いた。

雨にならないので助かったが、夜になるとかなり冷えてくる。草の壁などあっても無いに等しく、忍んでくる寒気は防ぎようもない。焚き火をしたが集めた木の枝も尽き、夜半にカヌーを壊して薪にした。

二日目、病人はお湯を少し飲んだ。熱は下がったが、エバは黄色くなり縮んでしまった。どうも風邪だけではなく、寄生虫による肝臓の機能障害が加わっているように思えた。

全く運がついてない。カヌーは浸水のままでも、何とか川は下れたのであった。人はどんな悲運にあっても、望みを持って行動すれば、行為そのものが希望につながるが、今のおれは動きのとれない状態に落ち込んだ。どうもエバの病状は悪化するように思えた。お粥を少しとったが、その後でどす黒い粘液をたくさん吐いた。

三日目、一時下がっていた熱はまたぶり返してきた。薄い胸は呼吸のたびに上下に動き、それにつれて小鼻も動いた。唇も紫色に変わって、病人はもう呼吸だけにあえぐ状態になった。風邪から肺炎になった兆候はもう明らかであった。

後日から見ると、おれたちの出会いは、多くの因子が集まり、相互に係わりあっての結果だろう。そのような原因をつきとめて、好まざる事態を除こうとするのが、人間の知性であろうけれど、他方に人間にはどうにもならない大きな力のあるのを信じる人もある。人によっては苦しい立場になれば、そのような存在に頼ろうとするが、おれにはとてもそんな行為はできそうにない。おれはただエバが病気に抵抗して治ってくれるのを願うだけである。

「明日は起きられるわね」

一日目は笑顔で答えたのが、二日目には、

「苦しい」

としか言わなくなった。三日経って、

「子供をお願い。あなたに似た名前、マウロとしてね」

と言う。彼女が何を考えているのか、おれはその言葉に容易ならぬ事態を読んだ。

事実、熱はなくなっていた。体力は消耗していったのか、手などは冷えきっていた。おれはエバのただならぬ容体をみて、二日目あたりから、人の助力は得られないものかと思案はしていた。しかし、病人は絶えずおれを求めてきたので、離れることはできなかった。

それがその日から仮眠の状態になった。おれは静かに小屋を出て、送電塔の立っている丘に登った。そこからは四方に広い湿原は望まれたが、目の届く限り人家らしいものは一軒もなかった。

四日目。小康をえた。彼女は自分では起きられると思って、頭を上げようとしたが、もうその体力はなかった。また子供のことを口にした。おれはもう怒ることもできずに、ただ病人を安堵させればとしか考えなかった。

夕方になって、空は曇りひどく冷えこんできた。エバの容体が急変した。

「いやあ、いやよ」

致死期の病人が何を感じての身もだえであったか、エバの短い生涯の中でいちばん嫌悪したことの原体験が、譫言になって出たものだろうか、それとも何かの幻影でも見ていたのだろうか。これといった手当てもしてやれず行き倒れにも等しいエバの死は、ただ哀れの言葉に尽きた。

おれはその夜、蠟燭をつぎたしつぎたしてエバの通夜をした。なにも知らぬ子供は母親の脇に寝かした。生と死に別れたこの夜を共に過ごさせてやりたかった。

おれは後日のため彼女の持ち物を調べた。袋には粉乳缶、子供の着替え、彼女の服、ポケットからは鏡と櫛、中身のない財布が出てきた。どうしても必要な出生届、身分証明書はどこにもない。これではエバと言っても、姓もなく誰の子とも分からない。行き倒れの浮浪人と同じになる。こんなことなら前に父親の姓ぐらいは聞いておけばよかったと思った。

明日はエバを埋葬しなければならない。緊急事態で内縁の妻を仮埋葬したと、役所に申告するにしても、こんな事情ではひどく煩瑣な手続きが予想され、そのような件はおれがエバを哀惜する情とは、別の次元で処理されるもので、いちおう居所の決まった時点で、その筋の人にでも相談してみようと思った。

翌日、他人の土地なので人目に付く所は避けて、木立ちの中にエバを埋めた。また来る日のために丸木を盛り土に立てた。すべての作業を終えると昼過ぎになった。痺れるような疲労があって休息したかったが、一刻も早くこの土地を退去したかった。掛け小屋は壊し、余分の荷はカヌーと共に火を放った。

おれはエバと出会うまでは、いつも求めてはいたが、意義のある生活とはどんなものか分からないでいた。そんな意味はいくら頭で考えても見つけることはできないのかも知れない。エバは死に、遺児はおれの手許に残った。独り者にとって子供の養育などひどく厄介なものだが、これは誰からも押しつけられたのではなくて、おれが進んで養子にした子である。エバとの約束もある。今のおれには生きがいのある生活とは、この子を育てること以外にはないと考えた。

「さあ、行こうか、今日からは二人だけだぞ」

と子供を両手で上げて高い高いをしてやった。無心の者はケラケラと喜んで果てもなく笑った。母の死も知らぬ童子と、遺されたおれの不幸に重ねて、ひとりの人間の死を悼む悲しみがどっと胸につき上げてきた。

# 第二部

## 流亡

あの日の午後、おれはマウロを背に負い、砂洲をあとにした。遅い時刻の出発ではあったが、川づたいに歩いて日暮れまでには、サントの舟繫ぎ場へ着きたいものと思った。しばらく行くと牛馬の踏み固めた小径も消えて、おれの予想のほかにあった広い湿原に突き当たった。丘陵の背が南方に伸びているその鼻先で、この支流が本流に合しているとおおよその推定はした。

おれはこの湿原地を渡渉するつもりで、柔らかな表土を網のように覆っている水草の上を歩くうちに、足もとから水が滲み出し、踝まで踏み込むようになった。目測による目的地への近道を選んだわけだが、ここは泥土に脚をとられるのを恐れて放牛も近づかない場所と分かり、やむなく戻り道をして台地に向かった。

ところがそこは一面に丈高くのびたカミソリ草〔アナナス科、野生のパイナップル状の植物〕に、茨の絡みあった荒野で、人畜の通った足跡もない。一足ごとに剛い草の葉を踏みしだき、行く先を拒む刺の蔓を打ち払いして進むうちに、まだ冬の名残りの短い北寄りの太陽は早くも傾きはじめた。

前方に青黒く茂った鬱林を望んでいたが、やっとそこにたどりついた。森の中は下草もまばらで、地面も乾いており、今夜はここで野宿することにして子供と荷物をおろした。

川からはかなり離れてしまったが、方角は分かっているし、どちらにしてもサントの小屋はそう遠くはないので不安はない。けれどもジイアス農場を去ってから、七日も野に臥してきた。その困難な旅のあいだにエバの死があった。いまはまだ痺れたような感覚が脳裏にわだかまっていて、あの出来事が自分の生涯にどんな影響をもつかは、まだよくは考えてはないが、彼女と約した子供を育てるということは、一時の決意ぐらいで済むはずはなく、男には無理ともいえる煩瑣な世話がいる。けれどもその世話を通じて何となく親と子の情が通いはじめていた。

その日の野宿にしても、独りなら空腹は覚えないので、晩飯など億劫で用意する気にもならないが、幼児はおれの都合の他だから、乳作りに湯が必要となれば、おれもスープぐらいは啜ってみたい食欲は湧いてくる。仔を胸に抱いて行動する猿の親子が、猟人の銃口の先に立つような危険はなくても、おれと子が互いにつながる生命であるのは、これまで深くは知らなかった父母の心だった。

この季節はうるさい蚊はいず、蛇なども穴から出るのに少し早いので安心だが、ここは家を焼き出されて、橋の下で過ごした一夜とは事情が違う。未知のうえ他人の土地だし、少しの油断もできない。しだいに更けていく夜のしじまを裂いて、闇の中でガアーと鳴く夜鳥の声は、この森をいっそう恐ろしいものに変える。

大きなフイゲーラ樹〔いちじく科の樹木〕の根元に座る場所を整え、前に半円の形に粗朶を積んで焚き火をした。マウロはおれの股のあいだで軽い寝息を立てている。

おれは自分の半生を回顧すると、なんとも理解のできない因縁が付いて回っている気がしてならない。おれの自由意思で選んだもの、他者からの動きによったもの、これらすべての契機の一つが欠けても、現在の自分は存在しないことになるが、これは予め歴史が決められないように、自分の人生はおれが選択したにしても、時には予想もしない事態になるのを、解けない謎に思った。父母の死や、おれの発作、アンナとの離別はおれの意志とは別の環境の力が作用しているが、それは四年から十年もの過去のことになった。けれどもエバとの出会い、彼女の死はまだ強い印象となって思考を乱してくる。

しかしこれはもう過ぎた事実として、おれの力の及ぶところではない。これも一つの運命だろうが、これからは自分で納得のいかない生き方はしたくないものと思った。

頭の上で小鳥たちが騒ぎはじめ、森の一方が明るんできた。精根もなにも果てて睡魔に引き込まれてしまった。無事に一夜を過ごしたという安堵からか、一夜燃やし続けた焚き火は白い灰の山になった。

夢を見ていた。――それでは行くからね――と心残りをみせて手を振ると、だんだんに小さく消えてゆく。――おおい、エバ、こんな児をおいていっては困るじゃないか――とおれは彼女を引き止めようとして声を出した。ドサッと音がして目が覚めた。夢の中で腕を上げたのだろうか、銃は肩から外れて倒れていた。

日はとっくに昇っていて、陽光は木の葉漏れに、地上に幾条もの光の縞を織りなしている。表土から立つらしい水蒸気が光帯の領域に入ると、渦をなして移りながれ、影に移ると消え、また次の光の帯に入ると、微風に揺れるサラサ織のように揺れ、縞模様を描きながらたゆとうて消えてしまう。

エバの去っていった闇はもうどこにもなく、おれたちはすっかり明けた朽ち葉の匂う森の中にいた。マウロはおれの下腹を枕にしてよく眠っている。その時、はじめてエバがおれたちをおいて、遠い旅に去ったのを実感した。このような認識はある時間をおいて、突如として残された者を襲うものだろうか。

おれは身も世もないほどに悲しく辛く爪をはがされる思いで、耐えきれずに獣のように声を放った。マウロが驚いて目を覚ましてむずがった。お尻がぬれている、腹もすいているに違いない。

死者は残った者の思い出のなかに、または墓碑のようなものとして忘却に耐えても、それは一つのそれなりの完成で、生者の条件から外されるが、生者は食ったり排泄したり、実にじっとしておれない生理の欲求がある。それ故にこそ生は未完なのかも知れないが。

幼児のおむつを替えてやると、黄色い良い便を出していた。温かい乳をあてがうと、チビはご機嫌で、頬は紅く染まってふくらんだ。今日限りでもう野宿はやめにしたい、夕方までには何としても、サントの小屋に着きたいものと望んだ。

森を出て方位を南方に定めて出発した。湿原を避けて迂回したので、この台地から少しずつ西につめて行けば、もとの支流の下に出られると推測した。

下り坂をおりて川べりに出ると、森もすけてきて、枯れ木の多いのが目につく。樹皮は剝落して木肌は雨風にさらされて白い。地下水が上昇すれば枯死する種類もあるとか聞く。または野火にあぶられ芽立ちができずに枯れたものか。おれは森の墓場に入りこんでいた。

倒れている幹の一つを蹴ると、乾いた音がして木肌の裂け目から、黒い蟻が吹きこぼれるように湧いて出た。芯は虫に荒らされてスポンジになっているらしい。ついその時まで、何かで川を下る発想はなかったのに、こんな倒木の何本かを組めば、おれたちを楽に運んでくれるのではないかと思いついた。

足もとの一本を持ち上げると嘘のように軽い、近くの立ち木に手をかけて押すと、わけなく根元からゆるんで傾き三つほどに折れた。

昨日、この辺りの地形は分からなかったが、すぐそこまで沼が入り込んでいる。おれは水際までそれらを運び出し、蔓で丸太をしっかりと結わえて二段に組んだ。この奇妙な代物を青みどろの水面に押してやると、けっこう二人を乗せるほどの浮力はある。枯れ草を刈って積み、腰掛け代わりにした。竿も一本切って用意は整えたものの、何とも頼りない川下りになったが、これでも今日の旅立ちだから、やっ――と声をかけて竿で突きを入れた。すると眠っていたとばかり思っていたチビが声をあげて嬉しがった。

これは縁起の良い門出だと思いたかった。沼は予想どおり南に開けて川に結ばれていた。流れに入ると筏は変な具合に、浮くでもなく沈むでもない状態で押されてゆく。

おれは事故に用心して、なるべく岸から離れないように気を配った。それにしても水の旅は楽な上に速い。おれたちは思ったよりも早く、原生林をひらいて人の住んでいる土地に入った。川岸に群れて餌あさりしていた豚どもは、奇態な者たちとの突然の出会いに、狂ったように悲鳴をあげて暴走をはじめた。丘の農家では裸の子供が手を振っている。ジイアス農場を出てはじめての人との出会いであった。もうすぐにもこの支流が本流に合している地点に着くだろう。

やがて視界の開けた前方に、海とも見紛う水の広がりが澎湃として、何とも頼りないおれの筏を迎えようとしている。サントの住まいはこの大河を下れば右岸になるので、いまのうちに流れを横切って対岸に渡りたかった。支流といっても本流近くになると、水量も増し流れも荒い、おれは竿を押して川芯に出た。筏は艫に波を受けて持ち上げられる。するとその反動で舳先が沈む、といった具合でひどく揺れながら回りだした。材料はもとより寄せ集めの弱い代物だし、蔓の結束力もどれほどに抵抗できるか不明である。これはこのままにしておけないので、竿を力一杯流れに差し入れて、力の限りの制御を試みると、筏はしだいに回転をゆるめながら対岸に寄っていった。

おれたちが鳥の巣のような浮遊物に乗って、サントの舟繋き場に着いたので、老人は驚いた様子だったが、子供を背に負っているのには目をむいた。けれども彼の顔がほころんでいるので、少なくとも嫌われていないのは読めた。

「来たか。どのみち来るとはにらんでいたが、ガキ連れとはなあ」

おれがどう説明したらよいものかと迷っていると、老人は続けて訊いた。

「連れはどうした」

なぜ訪ねてきたかを問わずに、サントが身の上を尋ねてくれたのは嬉しかった。

「死んだ。三日になる」

自分でも驚くほどの突き放した言葉が出た。

「そうか、事情もあるんだろうが、あとで聞こう」

「相談したい件もあるが、今晩は泊めてもらうよ」

「おお、よいとも」

とサントはこころよく受けてくれた。これで今夜は何はともあれ屋根の下で休めると思うと、苦しい旅もこれで終わったという安堵で、肩の荷をおろした気軽さをおぼえた。マリオに湯をつかわして乳の瓶をあてがうと、温もり腹一杯になった児は柔らかな床(とこ)ですぐ眠ってしまった。

おれは川へ水浴びに下りた。時刻はもう夕暮れどきで、岸に寄る小波(さざなみ)は白く打ち返していても、対岸の森は暗く水際を区切り、青く光る星が一つその上にあった。流れに身体をひたすと、川水の冷たさが凜冽(りんれつ)として、どことなく痒(かゆ)くてほてった皮膚をひきしめ、やっと生き返った気分になった。

その夜、主から晩飯に呼ばれた。一年前にも世話になったが、一夜の好意の宿をそれほど気に留めたわけではなかった。このたびは再度でおれはこの漁場を引き受けてもよい腹で来ているから、主さえ合意すればこの住まいは自分の家ともなる。観察の眼はただの好奇心ではない、これは草葺きの大きな掘っ立て小屋といってもよいだろうか。四方は吹き抜けで壁はない、ただ主の寝間は台所のすみに、土壁で囲ってあって戸もある。

台所の真ん中にでんと座っている、老サントが自ら鋸で原木を引き割ったという食卓。牡牛一頭を俎上にしても、びくともしないほどの代物。その横に人の通れるほどの幅を残して、煉瓦で組んだ頑丈な竈。いくつかの鋳鉄の鍋は磨かれて黒く艶が出ている。

食器棚には容器がそれぞれにその処を得ているといった秩序と、余分の物は一つもない簡素は、この家の主の気質を語っていた。

饗された料理は、油炒めの米飯、豆汁、魚のスープ――これは旨い川魚料理だった。ドラード〔鱗が金色をした魚〕のぶつ切りに玉葱を入れた塩味だが、黄色い脂の玉のきらめき浮いた熱いのを啜ると、一度に視力が冴えてくる思いがした。

食後、くつろぎのひと時、サントは太巻の煙草を巻いておれに勧めてくれたが、断ると、

「お前はやらんのか」

そうか、とうなづき、火打ち石を打って牛角に詰めた火口に移し、一息吸って濃い紫煙を吐き出した。

この煙草は裏の畑の一隅で穫れたもので、干して縄に編んで、ひとりでは喫いきれずに余分は売るという。米も不作知らずに穫れるし、買うものはあまりない。世の中がどう変わろうと、わしにはなんの関心

もないといった表情が、陽に灼け川風にさらされた老漁師の顔に出ていた。

「かみさんは、エバとかいったな。よかったら話してみな」

おれはエバとの出会いから、彼女の死に遭い仮埋葬したこと、子供は約束でもあるし、育てたいと語った。

　すると老人はにやりと笑った。

「お前は迷ったのだぜ、自分の知識に負けたのだな。コンパドレ・ゼルバーノ〔コンパドレとは名付け親、代父を指す。ここでは、サントの娘の名付け親のこと〕と同じだ。先生はあれだけの見識がありながら、女房運のない人だ。エバはなあ、もう長くはない命なのは分かっていたのだ。産卵すればすぐに死ぬ虫と同じだ。そこへ具合よくお前に会ったという筋書きだな」

　老サントは一筋縄ではいかない。世間の表裏を渡ってきた男とは推しはかってはいたが、おれの過去までは見抜けないと考えていた。

「爺さん。おれは自分の知恵に負けるほどの教育はない」

　すると、サントは何を考えていたのか、大口をあけて哄笑した。

「隠さんでも分かっとる。S泊まりの町長のように、煉瓦工あがりが急に恰幅よく見せたくて、かえって品を落とすのだ。お前のは隠そうとしても尻尾は出とる、他人の子を育てるのもよいが、あまり気負わんこったな。この子を大きくしてなどと夢を見ていると、とんでもないことになりかねないぞ」

「エバの母親というのは土人の出らしいのだが、両親とも墓は虬村（ムッカ）にある。エバをそこに改葬してやりたいんだが、どんなもんだろう」

「ここらでは聞かんなあ。家で死ねん奴にたいていろくな者はおらん。埋めてもらうだけでも運が良いのだ。これは他言はせんことだぞ。それにしてもガキの出生届けには家族の名は要るもんだからな。いよいよ分からなければ後家の腹でも借りるか。まずムッカに行ってみい」

「まあ、待ってくれ。その前に決めたい件があるんだ。一年前の話はどうなんだ。この漁場を任すという話だが」

「お前そのつもりで出てきたのと違うのか」

「そうして貰えたら有り難いのだ」

「それじゃあ、それで良いじゃねえか。わしは面倒くさいことは昔から嫌いだが、これだけは決めとこうか」
一、仕事はすべて伝授する（一ヶ月ぐらい）。
一、権利金として二百コント払うこと。
一、設備はすべてそのままにして持ちださない。
「これだけだ」

おれはサントから、この漁場から上がる一年の金額を聞いていたから、もっと求めてくるかと思っていたが、これなら安い買い物だ。

「じゃあ、そういう約束にして貰おうか」

「ときに子供だが、S泊まりに信用してもよい後家がおる。石女（うまずめ）だが、わしからだと言えば承知してくれるだろう。明日にでも行ってこい」

爺の勧める託児というのは、老人の好意には違いなかろうが、やはり一抹の不安と、エバへの無責任を感じた。

「爺さん、子連れというのは駄目か」

「お前の気持ちは分かるがのう。大きいのでもかかってみい、上げるか引き込まれるか命がけの仕事になる。そんな丸木舟にガキを乗せておけるか」

サントの表情は険しく、おれを凝視した眼は光った。——お前は遊び半分にこの仕事をしようとしているのか——そう問うていた。

少なくとも、おれが老人から仕事を教わる間は、自分の我儘(わがまま)は通らないと思った。

「それじゃ、明日S泊まりまで出かけるよ」

「お前はもの分かりがよい。それが一番だ」

翌日、おれは子供を伴って、イネスという女をS泊まりに訪ねた。船着き場とは名ばかりで、流れに杭をうち四枚の板を五メートルほど突き出してある。桟橋から丘の上の黄色い教会に通じる道の両側に、居酒屋、雑貨店、製粉所、薬局——これは公証役場と郵便局を兼ね、他に保安官もいる——などある、五十軒ばかりの集落で、後家の家は一本道の突き当たり、左側の一軒と聞いていた。

「親分さんのお口添えで、どうも遠方から」

イネスの顔立ちから、土人を先祖に持つ裔(すえ)とみたが、四十前のようでもかなり老けていて、歳のほどはよくは分からない。束ね髪にしているので顔立ちは堅い。初めての印象では物堅い人柄のように思えた。彼女の何か勘違いしたような挨拶に、おれがどう切り出してよいものかとまごついていると、イネスはすぐにおれの用件を察したものか、子供を抱き上げて可愛い児(こ)だと頬ずりしてくれたので、おれも一応安堵した。

　サントの指示もあったので、子供の養育料としての給金を持ち出すと、――旦那さんの思し召しで結構です――と受けてくれた。この一言でおれは彼女を信用した。

　S泊まりへの日帰りは疲れた。けれども重荷になっていた児を預けたので、気分は軽くホッと一息ついたのも、おれの本音だったかも知れない。その晩、燻製の腸詰めを肴(さかな)に火酒の瓶を立て、爺とムッカ行きについて相談した。

「良いとも。ムッカへは馬で行け、老いぼれだが二日や三日の旅には何ともない。それでお前ムッカへの径(みち)は知っとるんか」

「おおよそ、この先のおばばの川(リオ・ダ・ベーリヤ)に沿ってのぼればよいのだろう。方角は北になるか」

「とんでもない、それではムッカどころか女王蜂(ザンゴン)村にも着けないいて」

「えっ、ザンゴンという村はこの先にあるんですかい」

「そんな集落はない、だから着く道理はないだろう。ティモーゾ〔馬の名、「強情者」の意〕に乗って行け。奴なら道のりはよく知っとる。日暮れ前にコンパドレ・ゼルバーノの農場に入るから、一夜世話になって翌日墓地に行け。帰りはもう一度泊まって戻ればよい。お前とコンパドレは話が合うだろううて」

　エバの家族の名を調べにムッカに出かける朝、サントが早起きして口笛を吹くと、普段は放し飼いになっているティモーゾが、乱れた牧草から顔を出した。餌箱の玉蜀黍(とうもろこし)の粒を食い終わった頃、主は鞍を持ち出し、山の稜線のように骨の出た背に据えた。

とくに用意するほどの行程ではないと言って、爺はアルミの水筒とファロファ〔木芋粉に肉をまぜ油で炒った旅行食〕の入った肩かけ袋を渡してくれた。彼の持ち物には何にでも魚の臭気がついている。どのみちおれも魚臭い男になるのだろうが。

　老人がこれだけの世話をしてくれるのは有り難かったけれども、道順など一つも教えようともしないで、こいつが日暮れまでにコンパドレの地所に入るから、黙って乗っておればよいという頼りなさだ。

「ティモーゾ、息子をなあ、ゼルバーノの所に連れて行くのだぞ」

　と爺が掌で馬の首をたたくと、奇妙にも主人の言葉が分かるように、上唇を巻き上げて頭をそらし、いななくのも変なものだった。

　おれはティモーゾの世話になった。手綱は鞍の前立てにかけて、馬の脚にまかせることにした。背で揺られながらも、やはりいくらかの不安はある。現代のおれたちはおのおのの理性による判断しか信用しないような教育を受けてきた。けれども自分の認識は信頼に値するだろうか。おれは過去を回顧するまでもなく、然りとは言いがたいが、さりとて自己を捨てる気にもなれない。世にいう外道の者たちは、親分子分義兄弟の契りをむすべば、上の者には心服して従うという。密猟者とか砂金掘りなどの荒くれ男たちの世界では、彼らは粗暴なようでいて仲間の心の動きは分かってしまうらしいのだ。おれはサントの妙な笑い顔を思い浮かべると、鞍の上で目を閉じた。

　一年と少し前のこと、手違いが生じて一夜の宿を乞うたのがサントとの出会いであった。晩飯に出された食い物は、辺境に慣れたおれにも手のつけかねる代物であった。こんな鍋物は初めてで、魚の強い臭気があった。主人は客にもすすめるが自分でもさかんに食う。旅の者が宿を頼み、快く許されて食事までふるまわれ、主人の相伴を断るわけにはいかない。おれは吐き気をおさえようと、コップの火酒をぐっとあおった。

「若いの、やってくれ、これは精がつくでのう」

といいながら、ズルズルと啜ったところ、口の中で始末がつかず、長い紐に似たものを手でつまみだし皿の上に置いた。それは鯰（なまず）のひげと見たが、頭と臓物だけのごった煮の汁物だった。酒の上でのピアーダ〔ジョーク〕をやると、この老漁師は腹をかかえて笑い、すっかりおれが気に入ったらしく、息子と呼び、跡を引き受けんかとまで話した。

その頃はまだジイアス農場を引きあげるなど考えてもいなかったので、おれはその話には乗らなかった。サントは酔ってはいたが思考に乱れはない。――わしは無学だが日頃から考えていることがある――というと、おれの解釈と評価を求めてきた。易しい子供のような質疑から、どう答えてよいか迷うような難題もあった。その中に、人は何の為に生まれてきて、生きて死んでいくのかというのがあった。人生とは何ぞやとの問いだろうが、この問題はおれにも分からない。そんなわけで爺さんに反問すると、

「わしか。兄貴などと持ち上げられて、血気にまかせて気の向くままにやりたいことをやってきたが、年にはかなわん。それに時代じゃ。この川岸に引っ込んで十年になる。わしの半生など荒れ野の野鼠のようなものだが、仲間は組んだが人から顎（あご）で使われたことはない。まあ、こんなところじゃ」

「立派なものだ、爺さん。人生なんていくら頭で考えても分かるもんじゃない。実感だな。人としてこの世に生まれ、自由に生き、老いて自然の法則にしたがって死ぬ、この他に何が要るかね」

老人はひどく喜んで、お前ほどよく分かるように話した者はないと褒めてくれた。

ティモーゾはおれを乗せて川岸から離れると、しだいに高台へと向かった。地質は黄色っぽい砂地に変わってきた。このような痩せ地では耕作はおろか放牧にも適さないのか、視野の限り人家は見えない。白っぽい肌の矮木のいじけ曲がったのが、葉をつけて地表を覆っているので、遠目には緑の野らしくても、下草は地苔の類か、刺のある草でしかない。ティモーゾは同じ歩調で蹄を鳴らしてゆく。日がしだいに昇ると日差しは強くなり、額に汗が吹いてきた。

すでに昼に近い時刻になっていた。窪地にかかると澄んだ流れがあるので、ここで馬を休めて水を飲ませた。おれは昼食をとり一刻ののちまた馬に乗った。

いつから連れになったのか、地蜂のような虫がおれたちに纏いついて離れない。径といってはないのに、前方でちゃんと待っていて、おれたちが近づくとパッと飛んで十メートルも先で止まり、また飛び立つが、おれたちの行き先を知ってかいつまでも先達をつとめる。

いくつの丘を越え、なんど疎林や水のない窪地を過ぎてきたのか、うるさいように纏いついていた蜂もいつか消えて、しだいに日は西に沈みはじめた。昼過ぎから前方に望んでいた、ひときわ高い丘陵に登りつめると、そこからは広い盆地が展けていた。処により木立ちもあり、鈍く光っているのは沼のようであるが、人が住んで、つましい炊煙ですら上がっている所はどこにもない。

この年月、たいがいの漂泊に慣れてきたおれも、この広漠とした眺めには、思わず馬の手綱を引いて立ちどまった。借地をしていたジイアス農場も僻地には違いないが、牧草を食みながら移動する放牛の群れと、それを見張る牧夫はいつも何処かにはいたものだった。

おれは往昔の奥地探検隊（バンデランテ）の時代に迷い込んだ思いがした。野は暮れなずんではいたが、空はクリスタルのコップに注いだ鉱泉水の透明度で、西に移るにつれて青色から紫のぼかし染めに変わっている。遥かな山並みの上に、落日をつつんだ横雲は、光源を覆った磨硝子の火屋（ほや）に似て白く明かるみ、背後に朱の光彩を放って動く気配もない。

たまたまこの空間と時間に出会った旅人が、この壮大で豪華な舞台を見たわけだが、悠久の巨人が四季それぞれ朝と夕べに、己の衣装がえに立ち会った賢（さか）しい両足で立つ動物など、胡麻ほどにも見えなかっただろう。おれはムッカ行きの目的が、小さく取るに足らぬものに思われてきた。

暗くなるのにいくらも間のない時刻であった。おれは馬の手綱をゆるめた。まさか今から前方の荒れ野を渡るわけではないだろうと考えたが、案の定ティモーゾは丘の腹をすすむと、別の径をとり、やがて収穫のすんだ玉蜀黍の畑に入った。おれは丸一日の旅のすえ、今やっと人の気配のする場所にやってきた。馬は軽く鼻を鳴らすと急ぎ足になった。ここに人が住んでいるのかと疑うほどに、壁は崩れ落ち、垂木は地面に着いて、内くぼみの屋根はいびつに傾いた、すさまじくも荒れた屋敷に、ティモーゾは案内知ったふうに入ると、一声高く鼻を鳴らした。戸が開いて顔を出したのは、背の高い偉丈夫で、混血による容貌とは違った。この州の田舎ではあまり見かけない白人であった。

初対面の挨拶をすますと、今夜は厄介になりたい旨を伝えた。サントからの伝言もあったので、まんざら通りすがりの旅の者ではないと自負はしていたのに、老ゼルバーノはおれをとくに喜んで迎えるふうもなかった。

「マルコ」

と老人は歳に似合わない甘い声を出した。呼び方から推すと孫のように思えた。一見して十五歳ぐらいのムラト〔白人と黒人の混血児〕の少年が姿を見せた。体つきは細くて痩せている、牛追いのなめし皮の服を着ていたが、こんな僻地では珍しいほどの美少年だった。

「こんにちは、ようお出やした」

と言ったように聞いたが、かなりの訛りがあって、ためらいがちな声はかすれていた。ゼルバーノは彼に、馬の鞍をはずして水と餌を与えるように言いつけた。おれはこの家の少年をわずらわすほどの客人ではない。鞍の前立ての小袋を外そうと手を出すと、偶然だったが少年の手におれの手が重なった。ひどく柔らかな感触であったのには驚いた。マルコはひどくはにかんで顔を赤らめた。彼とは出会いからすぐに妙な具合になり、おれも何となく変な気持ちになった。

「主人の言いつけだで、おらがします」

と言われてみれば、客としてそのまま任すより仕方がない。

通されたところは、まだ崩れていない家の一部らしく、大きな食卓に椅子があるだけの広間だった。

「首領は達者かな」

ここの主はサントのことをかしらと呼んだ。前からのしきたりに従ったのだろうか。

「お変わりないようでした」

サントと自分はまだ知り合って日の浅いこと、昨年の出会いから、彼の仕事を引き受けた事情など話した。

「そうか、首領は誰にでも任さんはずだ。君は二世か、まあ信用されたわけだ。娘がいるとは聞いていたが、そこへゆくのか。首領（かしら）の人徳というわけだな、おれたちの仲間で床の上で死ねれば極楽じゃ。たいていの者は旅で死んだ。その場で埋められて木の十字架は立っても、あとは雨や風に曝されるばかり、そして誰からも忘れられるんじゃ。牛の暴走に巻き込まれて、土と血でこねた肉団子のようになったアリンド、牡牛の角にかけられ三メートルも放り上げられ、腸を垂れ流して死んだジョゼ、酒の上で口論し決闘して二人とも死んだ奴らもいる。破傷風でひきつりもがいても手当の法もない、無法者ぞろいが肩ひじをはり、思いのままのことをしておったが、みんな消えていきよったわい」

「サントはあんたを先生と言っていたが、何か訳がありますか」

「なあに、小牧場主のせがれというだけのことだ。それがグレてのう、獣医にはなり損なう、農場は食いつぶすわで、乞食同然に落魄（らくはく）していたのを首領（かしら）に拾われたのだ。仲間の銭勘定をやったり、荒くれ男たちに牛馬なみの治療をやったので、軽蔑されてつけられたのだ」

「あなたは何か思想上のことで、勉学をよしたのですか」

「いや、なんの、シガーナ〔ジプシー女〕に迷ってのう、一口にいえば酒と女だ。この年になっても持って生まれた癖は直らん、妄想という奴はなかなか捨てられんて」

　彼の言う過去のことはともかく、この年になってもの云々は、おれには理解できなかった。

「ゼルバーノ、あんたの説を聞くと、どうも悲観的（ペシミスモ）ですが、そこを抜け出してもう一段高い人生の意義を探求することはできませんか」

　と主人の心境を探ってみた。

「そこじゃが、そう言ってはならんが、首領（かしら）は無学だ。けれども人間はできとる、おれなどはいくらかの本は読んではきたが、足下にも及ばんわい。サントはあれほど丹精して育てた漁場でも、機を見て未練なく捨てて、娘の世話になるという。おれにはそれができんのだ。ここで芽をだしたジャトバ〔豆科の喬木〕のようにどこへも動けんわい」

そこに何か事情があると感じたが、一夜の旅の者がそこまで訊くことはないと思った。

マルコが食事を運んできた。山羊の焼肉と木芋の煮たものに火酒がついている。少年は炊事もするらしい、客としておれを饗してくれたあと、主人の世話にかかるのを眺めるとふと妖めくものがあった。ゼルバーノは酒に強い、勧められて二杯は受けたが、とても相伴はできないので勘弁してもらった。夜もかなり更けたので寝室に案内を頼んだ。

石油ランプを消すと酔っていたのですぐに眠った。おれは生来眠りが浅い、ジイアス農場で野火に囲まれるまで知らずにいたが、あれは風邪の熱に浮かされていて仕方がなかった。常ならばあの事件は起こりようもないはずであった。一刻も経ったであろうか、目が覚めると、隣室で人の起きている様子が壁を通してうかがえる、老人と少年は一室で寝起きしているのだろうか。荒い息づかいの気配があった。闇に包まれた廃屋のなかで、おれはある想像をしていたが、昼間の疲労が襲ってきていつの間にか眠ってしまった。

翌日、ゼルバーノの農地からムッカに向かった。おれの目指す村には思ったよりも早く着いた。ほんの二十軒ばかりの集落で、白く漆喰で塗ったお堂のある丘の下、道をはさんで軒の低い人家が並んでいる。付近には樹木一本もない荒れ地で、村に入ると一種独特の臭気が鼻を刺した。おれは聞いていたので、雑貨店を兼ねた居酒屋の前で馬をおりた。

代書人、保安官代理（インスペクトール）などここの主がやっているという。清涼水などあるわけはないので、火酒を頼んだ。挨拶がわりなので飲まなくてもよい。この辺りでは一度も見かけたことのないおれを、店主はうさんくさげな奴とばかりにじろりと見た。

「墓のことでちょっと尋ねたい件があって来たんだが、埋葬人の名簿はありますかい」

「そんなもの覗いて何になる、死んだ者が生き返るわけじゃなし」

ここで親爺にすねられては、なにも聞き出せないと考え、別に委細はないのだが、子連れ女が行き倒れになった、両親がムッカに埋まっていると聞いたので来たのだ、七、八年は経っていると思うが、名前だけでも分かると助かるんだと、一枚の札を握らした。

無精らしく腰を上げた主は奥に消えたが、一冊の台帳を持ってくると、表紙の埃を払いページをめくった。女は土人の出で、男は日系というので、ここの親爺も知っていたのだった。

埋葬控えには両人の名があった。女はテレサ・ジュリバ・ドス・マットス。男はイヨスケ・イヤカバ。正しくはヤマカワ・ヨスケさんだろう。エバとはほんの短い縁でしかなかったが、この両人はおれの義父母といってよい係わりになるだろう。

出生届けはここでも扱うというので調べてもらったが、エバのはなかった。どこか他で届けたのか、彼女自身が身分証を身につけていなかったので、それは始めからなかったのか。

おれはいつの間にか、人相の良くないひげ面の男たちに囲まれていた。その中の一人が墓へ案内してもよいと申し出た。おれはティモーゾの手綱を引いて、その男に案内させた。男は道で自分は墓掘り人だと言った。道理で酒手が出るらしいのに誰もが黙っていたのだ。

共同墓地は黄色い砂山にあり、柵はなく建物のようなものもない、板切れを十字に組んで、土饅頭に差してあるばかりの禿げた場所だった。番号板によってエバの母親の墓に額ずき、次いでヨスケさんの墓に来ると、案内人はどなるように大声を出した。

「おい、旅の人よ、お前さんはこの墓に縁のある人かい」

とむかっ腹をぶちまけた様子である。おれはこの墓掘りがなぜにわかに怒りだしたのか理解できなかった。

「何か、あったのかい」

「あの鼻ぬけの野郎、ここ二十日ほど前によう、ここで死によった。おまけに文なしでな、このおらに、ただ仕事をさせよったぜ」

「お前もかい。おれも子連れ女に倒れ込まれて、ムッカと言ったままだった。それで来たんだが何も分からん」

「それじゃ、旦那も災難の組ですかい」

「そうでもないぞ、死者に尽くすのは大きな善行だ」

この男の口ぶりで、父の墓前で自殺したのが、エバの兄なのは確かなようだった。帰り道で案内の駄賃としては過ぎるほどの金をやった。男は機嫌を直して言った。

「考えてみれば旦那、あの男もかわいそうな奴でさあ」

おれたちが雑貨店に戻ってくると、村民たちが店の前で騒いでいる。墓の件で外来者が一人来たというだけで、この村の退屈な人たちには一つの事件になるようであった。帰るときになって、店の主に礼をのべ、野次馬の連中には、仏の供養に飲んでくれと、いくばくかの金をおいてきた。

三日の旅はつつがなくすまして帰ってきた。ゼルバーノの伝言もサントに伝えた。

「あの家で変わったことに気は付かなかったか」

「さあ、これといっては」

「女を見ただろう、またほんの小娘だが」

「むすめ？　少年でしたが」

「作らしているのだ、髪など短くさせてな」

「へえ、日雇いの少年と思っていましたが、女ですか」

「先生は育ちは良いし教育はある、欲はなく正直な人だが、ただあれが強すぎるというか、あれから離れられない。仲間の後家を世話したのはよいが、娘に手を出すとは、母娘二代で罪なことだ」

客になった夕食の席で、おれが感じた少年の色っぽい所作は、まんざら拠り所のない印象ではなかったことになる。

「おい息子よ、お前はある女に恨まれている相が出とる。女は恐い、気をつけるんだぞ」

サントは屈託もなく、大声を出して笑った。

ムッカ行きは初めから、それほどの期待をかけていたわけではなかった。なかば気休めのためだったが、やはり予想していた結果になった。エバの両親の姓名は分かったものの、肝心の彼女の出生の手がかりには場所違いで、意外だったのは、P町あたりでうろついているとばかり思っていたエバの兄の死を知らされたことである。彼は身よりのない変死者として、共同墓地の片隅に埋葬されていた。

これで山川家の血筋はマウロだけになった。エバの父はなぜ邦人コロニアから離脱したのか、その間の事情は詳かではないが、そのような家族に年月が重なれば、土俗にまみれて家系も消失してしまうものか。

孤独といい、漂泊といい、よそ目には自由で気ままな生活も、ひとつ違えば人知れず野に骨をさらすことになりかねない。エバはおれがついていても、旅に病んで死に、川岸に葬られ一本の杭は残っても、それはおれの記憶の中にしか存在しないものになる。

サントは――わしに任しておけ――と言ってくれたが、取りようでは――忘れろ――との意味にもなる、彼は過去に幾人の仲間を道べりに、森の中に、荒れ野に葬ってきたことだろう。若い女の死も彼には例外でないのは当然のように思えた。

与助（エバの父）にどんな考えがあったのか、あまりに先走りして未開地に入りすぎている。つまり先物買いをするつもりだったらしい、けれどもそこで仕事をするには、相応の資本に度胸もいるだろうが、彼は山師の手先で動いただけのようであった。

はじめて山川の農地を訪ねた折の印象では、倉庫の造作や赤錆の汽罐(ボイラー)の残骸から推して、火酒の密造をやっていた形跡がある。

金主は誰だったのか、エバの話から推して、万作が中に入っていたのは確かであった。何かの事情で彼が手を引けば、エバの父は土人の女を妻にしているので、広い世間には出られず、自給の暮らしを余儀なくされ、そうこうするうちに与助は妻を失い、彼も七年後に亡くなっていたことが、ムッカに行って判明した。

万作は投資の関係から、たびたび山川の家に出入りしていたので、孤児になったエバをものにしたのだろう。

実父は誰であろうとも、エバは死にマウロはおれの手に残った。山川の家族の闇の部分は分からないが、与助一家の過去を一番知っているのは万作だろう。彼はいま行方不明という。それはおれには好都合で、あの狸おやじとの接触は避けたいと考えている。

ムッカから帰って、おれはサントにマウロの入籍について相談した。

「籍なしも結構いるがのう、本人を世に出してやるには、やはり届けんことにはなあ。それで、考えられるのはエバの私生児じゃが、それにしても母親の身分証は要る。死んだといえば、やはり紙切れだ。どうだ、捨て子にするか」

「捨て子」

「まあ、子供を預けたまま女が帰ってこないという筋書きだ。その子をお前が養子にする」

「そんなことが、通るのか」

「できるてか。現にお前がやっているのと違うのか。証人さえ立てればアルマジロでさえ、高い樹の叉で昼寝しよるわい」

そう言うと、サントは大口をあけて笑った。

「それで、エバの名は入るのか」

「当たり前だ。りっぱな母親じゃないか、誰が文句を言えるかい」

「ひとつ頼むよ、爺さん」

「任しとけ、何とかしてやろう」

おれはこれまでにも、あまり他人に頭を下げたことはない。けれどもこの時ほどサントが頼りになり、大きな人物に見えたことはない。それは彼が生命というものを、どんと据えてかかるからだろう。真といい、善といい、命を助けるもの、悪は生命から否まれるもの、美でさえ生ける者の感性に応えるもの、このようにもおれは爺の考えを理論にはめて帰納した。

三日の旅から帰ると、サントは明日から仕事にかかろうと言った。初日おれは彼にカヌーの漕ぎ方から教わった。自分もこの河の支流は何回となく上下しているので、小舟のやり方ぐらいと高をくくっていた。ところがサントはおれの腰の座り具合では駄目だという、なるほどそう言われてみると、おれの漕ぎ方だと舟は左右にひどく揺れる。爺が替わると身体を振らずに、一本の櫂でたくみに操作すれば、カヌーは揺れずに舳先の水を切るのも目に見えて速い。その日はただ本流を上下しただけで暮れた。

「今日は少し揚げてみるか」

サントは釣具を用意して舟に乗った。おれが漕ぎ手になり川芯に出ると、爺は釣針に餌をつけて流れに投げた。

その日は暖かくて風もなく、流れは少しねばった感じで、重いうねりに逆らって舟を漕いだ。サントは――来たぞ――とおれに目で知らすと竿を上げる。川下の釣針の沈んだあたりで、ガバッと飴色の流れが盛り上がると、銀砂の飛沫を飛ばして大きなのが跳ねた。陽光に映えて金色に光ったが、すぐ潜っていった。サントの使っている竿は竹だが、それも太いもので先は切ってあるので、魚の引きによって撓むような代物ではない、便利な巻き取り器のあるのは知っているだろうが、彼の道具の中には見当たらない。それでも釣り糸は竿の先の輪に通して、端は竿の根元に結んであるのは、かかった獲物は金輪際逃がさない、老漁師の根性とも見えた。

彼は魚のかかった折から、相手の逃れようとする力に対抗して、舟ばたにかけた脚に力を込め、左の腰を落として強く弱く調子をとる姿勢になる。右手で握った竿の元を腿の付け根にあて、先方の緩急に応じながら、左手で糸をたぐり、しだいに身元に引きよせる。

魚が水中で暴れるようすが見えるようだった。魚が跳躍したのか、サントが竿を立てたのか、かなりの奴が水面から飛び出すなり、ドサッと舟底に転げ落ちた。跳ねると鮮やかな金色に鱗の光るドラードだった。

「お前やってみろ」

とサントはおれに竿をよこした。見よう見まねで針に餌をつけ、糸を流すと、すぐにぐっと手応えが来た。爺にかかったと知らすと、たぐれとの合図なので、夢中で糸を引き寄せる。折々に師匠の助言があって、何度かは糸を弛ませたことはあったが、しだいに魚を近くに引き寄せると、ほんの目の前で大きな奴が跳ね上がった。

おれは思わず大声を上げた。こんなところから釣り人は病みつきになるのだろうか。さて引き上げる段になって、サントは気を遣ったつもりか、たもを手渡してくれた。

その後で爺に小言をくった。

「息子よ、どんな大物がかかっても、声など上げるものじゃない。あれは素人が喜ぶ分には別に構わないが、おれたちは大きな奴を獲って当然なのだ。そうだろうが——自慢するためや、写真を撮るためじゃねえ。お前が安くもない権利金をわしに払ったのは、つまり金儲けのためだからのう。漁師なんて仕事はべつに面白いなんてものじゃない」

サントはおれにひとくさり説教を垂れてくれたが、おれの獲物のほうが、彼のより一回り大きかったので、——こ奴なかなかやりよるわい——との僻(ひが)みも交じってではないかと、独りおかしくなったが、神妙に構えて顔には出さなかった。

サントの釣具はほんのわずかだ。合成の強い糸が出回っているというが、彼のは麻のような植物の撚(よ)り糸で、細いのから太い紐のようなものまで、輪にして舳先の道具箱に収めてある。蜜蠟(みつろう)を塗ってよく手入れはしてあっても、どれも久しく水をくぐった古物で、ところどころに結び目がある。糸たぐりには便利だが、これは強い奴のかかった折に切れた跡かもしれない。

その日はピンタード〔鮪の類の魚〕の穴場に連れていくと言う、おれもいくらか緊張した気分になる。爺は今日は予感がするという、これはたいてい当たるもので、大切なものらしい。おれにはその感覚は分からない。サントの長年の経験からのものなので、そんなものかと考えてみた。またこの穴場は大事な秘密で、他人に知られてはならないと、折に触れては聞かされていた。その場所はしぜんと魚の寄る処だが、人が餌などをまいて育成するものだとも教えてくれた。

サントは良い釣り日和だと言った。このところ暑すぎるほどの日が続いている。対岸の森の暗い翳（かげ）を背にして、芽吹きに先立ってイッペ〔黄色い花を咲かせるノウゼンカヅラ科の樹木。花はブラジルの国花〕の的皪（てきれき）とした鮮黄の花が綻（ほころ）んでいた。

おれたちは朝のコーヒーにフバ〔玉蜀黍の粉〕の炒ったので腹ごしらえをすると、二隻のカヌーの中の重いほうを出した。これは底が広く安定は良いが舟足は遅い、遡行するのに二人で漕いだ。やがておれたちが汗ばむころ、カヌーは本、支流の合流点に来た。そこは前に筏で下ったとき、川波の盛り上がりを恐れて避けた場所だった。どこまで漕ぎ上がるのか、これはサントの胸の内にあることなので、おれは黙って櫂を動かし続けた。やっと舟の揺れがおさまると、爺はおれに止めろと合図しておいて、自分の櫂だけで操作する。今まで左側に見えていた森はぐっと眼前に迫ると、そのまま右に回っていく。カヌーは流れに乗ると急に舟足を早めた。舟に乗り込んでから今日の爺は、一言もおれに話してこないで、指図はすべて手ぶりだけだ。サントの打ち込みが伝わってくるようで、おれも余分の口はきかずに命令に従った。

本流に乗った下り舟はかなりの速さで、支流との合流点にかかった。双方の流れが咬み合い、沸き上がる渦巻きにカヌーが入ると、波は舳先を打って飛沫を散らしおれたちを濡らした。舟は高波に乗せられて、前方の赭土（あかつち）の崖に向かって突き進む。一刻一刻と崖はこちらに圧しかかってくるが、とくに恐ろしくもないのは、爺の予定の行動と考えたからだ。案の定、彼はすっくと舳先に立つと、身体を斜めに構え櫂を前に突き出して土の壁をぐいと押した。カヌーは崖すれすれに回ると、渦の流れに乗って対岸の樹の茂みの中に入っていった。そこは川淀とでもいうのか、沼につながる入り江になっていた。

「見たか、ここが釣り場だ」

はじめてサントは笑顔になり、口をきいてきた。

「おれの水揚げを聞いて、この辺りを探る奴もいるらしいが、ここへはどんなにしても入れんて」

ここでは不漁という日は一度もないが、この入り江を見つけたのは偶然のことだったという。始めの頃は何回も舟を覆して命がけだったとも話した。

あの荒い流れを越えて、この静かな入り江が眠っているとは嘘のようだが、水の動きも緩慢なのか、水草の群生も多い。岸の立ち木にカヌーをつなぐと、爺はさっそく仕事の準備にかかる。

道具箱から取り出したのは、十五ミリはある鈍い鋼色をした釣針で、掌に余るほどの餌を針にさすと、釣り糸の輪を岸に移し自身も舟から上がった。つぎに糸の端を木の根元に結わえた。サントはしばらく水面をにらんでいたが、錘（おもり）を振り調子をつけて前方に投げた。糸は宙を飛ぶと遠くで音をたて波紋をひろげた。釣り糸といっても細引きほどのものを、爺は手にして様子を探っているようだった。その間、虚無の状態の何分かが過ぎると、糸は水滴をはねてピーンと張った。サントは足を水苔の張った土にふまえ、懸命に糸をたぐりよせるが、すぐ後で力を抜くと、釣り糸はするすると伸びきり、立ち木がしなるほどに引く。

おれの師匠はこれまでにも、説明したり教えてくれたことは稀にしかない。よく見て習えということだろうが、永年の修練ののち身についたこつは、教えられる性のものではないのかもしれない。糸を引くかとみれば、無駄のようだが糸をゆるめる。けれどもその間に獲物は確実に引き寄せられている。

本流で揚げたドラードのような派手な動きはないが、よどんだ沼の底では、そうとう魚が抗っているらしいのは、サントの身構えからでも推定される。このたびはおれも緊張して、爺の一挙一動に眼をつけていると、釣り糸を握っている彼の指に気がついた。今までに半月近くも一つ屋根の下に暮らしていながら、どうして意識しなかったのか、いま眼の前にある彼の指は、漁師としての彼そのものである。蟹の鋏のような指は糸をはさみ、右手で引く糸を、左手で後ろに投げていく。引かれる糸はまばらな水草を絡ませて、しだいに近くに来る。

まだ水中の獲物は見えないが、沸き上がる気泡と泥水のよどみで、魚はもう岸のきわに来ている気配だった。釣り糸と鋼線の結び目が水面から出ると見る間に、爺は身体を後にそらすと、糸を強くしゃくった。瞬間のことだった。水面がグワッと盛り上がると、怪物が上がってきた。一メートル半はあるピンタードで、鱗のないぬめった暗灰色の皮膚には、地肌よりも濃い丸い斑点が散っている。腹にさがると肌は白くなり、ぶちはより鮮やかになる。頭は叩かれたように平らで、突き出した面には二つの小さな目、ならんだ二つの鼻孔、長い髭、横に張った歯のない大きな口、鯰の類で滑稽な面相だが、肉は無類で塩蔵にしても飛び切りだという。尾鰭で地面をたたき、髭をくねらしていたが、力尽きたのか動かなくなった。

「お前、ここでもう一本あげろ。わしは奥に入って、もう少し仕事をしてくる」

と言うと、餌を投げてよこした。爺は決してこれはこうだと説明はしない。そのくせおれがへまをやると、嬉しそうに笑った。おれも癪だから彼の遣り方をしっかりと、観察して覚えるすべを知った。

おれは自分の性質から推して、今日は運が良いと気負ってかかるような職は向かない。一年の働きが収穫となって報われる百姓が好きだ。このたびも事情が許せば、小屋の裏にある土地で豚でも飼おうかとも考えている。渦巻く河にカヌーを出し、危ない崖の下をくぐってやる仕事は避けたかった。けれどもサントへの一時払いや、マウロの養育費など計算すると、好き勝手なことは言ってはおれない、それに子連れの男が行く所もなくて、頼んだ以上好き嫌いは許されないことだった。

サントがおれを突き放すようなやり方は、早く一人前になれという、一つの命令だと思ってよい。過去におれに向かって――こうしろ――と言ってくれた者は誰もいなかった。場合によっては指針を与えられたほうが、助け舟になることがあるだろう。

おれはサントの方法をまねて、釣針に餌をつけ、錘に調子をつけて投げると、かなり遠くで飛沫が上がる。空を飛んだ糸はしばらく水草を頼りに浮いていたが、錘が水底に沈むにつれて、微妙な感覚が手に伝わってくる。

サントの伝で少し引いてみたが、手応えはない。うっかりして忘れるところであったが、釣り糸は立ち木に結わえた。おれは引きを待ったが、一向に反応らしいものは来ない。五分ぐらいか、あるいはもっと経ったかもしれないが、少しずつ糸をたぐると、何かに掛かっているような手応えがある。

引けば寄ってくるが、かなりの体力が要る。けれどもサントのとは様子が違った。先方ではかなり抵抗している感じであるが、引けば引かれてくる。ところがある処まで来ると、どうしても引けなくなった。手を弛めると少しは戻っても、それより逃げる気配はない。その時になって、おれは魚でなく水草の玉か、木の枝ではないかと考えた。何はともあれ引き揚げなくてはと、場所を替えて斜めから試みた。とにかく力が要る、足が水苔を踏んでめり込むほどに引いた。やがて水中から出てきたのは太い樹の枝で、そのうえ水藻が重く絡みついていた。おれは精も根も尽きて水際に腰をすえ放心の態(てい)でいた。

どれほどの時が過ぎたのか、沼の奥から鷺(さぎ)が一羽飛んできて、対岸の水際に止まった。静寂のなかでかすかに櫂の水を打つ音がする。休む間もなく鷺はまた飛び立った。羽根をゆっくりはばたき、白い薄織りの布が風に流されるように、茂った樹々の先に消えていった。

サントはカヌーを滑らして来た。

「揚げたか」

と尋ねたが、彼は目ざとくもおれの獲物をすでに知っていた。おれは渋い顔で返事もしないでいると、サントは上機嫌で笑った。

「たまには沼の掃除も悪くはないて」

爺の機嫌の良いのもそのはずで、ここで釣ったのより大きいのを二尾揚げていた。

「息子よ、もう一度餌を投げてみい」

「今日は止めた」

「どうしてだ」

「今日はついていないようだ」

「そうか、お前も漁師の心意気ちゅうものが分かってきたか」

下りはなんの造作もなかった。沼を出てただ流れに乗るだけで本流に出た。カヌーはかなり沈んでいるのに、見る間にサントの住まいに着いた。

住まいの裏にある作業場での仕事は、その日が初めてであった。分厚い板を使った頑丈な調理台、左右に立てた太い柱に支えられた横木、吊ってある幾本もの鉄の鈎、大鍋に小鍋。この仕事場は住まいの整頓ぶりに比べて、何とはなしにある投げやりが見られた。三尾が台に投げられると、爺は手斧を打ちおろして魚の頭を離す。噴き出すほどの血でなくとも、どろりとした血糊が台を染める。サントは馴れた手つきで、大包丁を使って腹から尾の先まで裂く、渋茶色の内臓に青い臓器が絡んで受け鍋に落ちる。つぎに魚をひっくりかえし、鱗のないぬめる皮に刃をあてスウッと引くと、暗灰色の皮は外にめくれて、白い肉が内から盛り上がる。

爺の手さばきで獲物は台の上で二つに割られる。それをまた幾片かに切り分けると、荒塩を手づかみにしてふり、肉片を塩の上で転がしまた塩をふる。その作業がすむと、大桶の中に丁寧に重ねる。

「息子よ、あとはお前がやれ。見たようにやれ、指を切るなよ」

今日のサントは機嫌が良いのか、細かいことまで気を遣ってくれる。

けれども、おれの胸の内は複雑だった。はじめから魚を獲り、商品にして売るのは知っていたが、釣った奴を解体し干物にする過程までは考えていなかった。いまさら生臭い血を見る仕事は嫌という境遇でもない。サントを頼って世話になり、差し当たって行くところもないおれたちを拾ってくれている。恩人の与えるものを拒む理由はどこにもない。

爺のやるとおりに、肉片はぜんぶ大樽に詰めて重しをかけた。一晩おいて汁を抜き、翌日針金に吊って干すと、一日で青みのある塩の吹いた干物になる。

漁に出ない日は暇である。譲られた地域はどれほどのものか、一応は知っておく必要もあるので、銃をたずさえて裏の畑に入った。サントは鍬の柄を握るのが性に合わないのか、彼の耕作しているのはわずかで、残りの土地はいつ手入れしたものやら、しぜんと、勢いのある草木が背高く茂っている。三方を原始林の高い樹々に囲まれているので、かなり広いこの焼き畑も、井戸の底のように感じられる。草の根を踏み分けて奥に入ると、森の中で鳥とも獣とも知れない鳴き声があがる。まったく人の世から隔絶された訳ではないが、奥深い森（マット）の蔵する神秘が、何となくある恐怖感となって迫ってくる。

乱れた茂みの先で、何物かがこちらに来る気配がある。まさか人間に危害を加える野獣でもあるまいが、おれは切り株を盾にして、それに銃をのせ引き金に指をかけた。連発するはずであるが、向かってこなければ撃つつもりはない。襲ってきてもできるかぎり引きつけておいて、至近弾で倒す必要がある。そのような緊張の経過ののち、乱れた高い丈の草からヌウッと面を出したのは、ティモーゾであった。馬の奴、ひとの気も知らないでフウーと鼻を鳴らして寄ってきた。

その日、おれは畑を一回りしてきたが、漁の暇に百姓でもするとなると、S泊まりへの所用も増える。マウロもいることだし、カヌーの艫につける発動機は欲しいものの一つになった。サントとの約束の期限はもう終わりに近い。一通りの仕事は習って、その間の事情が分かってきたのは、河漁師が商人に安く買われていることだった。その反対に買う品はひどく高い。つまりこの大河を上下している連中は、買っては儲け売っては儲けているわけであった。

おれがそのことをサントに話すと、

「お前やってみ、人助けになるぜ」

と賛成はしてくれたが、具体的なことになると、そこが爺の人柄だが、苦手のようであった。おれも自問してみて、自分もその柄ではないと考えた。

約束の日は近づいていた。サントに支払う金のことで、一度はどうしてもP町まで下らなければならない。爺が娘の家に行ってしまうと、おれは当分のあいだ旅などは望めなくなる。ついでに五日ほど暇をもらって、両親の墓参と小林を訪ねてみたいと考えた。

「おお、行ってこい。その間ここは留守居してやろう」

と心よく許してくれたが、口で言うほど爺はおれに疑惑は持たなかったのか、ここは人心の微妙なところだが、

「爺さん。欲しい品があれば買ってくる」

おれに言えるのはこれくらいしかない。サントの長い人生で彼がこいつと見込んだ男で、信頼に値した者は多くあったに違いなかろうが、その反面、彼の見損ねた男もあったであろう。えてして裏切り者などは甘言を弄するものだから、土産物の話などはかえって、人を疑わす種になりかねない。

「そうじゃのう、この間、船で持ってきよったが、電池でしゃべるラジオがあっただろう。目玉の飛びでるほどの値を言いよったが、大きな都会ではそれほどでもなかろうて。あれを一つ頼む」

「あれはトランジスタというんだ。電気のほうが安いよ」

「いや、婿の処には電気は来とらん。初物食いのようだが、新式のラジオぐらい持っとらんと馬鹿にしよるでのう」

おれが爺の気概ぶりに、つい笑い出すと、サントも何を感じたのか、さもおかしそうに笑い続けた。

その翌日、おれは集荷に来た発動機船に便乗してS泊まりに下った。一ヶ月ぶりにマウロに会った。子

供は元気に育っており、イネスは相変わらずの人柄だったので安心した。イネスに客があると知って、ジョンという男が入ってきた。同じ敷地の奥に住んでいる、イネスの実弟だという。これという定職はなくて、あちらこちらの日雇いに出ていると聞いた。S泊まりからは遅い船便はないので、旅宿に戻る時刻になった。女主人が一応引き止めてくれるのは分かるが、ジョンまでが口を出すのには我慢ならない。

おれはその男を嫌な奴だと思った。まだ当分は構わないだろうが、マウロが物心つく年頃になれば、ジョンの子供たちの感化を受けるだろうから、何らかの処置は要ると、宿へ行く道で考えた。イネスが漁場に来てくれるとよいのだが、それも子供の学齢期までで、これから先にも難しい事態が予想されるのであった。

あくる朝、P町行きの便船に乗り、昼過ぎに着いた。その町はこの大河の中ほどに位置する河港の一つで、南部から延長された鉄道の終点でもある。電話局から小林に連絡した。今夜九時過ぎにそちらに着く旨を知らすと、言葉も乱れるほどに喜んでくれた。三年間も会っていないのだから、おれもつい言葉がつまって話を切った。

遅い朝食をゆっくりとすましても、大事な用件は帰りになるので、午後六時発の列車には持て余すほどの時間がある。中心街から足の向くままに河の方向に出ると渡船場に来た。八百メートルはあるという河幅の対岸から、いま船が着いたところで、貨物二台に乗用車数台と十人ばかりの人が見える。渡船が木で組んだ渡しに接すると、船員はすばやく岸に飛び移り、太い縄の輪を杭に投げる。すると船首の揚げ板が前方に伸びて岸への板敷きになる。船長室からカランカランと鐘が鳴ると、人と車は一斉に動きだした。海から何百キロも離れた奥地の一河港でも、操舵室の屋根に国旗のはためいているところは、海事法によって運営されているらしい。

そこから少し下流に「万作」の店があったので寄ってみると、店の戸は下ろしたままになっていた。好奇心はあったが、隣の店に尋ねるほどの事もないので引き返してきた。

もう市制は布いたという町でも、旅の途中に寄った者には、時間を紛らすすべは全くない。閑散な大通りには食料雑貨店、コーヒー店を兼ねたパン屋、靴屋、既成服店、黄色い看板をあげた反物店。文房具など置いた本屋に入ると、暇を持て余していた店員が寄ってきた。「釣り人必携」のような本はあるかと聞くと、そんな本は見たこともないと答え、その代わり釣り道具の店を教えてくれた。

足はその方向に向いたが、買い物は帰りになるので、通りを折れて駅に向かった。構内は思い切り広くとってあっても、荒れた幾棟かの倉庫、幾本もの引き込み線、枕木も隠れるほどの雑草の茂りなど、早くも見込みはずれの荒廃が充ちている。その奥にも広場は続いて、巨大な原木が山と積まれて、そのまま腐るのに任せてある。

構内のいたる所に野犬がいる。捨て犬や自然繁殖した奴らの巣窟になっているらしい。面の険悪なのが材木の陰で、青い眼を光らしているので引き返してきた。駅を出て街角に来ると、倉庫のひさしの下に乞食女がいる。別に気にもかけずに行きすぎると、

「ちょいと、兄(あ)んちゃん」

と呼びとめられた。気をつけて見ると、まだ若いといってよい荒んだ女が腰をすえ、スカートの裾で隠してはいても立て膝でいる。襟の白レースは垢で汚れ、もと赤色系の服は褪せて褐色に見える、一目でジプシー女(シガーナ)と分かった。その傍らに転がしてある袋からは、まだ生後いくらも経たない幼児の頭がのぞい

ている。行き過ぎるつもりが、子連れなのに引っかかった。

「ああ、兄んちゃんじゃない、落ちぶれなさった旦那」

おれは女の言葉の終わりのほうに驚いた。

「旦那、あんたの行く先を占わせませんか」

と誘った。おれは過去にも、こんな連中に関わりあったことはない。けれどもその時は何となく胸にこたえるものがあった。

列車の発車にはまだ退屈しすぎるほどに時間はある。ひとつおれの運命とやらを観させるか、と気持は浮いたが、すぐに何を馬鹿なという考えに返った。このような女は先験的なある感覚を持っているらしい。こういう事は避けろとか、こういう事には気をつけろとか、たいていの人に当てはまる事は言うかも知れないが、人間の生き方については決して言わないだろう。おれがちょっと立ち止まったので、女は客がついたと思ったのか、座り直す姿勢になった。

「いま暇はない、だが、少し援助してあげる。受けとってくれるかい」

「あげるとおっしゃるなら、戴きますよ、助かりますからね」

女はにたっと笑ったようだったが、表情はすぐ消えた。おれは隠しから一枚抜いて、占い女に手渡してやった。

「旦那、お帰りにはどうぞ。お代はもう貰ってありますからね」

おれはなぜあの乞食女に、十日は宿暮らしのできるほどの金を与えたのだろうか。窶(やつ)れた面影が死んだエバに似ていたからか、それとも零落という名はついても、旦那と呼ばれたことが嬉しかったのか。おれは恥ずかしくなり急いで駅に向かった。

　発車までには一時間もあるが、駅の待合室の木のベンチに座っていると、ぽちぽちと人が入ってくる。たいていは百姓風だが、横に来て腰かけた老夫婦は、この町にいる娘に卵やケージョ〔チーズ〕など持ってきたと言った。――お前は日本人か、このたびはまずかったなあ、心配ない、すぐに元通りになる。戦争は悪いのに決まっとる。国に精力がたまりすぎて、主役になりたがるが、脇役のほうが楽だ――とこのイタリア系の老人は話好きらしくて時間つぶしには悪くない。

　駅の建物をゆるがして、客車が蹴り込まれてきた。制動がきいて鉄のきしむ響き、鎖の絡み合う音、構内用の小型機関車は役目をすますと出ていった。何時の間にか切符売場の窓はあいていた。おれは並の往復を求めた。乗客はまばらで、二人分とって寝そべるほどにも席は余っている。P町に来て買った安時計は、正確に時を刻んではいるが、なかなか発車する気配はない、旅の疲れか少し頭がぼんやりして眠くなりかけた折、どんと衝撃がきた。すると駅の構造物と支柱とその奥にある窓との位置がわずかずつずれ始める。すると支柱そのものが窓からしだいに移り動いていく。

　何本もの切り替え線を渡り、列車は構内を脱すると速力を上げはじめた。車両も古物だが、保線もなっていないのか、横揺れもひどいが、縦にも跳ね上がり、連結部に渡してある鉄板が騒ぎたてる。待合室で知りあった老夫婦がこちらにやってきた。――わしらは次の駅で降りるが、○○区にいるファルソニーという者だ。是非訪ねてこい――と言うのが、騒音の中でやっと聞きとれた。

　列車が徐行しはじめると、おれの手を握って、――きっと訪ねてこいよ――と念を押して降りていった。長く伸びた屋根のないホームに、息子らしいのが軽二輪馬車をつけている。旅で知りあった縁ぐらいで、その人たちの境遇などうかがい知れるわけではないが、もしおれの両親が生きておれば、あの老夫婦の年齢だと思われると、気持ちは離れずに後を引いた。

イタリア老移民と別れた刻から、日は広野の果てに沈みかかる。かなりの町やほんの寒駅のいくつかを過ぎて、列車がA市の郊外にかかると、燈火の数と広がりから、いままで通過してきたどの都会よりも大きい。乗客がざわめきだしたのは、この駅で乗り換えるからである。

駅を出ると、タクシーに呼びとめられたが、車を拾うほどのことはない、一区画過ぎれば中心街なのは熟知している。小林がそこの給油所の横で、コーヒー店をやっているのは手紙で知らされていた。場所はすぐに見つけた。緑金亭(オーロ・ベルデ)の蛍光灯は青く輝いていて、三年の荒野暮らしの眼にはいたく染みる。客の立て込む時間は過ぎていて閑散であったが、店は品よく客筋も悪くないようだ。

S泊まりで念入りに整髪はさせてきたが、頬髭は残しておいた。顔がこけているので剃らずにおいたが、ひとつは小林を驚かしてやろうとの下心もあった。けれども夜行の客車の窓に写る自分の顔は、陽に灼けて黒く、何ともむさ苦しかった。彼と別れた頃の肥えた白い丸顔はどこにいったのか、瘦せてくぼんだ頬、とんがった顎は残した髭でも隠しようもない、その上どうも目付きが鋭くなった。これは釣り糸の動きから目を離さない気配りや、山奥での三年の暮らしが顔に出てきたのだろうか。

おれは客になって店に入り、小卓に着くとすぐ給仕が来た。冷やした麦酒に燻製の腸詰め一皿を頼んだ。旅でかわいた喉に、冷えたほろ苦い液体が通ると、ほっとした解放感が湧いてくる。このような気分は何といっても都会のものだ。いまは過去のものになった追憶が、ぽっとくる酔いにまぎれこんできた。

小林はカウンターから、時おり大通りに目をやっている様子に見える。彼はとっくにおれを見ているはずなのにまだ気付かないでいる。P町発の列車がもうA市に着いているのは知っていて、おれの到着に気を遣っているように見えた。

瓶一本をあけ、若者を呼んで勘定をすますと、

「パトロンにジンザイが来たと伝えてくれ」

と頼んだ。給仕が台に行って耳打ちをすると、小林は飛び上がったようである。彼は店の奥まで来たが、客は婦人連れの禿げ頭。他に三人の青年だけなので、おれの卓にやってきて、

「給仕に言われたのは……」

と話しかけたが、言葉は半ばで詰まった。

「継志さん」

と彼は喉の奥で叫んだようであった。

「やっと出てこられたよ、達者で何よりだ」

小林は身も心も浮いているようで、先に立って階段を上がると、おれを客間に招じてくれて、婆さんを呼んだ。

清さんはおれの訪問を前もって知っていながら、感情の整理がつかずに泣きだした。

「清さん。立派な店が持てて結構だ」

小林がつまらぬ店で、やっと食うだけのようなら、おれは辛い思いがしただろうが、これほどの店なら大したものだと、心から嬉しくなった。

「継志さん。逆さごとですよ」

「なあに——清さん、おれもやるつもりでいるんだ。こんど河に出てきたから、漁業会社でも興すつもりでいるんだ」

「そうでございますか。坊ちゃんなら社長さんぐらいにはなれるお人柄ですもんね」

おれは清さん相手では、このぐらいの法螺(ほら)をふいたほうが、相手も気楽だろうと考えた。

小林の——何か用意したら——の言葉に清さんは台所に消えた。彼と二人になったので、立派な店が手に入ったのを祝うと、小林は次のような経緯を話した。

彼は三十年から、この店の前の主人ミゲールとは友人であった。ミゲールには息子一人に娘二人あるが、彼は息子に婿たちはてんで信用しておらず、寄る年波にこの仕事がしだいに辛くなっていた折から、小林が神西農場を辞めたのを知り、話を持ってきたという。小林は退職金にいくらかの貯金はあったものの、とても大通りのコーヒー店など引き受ける資本はないと断ると、ミゲールは前金は有るだけ貰い、残りは月々の利益で払えばよい契約にした。はじめはそんな利益があるかと心配したが、幸いに店ははやって、ここ二年ほどで負債はきれいにしたという。

「継志さん。わしも末の子が学業を卒(お)えるまではやりますよ」

そこへ長男のリカルドが帰宅した。まだこの市の大学の医学部の学生だが、会っても誰だか分からなかった。もちろん先方はなおさらなので、

「継志さんだよ」

と小林が紹介してくれた。

「どうですか、久しぶりで」

と一応の社交としての挨拶はしたものの、彼は父の旧主人への敬愛としての表情を顔には出さなかった。世代も違うし社会上の地位も変わっているので、互いにこれでよいのだ。おれは決して親の恩を売りに訪ねてきている訳ではない、小林の人柄に引かれているのと、もうひとつは謝罪の気持ちからであるが、何となく辛い気持ちになり、サントとの仲のようにはいかない。

夜も更けて、清さんには引きとってもらったが、小林とは夜中の一時すぎまで、つもる話題は尽きない。話はしぜんとアンナの上に移った。アンナの父作造の死は初めて知らされた。小林によると、作造は食えない男で、あの事件はなくても夫婦の離婚は目論んでいたようで、蟷螂(かまきり)の残忍と滑稽さが身上で一生を終わったといった。アンナは神西農場を集団住宅地に変えたが、会社は金森一家に食い荒らされて破産状態という。

小林がおれの貰い分に触れたので、もう一年ほどはP町の銀行には送られていないと言うと、彼はひどくアンナ側を非難した。しかし、おれは小林に同調する心境にはなれなかった。送金はどうでもよかったし、事件は過去のものになった。いまだにそれにこだわるのは利口ではないと考察した。

今日の墓参には是非お伴したいという小林には断って、おれは独りにしてもらった。

共同基地の付近は三年の月日にも変化はない。門をくぐるとすぐ目につくのは、地を這う龍が女人を襲わんとする彫刻を据えた墓碑で、A市当初からの、米、コーヒー精選工場の持ち主の日本人某家のものであるが、手入れの荒廃が気にかかった。遺族はもうこの市に住んでいないのだろうか。

おれは父母の墓前に立った。折々は小林が詣ってくれているのだろう。墓碑は少しも荒れてはいない、壺の水を換え白菊を供えて瞑目した。心を静めて過ぎた日々の両親の慈愛をしのんだ。といってもおれは女々しい感傷は好まない。父母の霊に語りかけるとか彼らの霊がおれを見守ってくれているなどの信仰はない。墓参は一つの習慣であるのと、故人たちへの思い出には適った所だからだ。何時どんな事になるか計り知れない身の上では、たとえ周りが荒れ果てたとしても、父母の墓が目立たないひっそりとしたものなので、おれは心休まる思いがした。

翌日、サントへの土産物を買い、引き止めてくれる小林夫妻に再会を約して別れた。P町に着くと、そこで用件のすべてを済まして、S泊まり行きの便船に乗った。

何日と家をあける長い旅などは、思いのままにならない僻地で、三年はまたたく間に過ぎたが、このたびは父母の墓に詣で、小林にも会ってきたので、気がかりになっていた一件は一応果たし、やっと気持ちに落ち着きができた。旅から戻ると、サントはかねての約束どおりに、P町の娘の許へ旅立っていった。

## 洪水

ジイアス農場に入ったのも、この河岸に住むようになったのも、その時その折の口過ぎ世過ぎであったが、偶然の出会いから、宿縁めいた具合に話が決まった。サントは、漁場を引き受け仕事の指導を受けた漁夫ではあったが、ただそれだけの関わりでなかったのは、彼の出発の後、何でもないような彼の行為、言葉などが日が経つにつれて、おれにとって生きて深い意味を持っているのに気がついたからだった。

多分にサントの半生には他人には窺えないところがある。彼自身もやくざな商売をやってきたと言っていた。牛の大群を移動させる話はよくしたが、ただそれだけではない陰に含みが読めた。おれはとくに爺の過去を詮索するよりも、その人柄に興味をもった。老漁夫がひとり河暮らしをしながら、身につけた生活の知恵は、誰からも教わった訳でもなかろうに、実に理にかなっている。それは、彼の置き土産の一つだった。

サントと別れて以来、彼への追憶は日を追って深くなった。父の不慮の死に会い、若くして農場の経営を任された折、何日もの時間が自分の記憶をすり抜けているのを知った時のような経験をした。

「のう、息子よ、河漁師は一人前だと威張ってみても、この流れに浮いた水草のようなものだ。おまえ、河岸の匂いが分かるか、青臭いようで甘い泥の匂いは、お袋さまの乳のものだぜ。慈しみの顔は一日として同じではない。聖母さまのおかんばせ、躾(しつけ)をする厳しいときの母の顔、また情人の思わせぶりな眼差し、折にはヒステリーを病んでのう。子供も何も放り出すこともあるのじゃ。べつに子供が邪魔になったとか、憎いのじゃない、これは女の持病のようなもんじゃろう」

おれはこの枯れ木にも似た漁夫が、河を母親に見立て、自分を幼児にしての譬(たと)えを面白く聞いた。

「爺さん、そのヒステリーとは何のことだ」

「知らんか、洪水のことよ。おらは二度ばかり見たが、おふくろ様の物狂いだ。かなり暴れるが心配はない、子供まで食いはしない」

サントの言うには、出水が始まれば一ヶ月ぐらいは仕事にならないという。その間、他の仕事はできるが、それもおふくろの病状しだいともと話した。

おおらかで豊満、包容力のあるこの大河は、かなりの降雨量があろうと、流水は濁ってきても、水位に目立つほどの変化はなかった。出水とか氾濫とはどんなものか、その時はただ爺の言葉を読んで想像するよりすべはなかったが、後日、おれはその洪水に遭い、自分の運命にまで係わってくるとは、思いもかけぬことであった。

サントは去り、また前のような一人暮らしに戻った。旅の帰途P町の銀行に寄って、サントに支払う権利金を引き出したついでに注文しておいた、カヌーの艫に付ける推進機が便船で届いた。

これでS泊まりまで楽に、日帰りができるようになった。集荷船は決めた日には来る。今のところはサントの指示どおりにやっていて、水揚げはおれ一人でも何とかなる。ようやく生活のめどもついて、単調ながら平穏な日々が過ぎていった。

ところが、ムッカ村へエバの戸籍調べに行った折、サントの紹介で一夜の宿の世話になったゼルバーノの農場で、主人からマルコと呼ばれていた少年（実は女であることを後日サントから知らされた）が突然に訪ねてきた。主人の留守を盗んで、径もない原野を徒歩で逃げてきたという。

半年前、まさかこの家僕のような少年が、家出の下心をもっているとは知らなかったので、訊かれるままに、若い心の他郷への憧れぐらいに思って、南方にかすんで見える遥かな丘を指さし、その先の川のない盆地、一望すすき野の台地、ここからは見えない送電鉄塔まで行くと、足もとに広がる湿原と大河、その河岸の鬱林のなかに、ぽっかりと空いた焼き畑と、豆粒ほどのサントの小屋が見えるはずだと教えた。

おれが乗ってきたティモーゾの鞍をはずし、飼い葉に水をあてがってくれる少年と、風化して年輪の浮き出た木の柵をはさんでの、わずかの間の会話であった。

すると、家の内から主人の苛立った声がした。少年は顔色を変えると、馬の世話もそこそこにして家の中に消えていった。マルコはその場限りで得た道しるべを頼りに、小径についた馬の蹄のあとでも探って訪ねてきたのか、小屋に着くなり昏倒してしまった。

とっさの出来事におれは慌てた。それはマルコの失神もあるが、サントから知らされていた真相による困惑でもあった。しかし、事情はどうあれ倒れた者をそのままにはしておけないので、ひとまず小屋に運んで寝台に寝かした。きつい目に締めているズボンのバンドをゆるめ、上着のボタンを外して胸をはだけた。

憔悴したマルコの顔立ちは、陽に灼けて黒く荒れていても、薄明かりの小屋の中で広げた胸の白さ、形よく盛り上がった乳房の先に、桃色の乳首が息づいていた。おれに下心があってこんな状況になったなら、明日はどうでもなれという気持ちになったかも知れないが、落ちてきた果物は珍しくても持ち主があった。それに本人は気を失っているのでその手当が要る、おれは口に火酒を含むと、女の顔に強く吹きつけた。

ようやく口がきけるようになって、彼女が明かした真相は、サントから聞いていたのと同じであった。

「わたし、マルタというの、助けて」

と泣いて訴え、老人とは余儀ない関わりから、情人にはなったが、ゼルバーノの性癖は寒気がするほどに嫌だと言う。おれは若いマルタに同情はしたが、彼女から頼られるのは意外でもあり困惑した。どんな処置をとれば良いのかも選びかねた。

しかし、現実にはもう受け入れたことになるだろう。事情はどうあれ男と女がこうなれば、両人が同罪に見られるのは、過去にも数多くの物語がある。

彼女は怯えて、ゼルバーノは遅くても明日の昼頃には、ここに来るだろうと言った。老人はおれの帰ったあと、おれとの仲を疑って、ナイフの焼いたのを掌に押し当てたとも話した。俄かには信じがたい行為だが、老人の嫉妬とはそれほどにも凄まじいものかとも思いめぐらした。ここはまずマルタを逃がすことに決めた。けれども訳を言って匿ってもらう所となると、まずイネスの家より他はない。そう思い立つと今をおいて機会は逃がされない、訳を話すと彼女は承諾した。老人の探索の手から離れた処に身をおけるなら、何処でも良いらしかった。

マルタの恐れていたように、翌日、ゼルバーノは引き馬をつれて、漁師小屋の前に立った。情婦はてっきりここに隠れているとの確信で、老人はおれに挨拶もあらばこそ、

「小僧が来とるじゃろう」

息巻いての質問は、雇い人の少年がいなくなったにしては騒ぎすぎる。それにゼルバーノはまだおれがマルコの素姓を知らない、と見ての訊きかたに思えた。

かつて一夜の宿をしてくれた沈重な悔恨の思索家ゼルバーノはどこへやら、白髪を乱し急ぎの旅に上気した赤ら顔は、愛欲に狂った一匹の獣に見えた。ほんの行きずりの縁で、マルタはおれを頼って逃げてきたわけだが、老人の狂乱の様子では、女は渡せないと決心した。

「知らんな。だいたい此処にくる道も分からんのに、どうして来れるのだ」

「お前は頼られる筋はないかもしれんが、あれは此処にしか来るところはないはずだが」

「他所は探したのか」

「まだだ。ムッカ村にでも、隠れよったか」

老人はおれの言葉を信用したらしく、手綱を引くと戻り道に馬首をまわした。

奥地では生活が単調なだけに、変わった話題に飢えているのか、一地主の私事でもすぐに、面白おかしく尾鰭がついて、口こみで広まるのであった。ムッカでマルタを尋ねてうろつくうちに、ゼルバーノは村民の漫罵の的にされ、したたかに飲まされたあげく、落馬して腰をいためため、寝たきりの病人になったのを、世話する人があって、故郷のミナス州に帰ったということであった。

それと前後して、便船に託してイネスからマルタについて苦情が来た。S泊まりでマルタが男か女かで噂になっているという。

おれはゼルバーノの女を、すげなく追っぱらうのも情のない遣り方と、ほとぼりのさめるまでS泊まりに預けたのであるが、彼女は自分で知ってか知らずにか、さかりのついた牝犬のようにふるまっていた。泊まりの男たちの目がついてまわるのも、困った事態だし、イネスにも気の毒であった。

おれは日をおかずにマルタを引き取りに河を下った。すると思いがけなくも、イネスまでマウロを伴って、おれの漁師小屋に移るという。妙な具合になって女二人が一度に来ることになった。おれも落ち着けない気持ちだった。

「マウロを手許におけて、旦那さんも良いでしょうが」

とイネスは、おれの本音を探るような口をきいたが、それは何か腹に一物あっての申し出のように思えた。いままでの一人暮らしの日々に女二人に子供が入り、急に賑やかになるだろうが、それは長く続くとは思えなかった。

この河の上流でダムの工事をやるとかの噂がある。それを裏づけるように、このところ船の行き来が増している。日によっては大きな船艇が遡行してきた。

おれひとりなら河漁師で一生終えても悔いはないが、マウロがいる。この暮らしも、彼の入学できる年頃までと目論んでいるが、政府が工事を始めるとなると、完成までは早くても、五、六年はかかるだろうから、子供の将来を考えてやる時期と重なってくるだろうか。悪くすると工事の影響で漁のできなくなる環境になるかも知れないが、その時はその時の事にして、今はあまり深く考察しないほうが賢明だろう。人の明日などはどう変わるか誰が予想できるだろうか。

マルタにゼルバーノは国に帰った由、知らしてやると手放しで喜ぶところなど、まだ稚いようであっても、イネスの眼に会うと小鼻に皺を寄せてぷいと横を向く態度などは、一筋縄でいかない面もあって、彼女が客人気取りで、イネスを下女のように見下しているのは言葉使いでも分かった。当然だが、イネスも内心穏やかであるはずはない。

けれども、二人の女の排斥しあう雰囲気が、おれの気持ちの片寄るのを防いでくれた。もしイネスがS泊まりからついてこず、マルタと二人だけの生活になれば、どんな関わりになるか、これはもう理性では処理できない問題になる。マウロの乳母としてイネスが一人で移ってきたとしても、かなり誘惑の火種ともいえる。

それが女ふたりになると事態は変わって、罪な情念の湧くのをおさえてくれた。

それにしても、狭い小屋が何となく女臭くなった。これはおれの嗅覚だけでなく、週に一回巡ってくる船の男にも分かってしまうものらしい。別に秘密もないので隠すわけではないが、あらぬ他人の口が嫌なので、船の来る日のその時刻には、マルタに言いつけて裏の山へ薪を取りにやったり、他の仕事で小屋の外に出していたが、船員たちはおれが同じ屋根の下で、女二人と暮らし子供が一人いるのまで知っていた。

「親方、若いのと年増の二人じゃあ、身が持ちますかい」

と揶揄して笑う者もあった。どうせ自分の立場を説明したところで、彼らが信用する訳はないので、おれは親指を立ててみせ、悪くない身分だと誇示した。愛嬌として自分を道化者にすれば、自己卑下にはなるが、野卑な彼らからも見下げられて、はじめて漁師仲間に入れると思った。

集荷船はこの漁場を終点にして、ここよりは遡ってはゆかないので、仕事がすむと帰航の舵をとり船首を河芯に向ける。おれたちが見送る目の前で、二十トンばかりの舷の低い河船は、ちぢむ蛭のようにしだいに胴太りになり、流水を船腹の一方に受けて傾く。舳先を下流にまわすと、操舵室、マスト、積み荷などの位置は少しずつ変わって、船の影が水の上に長くのびると、ボオーッと汽笛をあげ、にわかに沸き上がる水の泡をあとに、船は速力を増して視界から去っていく。

河岸に放り出したままの空箱、塩の袋、ちょっとした買い物など、軽い物はマルタに頼み、重い袋などは一度小屋に運んだ。おれがまた戻ってきても彼女は放心の態で、すでに視界から消えた船の後を見送っていた。

早晩、マルタの身の振り方は考えてやるべきだが、具体的なことになると、おれも思い迷うのだった。ゼルバーノが故郷に帰ったまま立てないから、平穏なようなものの、彼が動けるようになり、マルタの出奔後の真相を知ったなら、おれと彼の関係は女をめぐって無事ではすまないだろう。事態の成りゆきからマルタを妻にしてもよいようだが、自分の心も動かないのに、一時の感情で女を家に入れれば、行く先は目に見えるようであった。

おれは過去の経験から、状況を解決するためには、積極的に動くよりも静観して、時期を待った方が良い事を知った。

はじめの妻アンナの強情に業を煮やし、突然の狂気の発作によって、傷害未遂事件を起こし、一身を破ったのも誰の所為でもないが、今から思えばもっと冷静に処置して、妻とは別居という法の解決もあったはずである。どうもおれは配偶者に縁がない。アンナはあれだけの美貌で心の汚さはどうだったか、宿もない流浪のなかでたまたま知りあった、子持ちの若い女エバとは心の通い合うものがあって、この女となら苦楽も共にできると、結ばれたのもわずかの日だけで、エバは旅に病んで死んだ。

遺児マウロの養育はあり、おれは精神を病んだ過去などもあって、本能のまま女に心を寄せてはならないと、きつく自ら戒めていても、それは苦しい戒律であった。

もともとこの漁師小屋は、サントが一人暮らしのために建てたほんの雨風を防ぐだけのもので、四人が住める広さはない。おれは間に合わせに女たちと子供に自分の部屋を提供し、壁のない屋根の下にハンモックを吊った。ところが夜の一時、蚊の群れに悩まされるので、毛布を頭からかぶるが眠れるどころではない。ようやくまどろむと夢に女ふたりが現われるのであった。

マルタは小屋に着くなり、おれを見て失神した（否応なしに自分を受入れさすための擬態かもしれないが）。突然の出来事に、応急の折ではあり必要な手当のため、かなり際どい接触はしている。そういえば、偶然ながらおれはイネスの裸身も見た。こちらに来てまだ間もない、ある夕方、何かの用事でイネスを呼んだが返事はない。寝間をのぞくとマウロはよく眠っていた。その時の用事は何であったか忘れたが、暗くなるまでに片付けたいカヌーの仕事があって、おれは岸に下りていった。

河面には一面の霧が湧いていた。大気と流水の温度の差で、このような現象を見る暮れ時がときどきはあって、ほんの五メートル先が幻の世界に変わる。おれがカヌーの引き上げ場近くに行くと、ほんの目の前でイネスがこちらに背を向けて水浴びをしていた。

ハッとしたおれは足音を消して、草むらに身をひそめた。すべてに控えめな彼女を驚かしてはいけない配慮ではあったが、年増女の裸を知りたい欲望も押さえることはできない。イネスは全身に石鹸をぬり、布で肌をこすると、アルミの洗面器で水をすくい、何度となく浴びては白い泡を流した。浅い流れに立って褐炭色のぬめる肌をした浴み女が、霧の中にあって身をそらすと、両手を乳房の下にあて押し上げる動作をした。

その時、ウウ――とうめき声をあげたように聞いた。イネスは見たところ年よりは老けてみえても、石女だけあって胸の張りよう、引き締まった下腹、太い股、尻の筋を割った肉おきなどから、どうしてどうして男なしには辛い折もあろうかと、要らぬことを考えたりした。

つい先の流れの淀みで、獺（かわうそ）らしいものが水に潜る音をたてた。イネスは慌てて岸に上がると衣服をまとって帰っていった。

この出来事はおれにはかなりの刺激だったのか、朝目覚めると夢精しているのを知った。けれども、どちらの女にも手を出さなかったのは、自制よりも環境がおれを助けてくれたからだ。ひとりはマウロの養育を頼んだ乳母だし、他は我慢ならない男から逃れるために、おれを足場にしただけの女で、行きがかりでただ便宜をはかってやっただけと、突き放して考えることにした。マルタは自由にどこへでも飛んでいけるし、また行かなければならない。イネスにも子供を連れてS泊まりに帰ってもらう方が良いだろう。

おれは自分の苦い経験から、物事は日の経つにつれて、その本質を現わすのを知って、傍観して無理なく収まるのを待っていたが、半年ばかりの後、マルタは船員の一人と好い仲になって、彼女から望んで去っていった。イネスはいままでの行きがかりから、マルタと同じに考える訳にはゆかないが、マルタのいない後、何か言い出すはずと、おれは興味をもって待っていた。すると案の定、イネスは家に帰りたいと言う。

マウロはもう歩けるようになって、おれにも親しんで手放したくはないが、子育てとなると仕事との両立はとても無理で、乳母の頼みは許してやった。

これでイネスが何を考えて漁場に来たかは読めたことになる。彼女にしてみれば、おれとマルタのくっつくのは構わないとしても、あの女しだいでは子供は引き取られるかもしれない、そうなると今まで受けていた養育費は来なくなる。そうなれば以前のように、多くもない商家の洗濯物をもらって歩かなければならない。誰でも一度旨い味を知ったあと不味いものを食うのはいかにも辛い。ここはどうしても、おれとマルタの間に水を差そうと、考えたのに違いない――と、少し酷だが、おれはこのようにイネスの思考を解釈した。

イネスにはサントが仲に立ってくれただけに、田舎女らしい実直さがある。それだからこそマウロを託したのだが、彼女をS泊まりに送っての帰途、イネスが自分の用は済んだと満足して帰宅したのかと思うと、そこに深い疑問が残ったが――。

マルタは去り、イネスはマウロを連れてＳ泊まりに帰ったので、おれの望みとはいえ身辺はにわかに寂しくなった。

季節は冬期に入ろうとしていた。雨はしだいに少なくなり、晴朗な空に渡り鳥の一群が動いてゆく日もあった。

日に日に、季節の深くなる、ある日のこと。この辺りでは見かけたことのない船艇が、おれの漁場の岸に舳先を着けた。三人の男たちが降りてきた。その内の一人は三脚のついた器械を肩に担いでいる。この上流でダム建設の噂があるので、測量隊の人たちかと見ていると、こちらに来る男たちの一人は白人で、他の二人はおれと同じ容貌をした日本人である。けれどもこの国で育った二世でないのはすぐに分かった。二人とも軽装ではあったが、おれのようにパンツ一枚の裸ではない。赤ら顔の髭の濃い白人は腹の出た大男で、どっしりはしているが動作は鈍い。二人のうち一人は大男についてきたが、他の一人は歩きながらも、身体をゆすり手をふっているのは、新参者にはよけいまといつく虻を払っているようすだった。赤ら顔はおれに話しかけられるほどの近くまで来た。脇について来た男がおれたちの耳慣れない言葉で話すと、

「イエス」

と髭が答えたので、これはダムの測量ではないと判断した。それにしても何のために器械など担いできたのか、この三人（赤ら顔は船主で案内役らしい）は学術調査か、または珍しいこの地方の風物を紹介するための撮影隊でもあろうか。

「日本人のマリオというのは君か」

と髭は金色の毛の生えた太い腕を差し出してきた。彼はここに来る途中で、おれに関わる情報を集めてきたようであった。昨夜から前歯が痛むゆえもあってか、何となく不快な気分が抜けないでいた。

「そうだ」

「君はピンタード釣りの名手だそうだが」

「漁夫だから、魚は獲るだが」

「実はこの二人は日本から、この地方の自然と人と動物の生態を、写真に収めようとして来ているのだ。僕の言うことは分かるかね」

「まあ、何とかはなあ」

「それでは話ができる。ところでそういう記録の一部として、この河の漁師の生活をも紹介する意味で、君が実地に大きな奴を引き揚げるところを撮りたいのだが、協力してくれるかね」

赤ら顔の説得を聞いている間に、後から来た撮影係は漁師小屋から、岸に続く原始林を撮ると、レンズをおれに回してきた。紫色に沈んだガラス玉が、黒塗りの円筒の奥で怪しく光った。彼の押しつけがましく厚かましい態度に腹がたってきた。まだ協力するとも言っていないのに、風景はともかく、おれの顔を勝手に大写しに撮る法はないと思った。はじめからこの人たちの訪問を、おれの暮らしには無縁のものとしていたが、腹がたつとよけいに歯が痛んだ。

「すまねえが、それは出来ねえだよ」

相手はおれの拒否に驚いたようであった。

「どうしてだね」

「写真に写されるのは、おっかねえ。器械に命を吸われるというではねえか」

おれは男たちを追っ払う口実に、この辺りの土着人の迷信を使った。

赤ら顔は横にいる隊員に英語で伝えた。

「交渉ハムツカシイ、嫌ダトイッテイル」

「理由ハナンダ」

「写真ヲトラレルト、死ヌトイッテイル」

「バカナー」

髭の説明を聞いて、一人は笑った。彼はおれが幾らか欲しいのだと解したらしい。

「報酬ハダストイッテクレ、充分ナ日当ハダストナ」

案内役はおれの要求額を聞いた。

「金は欲しいが、死んだら何にもならんもんだ」

髭はおれの返事を通訳した。それを耳にしたカメラマンは気短な男らしく、

「訳の分からん、山猿めが。退化して面まで似ていやがる」

これは、はっきりした日本語で同僚にしゃべった。二人は始めからおれを馬鹿にしてかかっていた。挨拶もなしにレンズを突きつけてきたのでも、腹の底は見えるようであった。

「どうしても嫌かい。考え直さないか。もっと出さすから、どうだ」

しつこく食い下がる案内役に、

「すまねえが、帰ってもらいたい」

と断り、三人には背を向けた。おれは小屋に入ると、流し台の柱に吊ってある鏡に、自分の顔を近づけてみた。強い湿気に水銀は曇り、褐色の染みがくまどっていても、何とか物の影ぐらいは写る。おれは自分の顔を見て驚いた。真っ黒に陽に灼けているうえに、前唇が赤く腫れあがり、剃らずにおいた髭がもみ上げから、顎にかけて伸びているので、これではまったく山猿に違いない。

撮影隊の一人は断られた腹いせに、捨てぜりふを残して帰っていったが、あんな奴に漁場を見せずによかったと考えたとき、あっとおれは思わず叫び声を上げるところであった。あれほどきつくサントから戒められていた、「漁場に他人は入れるな」をすっかり度忘れしていた。別の信条「釣るのは仕事で、見せるためのものではねえ」も思い出された。サントの言葉はどれをとっても、生活人としての真髄に繋がるものがあるのを悟らされた。

一時噂にあがったダム建設も、いつか立ち消えになった。些細な出来事は身辺に起きたが、それらは別に記憶に残るほどのものではなくて、三年が過ぎた。マウロはS泊まりで育っていた。くりくりした活発な児で、いくらか色の付いているのは、祖母の土人の血がまじっているからだろう。イネスはマウロはとても賢いと自慢であったが、あながち身内のひいきだけではないようでもあった。

ある年の雨期に入った頃から、西から東に流れる雲塊は、雲の上に雲が重なり、晴れ間など見せずに、よくもこれほどの水量が空に浮遊していると思えるほどに、来る日も来る日も降り続けた。

漁師小屋はまるでシャワーの下で雨傘をひらいている有様になった。サントの葺いた茅（かや）の屋根も、雨水を捌かしきれずに漏り始めた。おれはずっと仕事は休んでいた。集荷船も欠航した。降り始めてから何日目かに、二隻のカヌーを水際から、より高みの樹の幹に鎖で結わえつけた。
何日も陽に当たらず小屋にいて、怠惰な毎日をすることもなくハンモックに寝転んでいると、半裸の女たちが幻となって現われる。父の農場でも無礼講であったあのカルニバルのある年の歌がしぜんに出た。

カルニバルのうた　　　　（意訳）

オージャルジネイロ　　　　おお庭つくりよ
ボルケ　タント　　　　　　なぜそんなに
エスタ　トリステ　　　　　悲しむのか
ケアケ　アコンテセウ　　　何か事故でもあったのか
オヤ　カルメイラ　　　　　カルメイラをみてやってよ
カイウ　ドス　ガーリョス　高い枝から落ちて
ドイス　ススピロス　　　　ふたつ息をすったまま
デポイス　モレウ　　　　　おっ死んじゃったんだよ

出水のとどろきと雨だれの音が伴奏になったが、過去の良き時代の祭りの歌ぐらいでは、何か起きるという不安はまぎらわしようもない。おれはハンモックから下りると、雨の中を外に出た。水の量は予想のほかに増していて、かなりの余裕をもって樹の根元に結んでおいたカヌーは、一夜のうちに張りきった鎖に引かれて、水をかぶらんばかりに傾いている。おれは流れに入り結びを解き、カヌーをもっと高みに引き上げた。小屋からここまでは百メートルはあるが、高低の差といえば一メートルそこそこだから、住まいが浸水するのはもう時間の問題に思えた。うねりながら流れる濁水をはさんで、雨にかすむ対岸の森はひどく縮んで視界の先にあった。

州境を画するこの河は、乾期になって長く降雨がなくても、さほどに流れの水位は下がらない。また上流の一地方の豪雨ぐらいでは、河は濁っても水量はそれほどに増さないのは、経験で知っている。

ところがこのたびの出水では、異常ともいえる降雨量が、奥深い広地域に降りそそぎ、はるかな高原から平地へ、平地から湿原へと、収まりきれなくなったのが、大小の支流にそれから本流へと……。

黒い雨雲が切れ間もなく移動していく下は、一面の濁流の世界で、満々と流れる水は高く低くうねりながら、波頭の上に波頭がのしかかって飛沫をあげる。処により水中に大きな渦ができるらしく、太い樹の根こそぎになったのが、ゆっくりと回りながら水中に呑まれていく。小動物の死体が芥(あくた)にまじって流れてくる、図体の大きな牛馬の死骸が浮き沈みしながら流されてくる。半壊した草葺きの小屋までが、波に乗って目の前を過ぎていく。それらの光景をただ茫然と眺めていると、幻惑と共におれの身体もふわっと浮上して、流れとは反対の方向に押されていくような錯覚をおぼえる。

このたびの洪水はおれたち河漁師の一時の休業どころではなく、流域に広がる農場に大きな災厄をもたらすだろう。サントが女の物狂いに譬(たと)えた洪水も、彼の体験では小屋までは浸水していない。爺ほどの生活者の予見も甘かった。骨休みじゃ――と言われたほどなのに、増水から五日たって不意に裏の玉蜀黍畑からの出水であった。

それは緩慢に水が沁み出し水溜りになるという程度ではなく、足の脛が浸かるほどの高さで、どす黒い水が白い泡をたてて、おびただしい落ち葉に、木の枝、蛇などを巻き込んでの来襲であった。この現象はここよりはもっと上流のある箇所が破れて、洪水の一部が原始林の下闇をくぐって出現したもののようであった。

本流の水位だけに気を配っていたおれは、その時、はじめて背筋に寒気が走った。これは事によっては自分も遭難するのではないかとの恐れであった。

裏山からの出水には一刻を争う処置が要るようだった。はじめの一波でこれほどの水量では、二波三波はどれほどのものか予想もつかない、事態がここまでくればカヌーは手放しておけない。まず大型を小屋に引いてきた。他のは捨てることにした。小屋の柱では心もとないので森に入ることにした。もうその時にはカヌーが浮くほどに水位は上がってきた。予見できない危機に備えて、モーター、油、銃、食料など舟に移した。竹竿で骨組みを組んで防水布を張ると、雨漏りはなく炊事寝起きはこれでできる。何とか身のまわりの処置がすむと、S泊まりの子供のことが気になったが、イネスの家は教会の裏の高みだから、一応の安心はできた。そういえばティモーゾの奴、ここ二、三日姿を見せないが、あいつのことだ、早くも出水を知って高台に逃げたのだろう。

小屋の浸水が始まって二日目に、おれはカヌーを森の奥に入れた。これはと思った太い樹の幹に鎖の輪を巻き舟を舫(もや)った。今のところ、これから先何日避難の暮らしが続くか皆目分からない。食料の心配はないものの、何時ごろから減水するのか、予想に反して洪水は日に日に上昇しながら止まるところがない。

舟に繋いだ鎖の輪は日に二十ミリから、樹の幹を這い上がった。おれは視界の狭い鬱林の中にいるのに、しだいに辺りが見えてくる。漁師小屋はわずかに水の上に屋根だけをのぞかせ、対岸の森も高い樹の梢だけが、流れから抜き出ているだけになった。

このたびの洪水では、どれが本流か、どの方角がS泊まりになるのか、見定められない。渺茫（びょうぼう）として狂い流れ、天にも届くかと見るほどの、めくるめく水の世界であった。余儀なく強いられての森の中への避難も、万全ではなくなってきた。流水の方向が時によって変わるのか、カヌーの位置がいつの間にか移動している。はじめは裏山から押してきた水も、今では本流の水位が昇ったのか、逆に押し返される状態になった。ときには高波がどっと樹々の幹にぶつかってきて、カヌーもそれにつれて上下に揺れた。おれが命の綱と頼む太い樹は、腋臭のある大女のように、強い大蒜（にんにく）の臭気を出す軟木なので、柄ばかりは大きくても根は弱いのか、いくらかは傾いてきた。

しかし、おれの危惧もそれまでであった。ようやく増水が止まったからである。はじめはなかなか引く気配はなかったが、引きはじめると日にかなり減水してゆく。やっと我が身の危険が去ったと思うと、まだ何日かは本流に出るどころではないが、無闇とS泊まりの子供に会いたくなった。

ようやく漁師小屋は屋根を見せ始めたが、幾日も水に浸かった草葺きの屋根などは哀れなもので、押し流されなかっただけでも儲け物だが、土壁は崩れ落ち細木で組んだ骨組みだけになった。地面に据えた調理台、圧搾桶、挺子棒など、すべての道具類は泥土をかぶり、それらは再び使い物になるかと思うほどであった。

何をおいてもS泊まりのイネスとマウロの安否を知りたかった。思い立つと矢も盾もたまらず、川波のうねりはまだ高いが、泊まりまで続く岸の森も見定められるので、河下りをすることにした。ジョンソン〔発動機のマーク〕は力持ちなので、高波、渦巻も乗り切れるだろう。

S泊まりも惨憺とした有様であった。後日に聞いたところによると、三十年来この河岸に住む老漁師も、このたびのような出水は知らないという。上り下りの船が客だから、商店はどうしても桟橋近くに多くなる。ルイスの店（薬局、公証役場、郵便局など兼ねた）も軒まで水が上がったと聞いた。

高台に建てられた教会は難をまぬがれていた。イネスの家は何の損害も受けなかったが、一時、村民の騒ぎは大変なもので、貧寒なこの地でも、周囲の住民が高台めざして避難してくると、かなりの人数になり、教会では間にあわず、イネスの家にも二家族が入っていた。

おれはまず二人の無事を喜んだが、ゆっくりと話をしているひまもなく、村の役員がおれの動力つきのカヌーに目をつけて、P町までの便船にと頼みに来た。緊急を要する薬品食糧などの供給が求められていた。おれはこの仕事で二十日ほども滞留して、難民に奉仕したので、薬店主ルイスの知遇は得たし、S泊まりではちょっと顔を知られるようになった。

洪水の後にはつきものの、疫病が泊まりに出だした。感染を恐れておれは乳母とマウロを連れて漁場に帰った。ほんの流行病の治まるまでと考えていたのが、イネスがいてくれれば何かと便利なので、ちょっとしたある出来事の起きるまで、五年もの歳月を共に暮らしたのであった。

S泊まりで話のできるのは薬剤師ルイスぐらいのものであったが、彼との関わりあいから、郡の政争に巻き込まれて、おれの運命は大きく変わっていくが、すべてはこの洪水によっているように思えるのであった。

## イネスの死

洪水の引いたあと、S泊まりは惨憺たる状態で現われた。人の目に付くどの家々の壁も浸水でふくれあがり、白く塗った漆喰は剝がれ落ちた。流水の圧力に耐えきれずに、屋根の崩れ落ちた家。土壁の住宅などは、押しつぶされ泥土に埋もれて、壁の芯と思える組んだ割り竹には、何とも知れない浮流物が絡みついている。土台を奔流にえぐられ、ぐらつき傾いている木造の家、隣家によりかかって、やっと倒壊をまぬがれている平屋もある。

人々は水が引くと早速、自分の住居、店の被害の具合を調べにいったが、戻ってそのまま住めるような家は一軒もなく、出水の残していった泥土だけでも、とうてい半日や一日の清掃では済みそうにない。丘の教会から下ってくる大通りも、一時は溢(あふ)れ水の通り道になり、荒れに荒れたあとなので、とうぶんは車どころではなく、それも河岸近くになると、路の真ん中に陥没した穴があき、まだ鼻息の荒い河波が、ときおりどっと暴れ込む、そんな水を石油缶に汲んで頭に載せてゆく女がある。

人影はまばらに動いても、S泊まりは廃墟のように寂寞(せきばく)として、まだ下流から遡行してくる船艇もない。岸に植えられていた樹木は根こそぎにされ、桟橋とは名ばかりの古いガタのきていた踏み板などは、一枚残らず、嵐の前の鳥の群れのように飛び散っていた。

過去の何回もの出水にも安全であった煉瓦工場の設備一切が壊滅した。それと並んであった製材所も、据え付けの蒸気機関を動かすすべもなく水をかぶった。持ち主には大きな損害だが、洪水は彼らだけに当たったのではなく、河岸沿いの農場、漁業者、低地の貧しい住人たちにも、むごく当たったことになる。

出水が引いて、安堵する間もなく、泊まりに疫病が発生した。蔓延する気配を見せてきたので、おれは養子とイネスを伴って、一時漁小屋に避難したが、ここも無残というほかはない。しっかりと脚を土中に埋めこんだ厚板の調理台、塩物にして一夜漬けで汁を抜く桶などは残ったが、小カヌーは流失していた。漁師小屋は新しく建てなければならないし、井戸も汚水の溜りになり、べつに掘る必要があった。

どこも同じような災いではあったが、おれのように簡素というより、必要な物以外は何も置かない暮しの条件を整えるだけでも、一ヶ月ぐらいはかかるだろう。

これまでに橋の下、崖の蔭、森の中で何日もの野宿をしてきた。それも他人の土地であった。このたびは三人であるが、何といっても自分の土地だし、幌つきの大型カヌーで寝起きできるので、これはもう富者の生活といってよい。それに話し相手がある。

夕食の後、小さな者が眠ると、石油ランプの下で、船員とできて出ていったマルタの噂から、イネスの身の上話まで聞いた。

「そうですね、何から話してよいやら。わたしどもは貧しいながら農場を持っていましたが、いつの間にか借金がふえて、隣の地主に取り上げられたんです。一家は近くの田舎町に引っ越しました。わたしには好きな人があって、その人と一緒になったのです。

ジューノと言いましたが、もっとよい金儲けをしたいと他国に出かけたのです。腕のよい牧夫でしたが、どんな仕事をしていたかは知りません。半年、一年も戻ってこないこともあったのです。けれども、わたしの食べ料ぐらいは送ってきたものです。ジューノは他人にはどうだったのか、暴れ者のように噂されましたが、わたしには優しかったもんです」

「お惚気かね、イネス」

「そのように取られましたか。もう昔のことですものね。ある時、帰ってきて言いますには、――こんどうまい儲け仕事がある。それがうまく運べば、もうどこへもゆかない――と申したのですが、それから一ヶ月ほどたって、ジューノはいかにも牛追いといった男に連れられて帰ってきたのです。夫はもう馬に乗っているのもやっとらしい状態で、家に入るなり、寝台に倒れ込みました。上衣を脱がせますと、腹にしっかりと巻いた布に、黒く変色した血が背中にまで染んでいました。それにあの死んでゆく者が出す臭いが鼻につきました。連れの男は私を横に呼んで、――イネスさん、ジューノがどうでも、お前さんに一目会いたいというので、危ない橋をわたって連れてきたが、今日か明日の命だから、念のために――と告げてその男は帰っていきました。その人がサント親方でした。夫は息を引き取る前に、S泊まりの高台に二区画の土地を買ってあるからと、わたし名義の地権証といくばくかのお金をおいていったのです。その頃、私は家畜市の立つほどに賑わったムッカ村にいました」

「ちょっと待ってくれ。イネスはずっとS泊まりではなかったのか」

「そうではございません。ジューノが亡くなってから、あちらに移ったので、前はムッカにいました」

「へえ。これは驚いたな」

「なにか、訳でも」

「あんた、おれのような顔つきの男は知らんかね。日本人の噂聞いたことはないか」

「さあ、わたしは村外れでしたし、そんな話は知りませんね」

「そうか、年代が少しずれているようだ、何でもないんだ」

「ムッカは泥棒村という人もあるほどで、盗られた家畜は、あそこにいけば見つかるそうで。そんなわけで時には、持ち主と馬喰(ばくろう)とは喧嘩になるそうです。人の話では、持ち主が目印にする焼き鏝(ごて)の跡は、うまく変えてあっても、主人が見覚えのある獣の名を呼べば、馬でも牛でも、いななくとかほえ声を上げるといったふうで、元の主人と馬喰のあいだで揉めても、もともと命知らずの無法者どもです。すでに二人も三人もの手を渡った売り物のこと、ただで手放すわけはなく、やはり盗られ損になるそうです。無宿者の行き倒れ、どこかの山の中で死人があるとか、腐肉鳥(ウルフ)が空に舞い出すとか、喧嘩で死人の出るのは常のことで、ジューノの死んだときも、恐ろしい傷はだれも詮索する者もなく、証人たちは拇印をおして、黄色い砂の丘の墓地に埋めたのです。国から弟を呼んで、いまの所に住まわしたのですが、あれも怠け者でしてね」

「サントとの関わりはそれからかね」

「ああ、親方ですか。あれから仲間は解散したとかで、この河の上で漁師をやるのだと、挨拶にみえたのはもう何年前になりますやら。親方は達者でしょうかね」

「さあ、音信なしだが。サントはそういう人だからな」

「そうです、あの人らしい遣りかたですね」

イネスはしんみりと相づちを打つと、自身の過去に想いを馳せているようであった。

おれはまず住居としての漁小屋を建てるのを急いだ。イネスがいてくれて助かったのは言うまでもないが、彼女が居ついてしまった理由は、一時入居させた家族が出ていこうとしないからであった。行く先のない先方に同情したイネスは、自分さえここに置いてもらえればと、おれの同意を求めた。

彼女が幼い者の世話を見ながら、漁師小屋で寝起きしてくれれば、こちらは助かるどころではない。その後、入居者は転居していったが、何とはなしにイネスは五年もの年月、ちょっとした事故が起きるまで勤めてくれたのであった。

このたびの洪水について、おれは目に見える損害、つまり休業、住まい、器具の流失や修復に費やした費用しか計算していなかった。仲間から集荷船が近く復業するとの知らせがあった。いちおう身辺の仕事も済み、体慣らしのつもりで、漁の下調べにカヌーを出した。

あれだけの出水の後なので、たぶん従前からとはいくらかの変化はあるはずとの心構えはしていた。ところが舟を操っていって、本支流の合流点と思える所に着くと、前に心おぼえのあった、細く岬のように流れに突き出た陸地と、被(かぶ)さるほどに茂った叢林は忽然と消えていて、双方からの流れが噛みあい盛り上がり、大きな渦を巻いている広い濁った河面におれは当惑した。はじめは場所違いとも考えたが、やはり土地勘のようなものが働いて、ここは穴場の入口だと確信した。

動かぬ証拠として右側に対岸の原始林が望まれた。もう少しカヌーをやって左転させれば、舟はしぜんと流れに乗って、棒突きの崖に向かうはずであるが、何としたことか。あの赭土あらわな崖まで消滅していた。ひと抱えもある大木を苦もなく倒し、押し流していったこのたびの洪水だから、激流がもろに当たればあれほどの土塊など訳もないことのようにも考えてはみたが。

おれはもと穴場と思えるところに舟をやった。それにしても魚の巣を懐深く抱いて、鯰どもを群居させていた、あの昼でも暗いほどに枝に枝を組み、葉に葉を重ねていた鬱林はどこにいったのか。陽光をキラキラと反射させ、細かく波頭を騒がせている場所を前に、おれはカヌーに立って戸惑うばかりであった。

その日、自分の見込み違いを知らずに帰ってきた。というのは、まだそこで漁はできると決めていたからであった。ようやく集荷船も就業するという知らせを受け、整備しておいた釣具をもって仕事にかかった。ところがサントがあれほど大切にし、おれに譲るときにも、秘伝のように教えた穴場は、過去の幻影になった。陽の照り映える昼間ではと考え、夜釣りに変えたが結果は同じであったので、その漁場は放棄せざるをえないことになった。これは一つの禍事の予告のようにも思えるのであった。おそらくは奔流が穴場の澱みを攪乱し、深い泥土を押し出したのだろう。鈍重なピンタードどもが行動の自由を失い、黄色い腹を返して流されてゆく様が見えるようであった。

おれはとくに分のよい収入は望まないが、回航してくる船とは出荷する最少量の契約がある。仕事のための仕事は好まないので、解約を考えたが、もう少し事態を見るつもりで、河を上下して流し釣りに変えた。日に三回、四回とカヌーを走らせて、かかる魚は何でも揚げたが、本流の奴らはどれも暴れるので、こちらも疲れる。どちらにしても労多く収入は減った。おれは決してイネスに愚痴ったことはない。けれども彼女にもしぜんと分かるものらしく、聞かれるままに隠さずに言うと、

「それじゃ、わたしの方が分は良いようで」

と人の好いイネスは気の毒がる。

「イネス、あんたが思うより、おれは儲けているんだで」

と笑うと、

「そりゃあ、旦那さんは前には農場まで持っていなさったんだから」

「ああ、あれか。妻の一族から裸で追放されたのだ。監禁されなかったのが、もうけものぐらいだが、すんだ事件だし忘れることにしている。今では他人の事ぐらいにしか思えないのだよ」

「それにしても、非道（ひど）いですね」

「いやあ。身から出た錆だよ」

ここでイネスは黙った。彼女はこれ以上、深入りするのは自分のわきまえを越えると考えたのだろう。

育て子のマウロはいちにち裸でいるのに、風邪ひとつひかずに成長していった。野育ちで教えた訳でもないのに、水泳、木登りなど器用なものだった。おれは養子としての愛情のほかに、日本人と土人の混血児の彼を観察する興味もあった。

自分の幼時や、学校に通っていた頃の友人たちを思い出してみると、すべて大人の世界に組み入れられ、一つの出来上がった構造物に適応するように育てられていた。おれはその一つの柱を壊そうとして意のままにならず、かえって罰を受けたが、古い家系というものは、先祖の慣例を守っていても、改革しようとしても、年を経た古屋のようなもので、しょせん倒壊は免れないものらしい。父は自由を求めてこの国に来たが、おれの代になってまったくの自由、裸になってしまった。

マウロはその屋敷跡に生えた木のようなものか。おれとは違った遺伝を持っているし、辺境という環境もあるが、原始の性質は色濃く身につけているようであった。

ある日、彼は毒蛇の太い奴を、木の叉に挟んで帰ってきた。イネスは悲鳴をあげたがおれもびっくりした。首を絞められた長虫はぐったりしていたが、マウロの背に較べて獲物は大きすぎた。咬まれたら死ぬと教えてあるのに、彼には蛇食い鼬(いたち)のような本能があるらしい。どちらにしてもそれは彼の手柄になるので、皮は剝いで塩をまぶし、陰干しにした。

マウロは物心のつくにつれて、おれのことはどう思ったか知らないが、イネスが実母でないのは感じてきてそのように聞いたという。観念的なものには関心が薄いように見えたのに、それが目覚めてきたのは、しだいに心の成長してきた証だろう。サントが手に入れてくれたマウロの出生証には彼はエバの私生児とあるが、母親は死亡届けも出されてないので、どこかにいることになる。

この事情については、マウロがもっと成長して、複雑な人間の関係が理解できる年頃になってから知らすつもりであった。これは辺境の仕来たりを知り、処世の術にも長けたサント老の忠告に従ったわけではあるが、自分とは意気投合した爺ではあったけれども、やはり微妙なところでおれの生き方とは違うところがある。おれたち親子の将来に問題を持ち越すところなどがそれだが、それは思い過ごしかもしれないし、子はおれに良くなついているし、とくにいま問題にすることもないと思った。

この事はすべてエバの急死から来ている。おれと彼女とはほんの短い同棲に過ぎなかったけれども、彼女はおれの妻と思っている。実母の家系、エバの立派な生き方、持病が悪化して旅での死、マウロが年頃になれば真相を知らすつもりでいる。もちろんエバの墓へも同伴しよう。このように先に持ち越す危惧はあっても、漁夫の日々は事もなしに過ぎていった。

ところが、ちょっとした事故が起きた。

イネスが井戸の巻き揚げを回していて、つい手をすべらし、反転する把手にはねられ、地面に転倒した。マウロの知らせで駆けつけたおれが、彼女を抱え上げようとすると、イネスは悲鳴をあげた。何事にも辛抱強い女が泣くほどだから、よほど痛むところがあるのだろう。ことによったら骨折かもしれないが、ともかくそのままにはしておけないので、身体の下に筵(むしろ)をしいて、引くようにしてやっと屋根の下に持ってきた。

動かせば泣くし、人手はなく寝台に上げるなど無理なので、黄麻の袋を重ねてその上に休ませた。じっと寝ているぶんには痛まないので、大方はギックリ腰だろうと判断した。はじめてイネスの肌に手をふれて、ここと思う箇所を押してみた。痛むのは把手に打たれて青く腫れた二の腕と腰であった。

「情けない身体になりました」

と辛そうに訴えるので、

「心配はいらん、あんたのは牛に負けんほどの骨だ」

わざと笑って、荒っぽく突き放しておいた。

ずっと前の事になるが、父の農園でもこんな例はあった。初老の農夫が重い倒木を片付けようとして、そのままへたりこんで動けなくなった。イネスのもそれで、十日も寝ておればしぜんと治るギックリ腰と見た。用心のため一晩ランプはつけておいた。なんとなく寝つかれない夜であった。少しはうとうととしたようだが目が覚めると、朝はもうそこに来ていた。灯は細く黄色くなって黒い油煙をあげている。おれは吊り床からおりると、まずイネスに声をかけた。なんとマウロは乳母のかたわらに寝転んでいる。上からのぞむ姿勢になったが、どうもイネスの様子が変わっている。顔はもともと薄い褐色だが、今朝は青みが加わり、めくれ気味の厚い唇は黒くなり、手もふるえているようで、心なしか口もきけないように見えた。

これは一夜のうちに、容易ならぬ病状になったと判断した。すぐにでもカヌーを用意して、S泊まりまでゆくか、場合によってはP市まで下ろう。

「どうしたイネス、苦しいのか、気分は」

「別にどうということもありませんが」

差しせまった容体らしいのに、おれが訊くと、貰って間もない猫の子のように、与える餌からも身を引く仕草に似た返事だった。

「イネス、痛むとか、気分が悪ければ正直に言ってくれ、すぐ手を打つからな」

「分かっております。ちょっと我慢しかねておりますんで」

「何だ、その辛抱しかねとるのは」

「はい、小用でして」

何だ、そんなことかと、おれは緊張していただけに、笑い出したくなったのを、やっと自制できたのも、彼女の思いつめた表情があったからである。まず思いつくのはお丸だろうが、そんな用具はここらでは笑い草の種になるぐらいだ。もっと必要な薬品でもこと欠いていて、たやすく人命の失われる辺境であった。

「イネス、そのまま用を足せ、濡れたら取りかえてやる。動けないから当然だ。恥ずかしがることはないぜ」

「とんでもないことです」

と彼女は首を横に振った。外に連れ出してくれと言う。その内マウロは目を覚まして、

「イネス、どうした、まだ起きられないの」

といった具合で大騒ぎになった。

「まあ、仕方がない」

おれは乳母の望むようにしてやろうと、グアバ樹の蔭に連れていったが、なお彼女は強情をはって、寝たままではとても用は足せないと言う。それではひとつ彼女の望むようにしてやろうと、少しは意地悪の感情もまじって、横に張った手が届くほどの枝から綱をたらした。イネスがそれにすがって自分で起きる方法である。もっと北の奥地では、土人はこのような形で出産するとも聞いている。おれはマウロを促して小屋に戻った。すると間もなく、

「アイ、アイイ」

と辛そうなイネスの泣き声が耳についた。これまでに子供は乳母のこんな悲しい声は知らないので、心配顔で駆け出そうとするのを、手を引いて止めさせた。

マウロはおれが笑っているのを、どのように理解したかは分からない、けれどもにっこりと笑い返したのは、子供心にも心配のないのを納得したからだろう。しばらくして、イネスは甘えた声でマウロを呼んだ。子供をやらすと用はもう済んだから、おれに来てくれという。

日に二度、三度とにかく大騒ぎであったが、イネスの腰も日に日に痛みは消えて、自分で用が足せるまでになった。腰の筋を違えただけであったので、治りだすと嘘のようであった。しかし後遺症として彼女

の腰は少し曲がったままになった。

この出来事を境にして、おれたちの日常に微妙な変化が起きた。イネスにしてみればおれに醜態を見せたのを恥じてのことかもしれないが、それはもっと深い意識から来ているようにも推察されるのであった。

おれと彼女とはエバの子をはさんで、この年月一家のように暮らしてきた。その間にマルタが入った半年と、洪水後の伝染病を避けての一時の転居が、いつの間にか歳月を重ねていた。サントにしても、マウロの乳母としてイネスを紹介してくれたのは、先々頼りない身の後家を、おれにくっつける考えがあったのか。たとえ女にそのような気持ちがあったにしても、昔気質の人だから情の欲しいような仕草は慎んだだろう。それが主人と雇い人の垣を越えなかったのは、おれたちがあまりにも年齢に差があったのと、異性としてのイネスはおれに思わずハッとさせるもの、なにか未知への誘いに反抗しがたいものに欠けていたからだろう。それにおれに自制を強いたのは、二人の女に失敗した苦汁である。その上いまだに逃げられない軛(くびき)を負っているからであった。

けれどもおれたちは、何か歯と歯の間に物の挟まったような気持ちで日々を送っていたのではない。おれは重い気性ではなかったし、どちらかといえば冗談ずきで、いつもイネスを笑わしたものだった。しかし、これは男女の仲に当然あってよいものを、韜晦(とうかい)するひとつのすべとされても仕方のないものであった。というのもイネスが腰を痛め、動けないのにおれの看護をかたくなに拒否したのも、日ごろからの恨みの裏返しのようにも取れるのであった。

重い仕事は無理にしても、イネスは一ヶ月ばかりですっかり元の身体になった。ところが、――使ってもらっても、それほどの仕事はないし、子供の世話だけなら、このさいS泊まりの家も長く空き家になっているので戻りたい——と言う。もともとおれたちは洪水後に発生したチフスを避けて、この漁場に逃げてきたので、疫病が治まれば彼女は自家に帰ってよかったのだ。それが何とはなしに五年もの歳月が、あっという間に経ってしまったのも、このような辺境では月日の過ぎるのが実に早いという証になる。

それはマウロの成長を見ても頷けるはずで、子供はもう手のかかる時期ではない。おれのちょっとした助手にもなるが、彼はおれと違って世の中に出てゆく人間になってもらいたい。子供を手放すのは辛かったが、意を決してマウロをイネスにつけて帰すことにした。もう就学してもよい年齢になるからだった。

洪水はS泊まりに災害ばかりをもたらしたのではない。州政府からは復興資金が出て、老朽していた桟橋は新しくなったし、大通りも修復された。個人にも仕事を出す者が多く仕事目当てに人が移ってくるなど、にわか作りの住居が空地に建ち、借家を探す者もあると聞いた。S泊まりは鄙びた河沿いの村落にすぎないけれども、位置する場所はそう悪くはなく、はずみさえつけば一つの河港に発展する可能性はある。それについておれには何の利害もないが、イネスには亡夫の残した土地があるのだから、長屋でも建てて家賃が入るようにすればと考えてみた。一日その話を持ち出すと、

「そう願えれば有り難いことです。腰が曲がってから、乞食をせんですみますでな」

「そんなことはさせるものか。でも家賃が入れば楽だからな」

「そうですとも。でも旦那さん、お足のほうはどうですか、先立つものはあれですが」

イネスはP市の銀行に、長屋を建てるほどの預金を持っていた。はじめての給金を渡した時、彼女はお

れに預かってくれと言った。生身ひとつ明日はどうなるか分からない身で、他人の金など預かれるものではない、銀行など彼女に用はなかったし、無信仰なユダヤ人のやる仕事で、預けた金は返ってこないものとして、口座を開くについて尻込みしたのを、おれはやっと安心させ、イネス・デ・シルバ・オリベイラの署名を教えた。はじめは口をゆがめ、手と共に身体まで動かして、手本をなぞっていたものが、一ヶ月経つと何とか書けるようになった。そのうえマウロと共に習う晩めし後のひとときの学習で、初級読本の読み書きはできるようになった。

イネスはS泊まりに戻ってきて、こころやすい友だちのマリア、ジュリア、リンダなどみな文盲なので鼻は高い。その上銀行の小切手を出せるのでなおさらであった。

イネスはおれの提案を実弟のジョンに話したようである。便利屋の弟は姉の仕事なら飛びっきり安くやるから、任してほしいと頼んだという。ジョンは素人ながら、煉瓦を積んで平屋ぐらいなら手がけられるほどの器用さはあった。

おれはイネスの承諾を得て、ひとつ棟四軒長屋の設計をした。資材と経費を金物屋のベント親爺に尋ねた。

勿論おれはジョンの請負に異存はない。ただ契約高と支払いの方法について話合いが残った。イネスはすべておれに任すというので責任がある。

「じゃあ、こうしましょうや。材料から手間賃をまとめて、前払いにしてもらいましょうかい。姉の仕事でもあり安くしておきますで」

と複雑な計算はとても無理な頭を傾けていたが、思い切ったというふうに、

「旦那。五千で手を打ちましょうや」

この手の男どもは日ごろ、零細な賃金で雇われながら、口先だけは自分でも評価できないような金額を話題にする。居酒屋カスクード亭〔カスクードとは鎧なまずのこと。食えないという主人の仇名から〕の爺からでも聞き出したのか、でたらめな額の上に自分の欲の皮をのせた、人をペテンにかけようとする申し出である。捕れても捕れなくてもよい、まず網を投げてみようという、まったく狡猾な恥知らずなやり方である。それならこちらにも考えはある。いくらかは好意のある旨味は残しての予算を立てていたが、ぎりぎり一杯の金額を言ってやった。

「それじゃ、粥もすすれませんや、半値とは殺生ですて」

ジョンのような男は、相手が弱いと見ればいくらでも押してくる。その反面、強者にはもう哀願一手という生活の知恵を、身につけて生きてきていた。

「やれんのか。それじゃ、キンカか、シコにでも建てさせるか」

「それは話が違いますぜ。仕事を出すのは、イネス姉ですからな」

「手を引けと言うわけか。頼まれたからで、押しつけがましくやっているのではない。それではお前がイネスと交渉すればよい」

「旦那。それは勘弁してくだせい。姉ときたらお前さんはもう守護天使のような信用ですて」

「もっと考えてものを言え、自分の掘った穴に落ちよってからに。もう三百だけ出してやろう。さんざんお前らが世話になったイネスから出る金だ。しっかりやってもらわんとなあ」

「へえ、女房や娘のためなら、悪性者（カベック）とでも手を結びますわい、米も油も切れていますんで」

おれは本気で相手にする気にはなれなかった。けれども、この仕事は他人に渡せない事情もあった。これはよほど締めつけてやらないと、イネスの家は建たないと心組みした。

「お前がみんなカスクードで飲んでしまうからだ」

ジョンは白けた顔になって横を向いたが、この仕事で儲けがあるのか、ないのかさえ理解できないような、呆けた表情で口を開けていた。嫌がるジョンを引っぱって、ルイスの店に行き契約書をとり拇印を捺させた。のちのちこれがものを言い、紆余曲折はあったが、何とか四軒長屋は建った。おれは口ではきつく言っても、ジョンにはかなりの恩恵を与えていたと思っていたのに、事は反対で、彼から深い恨みを買っていたのは、後日になるまで少しも知らずにいた。


この手記について、年を経て回想すると、ほんの短い何日かが記憶の多くを占めているかと思うと、四、五年もの長い歳月がすっぽりと抜けていて、思い出せないことがある。かなり重要な自分の生涯の曲がり角になった事件も、茫然と遠くに霞んでいることもあれば、日常とるに足らない些細な出来事が、折にふれ鮮明な印象となって甦ることもある。

あの大洪水から、イネスが腰を痛めて、自分の家に帰るまでの年月が記憶に薄いのは、それだけ平穏な日々であった証になるのだろう。

イネスは四軒長屋の大家に収まり、ささやかな家賃ながら収入の入る身分になった。マウロもその年にはS泊まりの小学校を卒(お)えるはずになった。背丈はあり、いくらか早熟で大人も対等に見るような態度は、乳母が甘やかして育てた故かもしれない。

ところが、その頃からイネスは身体の不調を訴えるようになった。顔色は悪く薄茶の蠟色になり、体もむくんでいた。一度P市に行って良い医者にかかろうと勧めても、一向に応じようとはしない。薬局のルイスに相談すると、腎臓が悪いのだろうと彼は見ていた。

　イネスは病が治るか、治らないかは神さまのおぼしめしで、医者は哀れな病人をだまして、丸裸にする追剝のような者だと片意地に信じて、おれの勧めも聞こうとはしなかった。それでも、この病に効くという民間薬、玉蜀黍（ミーリョ）の毛、アバカテ〔アボカド〕の葉など煎じて服用していたのは哀れであったが、それほどの効き目も見えず、病状はしだいに思わしくない方に進んでいた。

　マウロに言いつけて、乳母のこまごまとした用事はさせてはいたが、おれは仕事があるので十日に一度の見舞いがやっとである。頑固な病人もルイスの注射は受けていたので、見舞いのたびに薬局に寄った。病人は一度昏倒して彼が呼ばれたという。尿毒症が出始めたので、本人の言い遺したい件があれば、もう日はおけないと、公証人らしい気配りをしてくれた。

　おれはルイスの提言を考えながら、病人の家への坂道を上がっていった。イネスの財産についてはあまり関心はない、どうせ無益だがイネスは遺産を実弟のジョンにやるだろう。それよりは遺言の件をどう切り出してよいのかに困惑した。それにしても死にゆくイネスに対して、物心ともに淡々とした心境で接することのできるのは有り難かった。――そうか、イネスはもう死出の経帷子（きょうかたびら）を着るのか。まだそれほどの歳ではない、もう少し生かしておきたい――と生き残る者の執心に捕らわれると、思わず喉がつまった。

　遺言のことはまだ迷いながら、イネスの家の敷居をまたいだ。病人はおれの来訪を喜んでくれ、寝台の背板に身体を寄せて座った。見たところ急にどうのこうのという病人のようではない。ところがイネスはおれに話したいことがあるらしい。

「旦那さん。長くお世話になりましたが、このたびは神さまのお召しも近いようで」

と弱気な口をきくので、

「なにを弱気な。顔色も良いし、注射も打っているから、そのうち良くなる」

とおれは力づけたが、うわべだけの慰めなので言葉は湿る。

「分かっておりますで、自分のことは誰よりもよく分かります。さて旦那さん、わたしの土地と建物はみんなマウロにやります。そのような書類をルイスさんに頼んでくだせい、今のうちなら頭もしっかりしていますで」

言い出しにくい件はイネスが先取りしたのですんだが、それにしても彼女の遺言状の内容には、さすがにおれも意表をつかれた。すべての不動産はジョンに遺し、いくら乳母がマウロを慈しんでいても、せいぜい形見分けぐらいに考えていた。そこはイネスもおれの驚きを察したものか、

「弟にやればカスクードの店で飲んで、騙し取られるのは目に見えています。マウロはまだ一人前でないので、後見人は旦那さんになってもらいます。あれには連れ合いも娘もあるので、今までどおり住まわせて、世話人にしてやってくださいい」

と言うとわっと泣き伏した。

イネスは涙ながらに今のうちにと急ぐので、ルイス立会いの上で遺言状は作成された。

それから三日のち、イネス・デ・シルバ・オリベイラは死んだ。五十三歳であった。

姉の死に目にも会わず、通夜に姉の遺言を知ったジョンは、弔い酒に酔って大声をあげて暴れた。

「姉の財産はあの餓鬼のものになるとな。何故なんだ、姉とは何の血のつながりもないんだぜ。このおれ

をはね退けてよう。姉は騙されたのだ。毒が回って何も分からんのに署名させられたんだ。こんな紙切れは無効だぜ」

とわめきちらしたあげく、器物を投げ出したので、隣人らによって連れ出される始末になった。

イネスの埋葬もすみ、ひとまず漁場に引きあげてからという日、ジョンの女房のクラウジアにつかまり泣き言を聞かされた。――夫の働きは当てにならないのに、六人もの子を生み、四人は死に、残った二人の娘と、どうやって暮らしを立ててきたやら、イネスにはずいぶん助けてもらったが、他家の洗濯物をもらうやら、日雇いに出たりして何とかやってきたが、義姉は亡くなりこれからは誰に相談してよいやら、夫はあんな暴言を吐いたが、いまでは後悔している、こうやって住む家があるだけでも有り難いので――。

と長々と愚痴るのは、いったい何をしてほしいのかと推察していると、マウロの世話をさせてくれと言う。下宿代に目をつけたのだろう。おれはイネスのいない家族にマウロをおくのは好まなかったが、他に子供を預けてよいほどの知人はいなかった。学校もあとわずか半年ほどだし、何といってもマウロはジョンの娘らとは幼友達であったので、おれはクラウジアの申し出を承諾した。

## 宿縁

S泊まりの初級学校を卒えたマウロは、おれの漁場に帰ってきた。彼なりの考えがあるのか、進学は望まず、おれの助手になりたいと言う。河漁師などつまらない生業と卑下するつもりはないが、さりとて特に望むほどの職業ではない。過去に神経を病んだことのあるおれは、この辺境の自然な生活が、自分の余生に適していると満足している。けれども、息子までこの暮らしに引き込む考えはない。才能があれば伸ばしてやりたいし、広い世の中に出ていってよい。しかし、力を貸してくれる若者がおれば、助かる事も大きい。そうなればおれは前から計画していた仕事にかかろうと思った。

洪水で失われた穴場の再生を、ほんの一足先の入り江に作ることにした。出水の後で小さな奴だがピンタードを揚げている。上流から水を引く溝を掘り、餌をまいて気長に増殖をはかれば、良い穴場になる可能性はあると見ていた。ところが、マウロは自分で望みながら、もう一つ仕事に打ち込む熱意がない。心が作業から離れて上の空なのは一目で分かった。その頃から彼が何となく男くさくなった。まさか十四歳ぐらいでと首をひねったのだが。

熱帯の特性のひとつとして、植物でも動物でも成長は早い。人間もその例にもれず、十歳ぐらいの女子でも子を産むという。そして老衰はあっという間にやってくる。マウロについてそのような連想は、まったく根拠のないこととは思えないふしがあった。

心身ともにまだ未熟な者が、早くして異性を知れば、天まで昇華しようとする夢も、一歩一歩理詰めに真理を求める知識の喜びも、情念の粘液に絡めとられて、精気を消耗し、俗な日常の習慣でしか生きられない人間になる。彼の行為を見ていると、大人が隠しているものをすでに知った少年の態度が見えた。

過去にそんな友人があった。周囲からは畏敬されていたが、あまり早く知れば失うのもまた多いのではあるまいか。マウロについてまさかとの疑念は湧いたが、それはイネスを冒瀆しかねないことになる。しかし、マウロは普通の子供より遅くまで母親（乳母）の匂いをかいで育っている。二人は一つの部屋で寝起きしたし、冬期の夜冷えの折は、薄い毛布では頼りなく、二人は絡みあって眠ったのではないだろうか。

あれはまだイネスが腰を痛める前であった。おれは何かの用で彼女に呼ばれたことがあった。漁小屋の開けた窓からは、原始林の葉ごしに洩れる朝の光が幾条も差し込み、土間に濃淡の唐草の模様を散らしていた。土壁の家具もない粗末な部屋だが、どこかの古い聖堂を思わせる趣があった。ところがイネスの表情にいつもとは違うところが見える。

「どうした。朝からひどくうれしそうだが」

「旦那さん、見てやってくださいよ」

イネスはおれを誘うように視線を移した。目をやると子供は藁床（わらどこ）の上で、かぶせた布を蹴ってよく眠っているのに、男の印はぴんと突っ立っていた。

「いつもこれなんですよ。この子は大人になれば、何人の女を泣かすんですかね」

「子供の癖に生意気じゃないか」

おれは大笑いしたいのを、強いて鼻息に紛らわして部屋を出たが、一日の仕事を終えて、晩めしの卓でイネスとで大笑いになった。

S泊まりに帰ってから、乳母は発病し、世話をするマウロを呼んで床を同じにしたとしても、別にあり得ないことでもない。イネスが死んだときも、マウロの取り乱しようは、乳母との別れというよりも、愛人のそれを感じさせたが、それはあまりにも詮索しすぎた見方であったか。

その年、S泊まりでも来る年の郡長の選挙戦が始まりかけていた。S泊まりはS・C郡の管轄の下にある。この地方が郡になる頃、泊まりはほんの十軒ばかりの土着人の部落に過ぎなかったので、古くからの牛追い道に沿った集落S・C町に役所を置いた。S泊まりからは三人の評議員を出している。その内の一人、煉瓦工場主のアメリコは、S・C町のボス、オタビオの息がかかっている。ところが近年にわかに人家が増えて、郡役所のある牧夫の町を越すほどになった。すると予算の配分などで不満な連中が、薬局の主ルイスを郡長にと担ぎだした。アメリコはルイスの敵に回るだろうが、S泊まりではルイスはかなりの評判である。洪水の時に彼がかなりよく動いたからだが、一方おなじ評議員でありながら、アメリコは自分の工場が水浸しになった故もあって、ルイスに黒星をとった。

そのうえ、粗製の瓦がたたった。というのもアメリコの工場から出た瓦は、どれも何日かの冠水で灰のように溶けてしまったからであった。

あの大洪水だ。奔流の力で持ち上げられ流されてしまったとの説もあったが、一部の人たちは感情的にアメリコを嫌い、高価についたが南方の銘柄の瓦を使った。その瓦もめくられて落ちてはいたが、再使用にはけっこう役に立ったのである。

出水が引くと、すぐに店を出したのはカスクードの居酒屋であった。人夫の仕事はどこにでもあったし、にわかに金回りの良くなった連中の寄り場になった。このたびの大出水について、あることないこと抱腹の話で、酒の肴にはこと欠かない様子であった。

そこへアメリコの窯場で火入れをやっている、老ギイドが顔を出した。すると一杯機嫌の車屋のルカが絡んで言った。

「おい、ギイドよ、お前は灰をこねたような瓦をよくも焼いたもんだ。このたびの雨でお前が溶けなかったのは儲けもんだぜ」

「灰をこねたと、馬鹿も休み休み言え」

「そいじゃあ、泥をこねてしっかりと焼いたとでも言うんか」

「わしはなあ、こう見えても餓鬼の頃から、南部の瓦どころで腕をみがいた職人だ、お前のような何でも屋じゃねえ。この両手を見てくれ、火口の仕事を長らくやると、このように縮み曲がるのよ。それでなあ、おれの仕上げた瓦は自慢じゃないが、大の男でも踏み抜けなんだもんだ」

「それじゃ、どうして水を頂戴したぐらいで消えたんじゃ」

「それはなあ、親方の言いつけじゃから仕方がねえ。ここの粘土はそう悪くはない、じゃがもう一荷の薪が欲しいところを、親方がよこさんのだから仕様がねえ」

「すると、お前やアメリコは生焼けを承知で売ったわけだ」

「まあ、そういう事になるかな。わしも若い頃は、気に入らぬ親方の下では一日も働くもんじゃなかったが、こう年をとるともう、からっきしだらしがなくなる。アメリコを出てどこが雇ってくれるかい」

「老いぼれ、自分勝手なことを言いくさる」

「まあ、そうむきになるな、生焼けでも少々の長雨ではどうともない。だが二十日から漬け物にされたら、これはもう天災というもんだ」

「けっ、手前の文句など聞きたくもねえ。このたびの投票にはアメリコとオタビオにはやらんからな」

「おい、車屋。ここで二人の悪口は言わんことにしてくれ」

と売り台の向こうから、カスクードが一本釘をさした。

場所により二派の人気はさまざまであったが、辺境の郡長など誰がなろうと、おれは全く興味はない。一つの賭けがお祭りになるので、行事の少ない田舎では、何年かごとに気分の浮き立つ選挙を人々は楽しんだ。そのような河下の話題を集荷船が持ってくるようになった頃、薬店主で郡長に立候補したルイスが突然に訪ねてきた。ボートを岸に着けると、二人の用心棒と共に漁小屋の前で手をたたいた。おれは訪問客を確認してから、パンツ一枚で彼らを迎えた。それは漁夫として当然と彼は思っただろうが、招じられた住まいの貧しさには呆れただろう。

「さて、ピンタードのマリオ。いや、失礼した。ツグシ・ジンザイ君だったな。今日は特にお願いがあって来たんだ」

改まった口上で切り出した頼みというのは、彼が郡長に乗り出したので、応援をしてくれというのであった。出水の後、おれがいくらか働いたのを、泊まり周辺の住民は認めているので、自分の片腕になってほしいという。当選すれば何かの役についてもらうとも約束した。おれはどんな役目もお断りだが、イネスの事では世話になっているし、彼もおれを話せる友人として扱ってくれるので、断るわけにもいかなくなった。

こんな人口の薄い地方でも、面積だけは広いので、支流をさかのぼり、細道を馬でたどって、相手の喜ぶようなことをいって一票を頼み、時にはS・C町まで乗り込み宣伝することもあった。ルイスの人気はかなりのもののように思えるのであるが、選挙戦が追い込みに入ってくると、おれもルイスの事務所に泊まる日が多くなった。そんな訳で一時は休漁を思い立ったが、マウロが漁場を守って、何とか供出する出荷量は揚げていた。両派とも蜜をもって虫を誘う作戦だが、宣伝がしだいに激しくなると、相手側の個人の悪口に移っていった。なりふりかまわない双方の遣り取りに、おれはこの選挙に参加したのに嫌気がさしてきた。一日も早くこの喧嘩がやんでほしかった。ところがおれの身辺にも変な噂が流れていると、知らしてくれる者があった。ルイスの片腕と見られての悪口だった。

――サントの前身は牛追いというが、ただの牧夫でなかったのを、知る者は知っていた。年をとり稼業から身を引いて、この地で漁夫になり、身元をくらましていたが、どんな事情があったのか、風来坊に漁場をゆずって姿を消した。この本流きっての水揚げのある権利を、老人はそう安くは渡さないはずで、ジイアス農場の豚飼いに、それほどの金があったのか――と余計な他人の懐の探りようである。

それにしても、この噂はかなりおれの前歴を知っている者が、広めたと推してよいところがある。それにかなり気にかかる者と、マウロが接触しているのを、一日暇をみて小屋に帰ったとき知った。息子が会ったという男は、藁帽子をかぶりレイバンの黒眼鏡をかけていたので、容貌ははっきりしないが、髭などは薄汚れた白さだったと言うから、マウロはかなり観察していたことになる。

「おっ父うはいるかい」

と、とっつきから訊いたという。留守だと告げると、そうかと頷き、

「お前がマウロで、ここの息子か」

と尋ね、マウロが頷くと、その男はちょっと間をおいてから、

「おっ母あはどうした」

と訊いたと言う。

「どこにいるか分からない」

と答えると、老人はそうかと首をかしげたが、どんな用件で来たとも告げずに、動力つきのカヌーで川下に去ったという。

その訪問者は、おれの留守を前もって知っていたこと、名を呼ぶことでおれたちが親子関係にあること、エバの消息を探ったことなどから、蔭からおれたちを見張っている人物が予想された。過去の男として万作が脳裏をかすめたが、彼の噂はここ十年から耳にしたことはない。まさかと思うが否定する根拠もない。その男との間にまだ何か話のあったのを、マウロは隠してはいないのか、どちらにしても、もう少し時間の経過をみて、対策を立ててみることにした。

その頃から、マウロは生みの母（エバ）に異常と見えるほどの慕情を抱くようになった。どこかでまだ生きていると思いこんでの、母恋しさが募ってきたのだろうか。エバのほんの小さな形見の写真でもないかと、思い余ったすえか、訊くことがあった。

「なあ、父さん。ジョン小父（おじ）さんの姉娘、母さんに似てはいないか」

「誰かが、お前にそんなこと言ったのか」

ついおれが厳しい表情になり問いつめたので、

「いいや、ただそう思っただけだ」

と息子は慌てて言いつぐないをした。そう言われてみれば、過去のエバの面影はパメラ（ジョンの娘）に重なる。けれども人柄はかなり違うようであった。

エバは少女の頃から、苛酷な運命の下で、皮を剝がれた兎であった。悪徳を強いられ、弄りものにされても、それは他から来た悪であって、諦観のうちにも救いの手があればすがりつく謙譲と、心の純真はなくしてはいなかった。

パメラはもう十四歳にもなろうか。すでに早熟な浮気女の質（たち）が見える。父母の汚い口論、ジョンの暴力、泣きわめく母親、アルコール中毒の父、策略に愚痴、あらゆる悪徳がすえて臭う家の中で、彼女は子供を産める年になっていた。

S泊まりの噂といい、マウロの疑惑をもった眼差しといい、にわかにおれとエバの過去が、人々の好奇心の的になっているのを、無視するわけにはゆかないようであった。

おれはエバの死を、息子が理解できる年頃までと延ばしてきたが、しだいに真実を告げる時期が遠くないのを知った。

次期郡長の席はルイスのものと決まった。すると彼の悪口もしぜんと消えて、彼の店は味方、寝返り者までまじえて、にわかに市のようになった。ルイスは郡の準備に追われて公証人には見知らぬ若い書記がすわった。ゆくゆくはルイスも郡役場のあるS・C町に家を移すという話であった。

おれは、郡長に誰がなろうと関心はない。ルイスの運動員になって動いたのも、彼の懇請があったからで、彼の袖に取りついて、何らかの役得を貰おうとする気持ちは毛頭ない。彼とは当選祝いの後、一度も会っていない。おれのことなど忘れてくれてよいのだし、おれもこの漁場を去る日には、誰にも知られずに消えるつもりでいる。

それにしても疲れた。その弱りの故かもしれないが、エバの夢を見た。それが二度三度と続くとやはり気にかかった。おれはまだ一度もエバの墓どころの消息を確かめに行っていない。

「エバは行方不明にしておいたからな」

とサントに言われて、いちど承知したからには、エバの埋葬地を見に行くことで、一つの戒律を破るのを恐れたからであった。けれども、サントは死んだという確かな知らせがあったし、いつまでもマウロに隠すわけにもいかないので、一日おれは意を決して、カヌーを出して支流の遡行を試みた。動力つきで速いのは計算に入れていたが、あっという間に着いたのは意外であった。記憶のなかの距離は現実には三分の一に縮まっていて、これではほんの隣といってもよい土地であった。当時、救いを求めようにも、絶望的であった無人の荒野も、いまでは丘のなかほどや麓に農家が散見できた。

目ざす送電塔の下にカヌーをやって、おれは当惑した。辺りの様子はすっかり変わっていて、かつておれたちが野宿した砂州はなくなり、一方を壁にして風や夜の冷気を防いだ、あの崖も消失していた。鉄塔の礎にした団子岩はさすがに昔のままであったが、水位が上がったのかひと回り小さくなっていた。なんで忘れようか。エバの埋葬した地点は、おれが北に向かって立ち、前面の鉄塔の左側の脚と手前のこれも左の脚の合うところの線を、二十歩下がった処である。ところがそこは水が満ちていて、おれはカヌーに乗って浮いているのだ。

おれたち親子をめぐる関係にも微妙な変化があった。マウロがおれから離れていくのが日常の仕草からでも明らかであった。成長期にあるという一時の反抗なのか、漁をしている時にも、息子の疑惑をもった邪視を背中に感じることがあった。

そういえば、マウロのS泊まり行きが目立った。日曜日は休漁するので、カヌーは彼の自由にさせてあった。始めは近くを乗り回す程度であったのが、しだいに夜になってから戻るようになった。彼のS泊まり通いは一応、名目は立つ。ちょっとした用件など持ってくるが、あの土地と家は自分の財産だという、自負のような奢りが言葉のはしに出るのも、マウロを身内に取りこもうとする者のおだてに乗っているのか、そのような徴候がしだいに彼の行為のなかに現われるようになった。

おれはマウロがジョン一家に馴れ親しむのに危惧をおぼえた。とくにイネス亡きあとはその気持ちがさらに強くなった。

S泊まりの年中行事の一つに守護聖人のお祭りがある。土曜日の午後からマウロは舟を持ち出したいと頼むので、遅くとも翌日の夕方までには帰る約束で許してやった。

ところがその日、川波も暗くなってきたのに彼は戻ってこない。これは何か事故でも起きたという心配が湧いた。マウロの持ち出したカヌーがなくては、本流での漁はできないので、予定日に上がってくる船に渡す定量の荷は整わない。事情ができて出荷できない場合は、前もって川下の同業者に知らす義務があった。

その間の事情をマウロはよく承知していると思えば、苛立ちの感情がしだいに激しくなって、おれは足で地面を踏みならした。S泊まりまで様子を見に行く手だてというと、出水の後、おれが暇々に刳（けず）った、安定はよいが、でぶで太尻の女のような小カヌーしかない。それに漕いでゆくとなると、下るにしても六時間はかかる水の上である。眠るどころではなかった。吊り床で揺れながら微かな発動機の響きでも捉えようと、しじまの中で耳をすましたが無駄であった。

辺境の原始林を流れる大河にも、一日の時刻によってそれぞれの貌（かお）がある。夕暮れ時の何となく疲れたような流れ、宵の口、大きな魚がはねたり、獺が獲物をねらってたてる水の音。月のない夜などしだいに更けると、梟が飛びかい、夜鷹のけたたましい叫び声が、蔭深い樹々の奥でこだまする。それも過ぎると、原始の森はしんしんと闇をしだいに濃くしてゆき、草むらで鳴く虫の音がいっそうおれをいたたまれなくさせる。暮れると向かいの岸の樹立ちの上にあった大きな星はもう落ちていた。満天の星の下、本流は延べた白布に似て、漆黒の鬱林を分けてどこまでも延びている。おれは意を決してカヌーを出すことにした。

　心はいくら急いても、櫂でやる舟は下りとはいえ知れたものである。これを機会にマウロの泊まり行きは止めさせようと考えた。場合によっては転居してもよい。いまのおれたちは一つの曲がり角に来ているように思えた。うまく切り抜けなければ親子の縁は破綻するかもしれない、という恐れが亢ぶる神経を沈静させた。

　おれはここで、じぶんの位置というか、息子から見ればおれがどう映るかについて客観視したとき、はっと覚るものがあった。確かにおれは彼の親代わりはした。マウロもそれは認めるだろうが、そこに人倫の関わりを見なければ、養父なんて何の徳もない記号に過ぎない。マウロは出生届にはエバの父なし子として記入されていて、おれの名などどこにもない。これはすべてエバの不慮の死から来ていた。すると、もうとっくにマウロは、自分の実父は誰かと思い悩んだことだろう。それにつれて思い出されるのは、先日、訪ねてきたという白い髭の老人が誰かということで、もし万作だとすれば、何のためにか。――わしはお前の実父じゃ――と知らすためか。マウロはすでにそれを知らされているのか。

　それとも、たび重なるS泊まり通いは、陽気で野卑、悪知恵の働くジョンのおだてに乗せられているのか。そこまで推察すると、おれは万作とジョンは旧知の仲ではないかと考えた。たぶん二人のマウロについての目論見は異なるだろうが、どちらにしても悪への誘いには違いない。

何時の間にか星影は薄くなった。カヌーは薄明の河を下っていく。おれは舟の滑りを良くするため、ときどき櫂を流れに入れた。河づらに濃い霧が湧いてきた。上着はじっとりと濡れ、眉に水滴がたまるほどにもなった。乳白色の視界をわけて舟をやっていると先方で鶏のときの声、犬の吠えるのも耳につく。おれはやっとS泊まりに着いたのだった。

いつものように、カヌーは雑貨屋アルビーノ父っつあんの店の横につないだ。主は赤鼻の怪異な容貌の大男だが、ルイスを応援した仲間で、ここの代理署長をやっている。

「もう来なすったか、早いことで」

「何かありましたかい」

「なあに、他でもないが、お前さんとこの息子マウロとか言ったな。宵宮だったかな、モーターつきのカヌーが盗られたとかで、大騒ぎさね」

「ええ、息子は父っつあんの店に頼んじゃなかったのか。そう言ってやったのに」

「わっしが得意先から預かったものなら、心配無用よ。いままでに間違いがあったかい」

と、代理職を鼻にかける。

「一昨夜は宵宮で、カスクードの店では一晩騒いでいたが、どんな相談ができたやら、わしも検べているが、証拠がないいんじゃ」

おれは代理署長に礼をいって別れた。彼が知らしてくれたような事情が起きて、マウロは帰れなくなったのだ。盗難にあった損害は少なくないが、息子のこのたびの落度は責めないでおこう。それにしても、この本流で舟が盗られたのは初耳である。カヌーにもそれぞれの顔があって、壊してしまわないかぎり、誰の物であったかすぐに分かるので、この河の上下では使えないし、買い手はつかないはずである。しかし、他の目的に使う。すなわちマウロの責めにしようとする悪巧みだとすれば、おれは人の心の裏の裏まで読まなければならない者どもの中に、息子は置けないと考えた。

おれがジョンの家の離れの外に立つと、女房のクラウジアは張った針金に洗濯物を干していたが、声をかけるとさっと顔色が変わった。低い押し戸をあけて庭に入ると、地鶏がけたたましく鳴きながら、木芋の茎をかいくぐって逃げていった。

「旦那さん、あいにくジョンは留守でして」

と明らかにおれを家に入れたくない態度に見えた。

「マウロは来ているだろう」

「はい、ここはあの子の所有ですもんね」

「舟を盗られたというではないか」

「それで、うちの人も心配して出かけていったんですよ。夜のうちに下流から来た奴らが持ち出したとかで」

この女の話の糸口はたいてい決まっていた。夫の悪口から、だらだらと身の不運のありったけを述べたのち、なにがしかのお助けとくるのだが、このたびは少し様子が違っている。珍しくもジョンの肩をもって、盗品探しに奔走していると言うのだった。

おれは組んでいるなと直感した。

「ジョンに用はない、マウロは連れて帰る」

おれが先に立つと、クラウジアは一足遅れてついてきたが、部屋の戸は彼女がたたいた。おれは敷居に立って、そこに有りうべからざる場面を目にした。マウロとパメラは近頃こんな田舎まで入り込んできた、にせ皮張りの長椅子の上で抱きあっていた。パメラの母はおれの横に立って、——どうです、この二人の仲の良いこと——と言わんばかりに、両手の甲を腰のくぼみに当てて、含み笑いさえもらした。

その時、おれの感じは——してやられた——と言う一語に尽きる。知らずに家鴨の卵を抱かされて、孵化した雛の水に入るのをみて、驚きうろたえる母鶏はなにも家禽だけではない。養父の前でも恬然として、身をとりつくろう風もないのは、何かに欠けた痴呆状のところがあった。

これでは進学の望みもなく、漁夫として一人前になろうとする熱意もないのは当然で、漁師の手足ともいえる舟を失うへままでしでかすのだ。

おれはけばけばしく原色で飾りたてた、女郎屋のような卑猥な部屋から、マウロを引き離したかった。

「さあ、帰ろう。盗られたものは仕方がない」

おれは充分に自制はしているつもりであった。このたびの事は責めないことにした。

「おら、戻らない、戻るもんか」

息子の意表をつく反抗にあって、どこかでおれの自制心は切れた。このところマウロの背は伸びて、おれと互角になったが、自分が本気になれば、まだまだ彼の腕などは鶏骨のように細い。彼の手をつかんで引くと、パメラは横に引っくり返り、わっと泣き声をあげた。娘の母は乱暴されると思ってか、後からおれの腰にまといつく、一瞬、部屋は騒然となった。

「帰るもんか。人殺しが」

マウロは憎々しげに昂然と言い放った。ただの放言かと受け取れなくもない言葉であったが、息子はおれに向かって——人殺し——と確かに言ったのだ。

「おれが誰かを殺したと」

「そうだ。お前は母さんを殺って、首飾りなど金目の品を盗ったんだ」

放言にもよりけりで、養子の口からエバ殺害の疑いをかけられたのだ。事の重大さにおれは茫然となって立ちすくんだ。

「何のこった。それは」

「みんなそう言っとる、その金で馬盗人サントの漁場を買ったとな」

「誰から聞いたんだ」

「ジョン小父さんもそう思っとる」

「そうか。それでお前は、おれを信じるか、ジョンか、どちらだ」

問いつめられたマウロは、さすがに逡巡した。無理はない、まだ大人ではないのだ。懐かしい母の噂がたって、逆上したのだろうと、おれは浅く推し計っていた。

「さあ、帰ろう。戻って話し合えばすべては分かることだ」

おれは誘うつもりで、また彼の手を引いた。そのとき、マウロは馬鹿げた空手のまねをした。おれは二の腕の急所をたたかれて、しびれが肩まで上がってきた。

「ばか者。育てられた恩を忘れたか」

養育の恩という言葉は、日ごろはもとより、どんな事態になろうとも、決して口にすべきものではないと自戒していたが、ここでついに破れてしまった。平手打ちのつもりが拳になって、相手の顔面に飛んだ。マウロが打たれた鼻梁に手をやると、掌では止められないほどの血が噴き出してきた。真っ赤に染まった両手を見て、長椅子にのけぞると失神した。顔は血で汚れて赤鬼の面をかぶったようになった。

クラウジアはとっさの出来事にどうしてよいのか分からず、ぼうっと立っている。パメラはいつの間にか逃げていた。

おれはマウロを気楽な形に寝かし、シャツのはしを前歯で裂いて鼻腔に詰めたので、出血はやんだが、失神のほうは手当てが要る。おれはもう平静に帰っていた。これから困難な悪の世界に入るにしては、口ほどにもない奴だ。

「クラウジアさん。火酒(ピンガ)はないか」

「ありませんので、旦那さん」

「なんだ。ジョンの腹はいつも酒蔵なのに」

「ひと走り取ってきますか」

「うん、頼んだぜ。アルビーノの店で、おれからだと言えば渡してくれるから」

ジョンの女房はこの騒ぎから逃げられるのを喜んで、泊まりのほうに駆け下っていった。使いはいつ戻ってくるか当てにならない。気付けには冷水でも良いはずと、客間の隅に備えてある素焼きの壺の水を、マウロの顔にぶちまけた。すると反応があって、正気になったらしく薄目をあけると、下からおれを見上げたが、混乱した頭では事件の経過をよく理解できないらしく、とろりとした目つきであった。けれども意識が働いて起きようとするのを、おれは押しつけて安静にさせておいた。

突然、離れの外が騒がしくなった。戸口から顔を出すと、ジョンの女房がどんな金棒を引いたのか、ルイスをはじめ、代理署長に従卒、カスクード亭の連中がジョンを先頭に、どやどやと庭になだれこんできた。

「どうした同志。ジョンのかみさんは君が養子をなぐり殺したと、泣いてきたんだ」

これは自分の出番とばかり、赤鼻の代理官は訊問してきた。

「なあに、ちょっとした内輪もめだ。鼻血が出ただけで、もう起きている」

代理官は——何だ、大騒ぎしよって——という顔つきになって、引き上げる様子になった。するとジョンは大声で叫んだ。

「みなさん。この事件をだまって見逃してはいけませんぜ、これは明らかな未成年に対する暴力行為ですわい。親の厳しい躾でもない、マウロとそいつは親子ですかい、何の係わりもありませんわい。わしの姉に犬ころのように投げてよこしただけです、まあ、餌代はよこしましたがな」

人々の中には笑う者もあった。

「まだ聞いてもらいたい事がある。わしはマウロを幼い頃からよく知っている。子供の実母はいまだに行方が分からんということだが、その女はかなりの金目の品を身に付けていたという。それはまあ、噂としても、この傷害事件はこのままにはできませんぞ」

とわめきちらすと、ジョンの飲み仲間はいっせいに歓声をあげた。この連中はルイスの反対側にまわった者たちであった。

薬店主ルイスは選挙に勝ってはいたが、まだ就任はしていない。この大切な時期に敵方を前にして、味方としてのおれの問題を手軽く扱えば、摘発される恐れがあった。ルイスはおれの助力はそれなりに認めていても、このように人々の眼についた上は、黙視できないと判断したようであった。

彼はアルビーノ代理官に何か耳打ちをした。近ごろますます肥えてきた署長は、店に出るのも大儀な毎日であった。これから飯にありつき一杯やって、昼寝でもというところにこの騒ぎである。朝会った時の機嫌はどこへやら、代理官はむくれ返っていた。

「あいつらが、あのように訴えているので、本官としては知らん顔はできん。訊きたい件もあるので同行してくれ」

本署から巡査が一人派遣されていたが、その詰所の別室が留置場になっていた。おれはそこに放り込まれた。古い板囲いの建物で、土台の方はもう腐れが入っている。用があれば呼べといったが、彼はどこかへ出かけていった。

このたびの事件について、このような事態になったのは残念でならないが、人は世代が変わっても同じような事を繰り返すのか。母がおれに望んだものと、おれがマウロに求めたものは同じに思えた。もうおれの懐に戻って来ることのない養い子は、残念ながら他人になったが、ほかにもエバの噂について、代理官の尋問があれば、どのような弁明をするかの問題があった。事実そのままの供述をするか、サントの忠告にしたがって、エバを行方不明にするかであった。真実はこの場合疑いを招きかねない、おれはサントに賭けた。

幼児を預けて逃げた女は、何処を探しても現われる気遣いはないからである。エバが死んで十五年、いまになって、故人についてこんな配慮をしなければならないのは情けなかった。翌日の昼過ぎになって、おれは署長に呼ばれて事情のあらましを訊かれた。けれども気にかかっていたエバの件については、一言の質問もなかった。

あれからマウロに会っていないので、その後の様子を尋ねてみた。

「小僧かい、道で転んで鼻血が出たぐらいだ。ジョンの婿どの気取りでちやほやされているだろうよ」

他人はどんな事でも言えるものだ。おれは複雑な気持ちで聞いていた。

「なあ、マリオ。子供なんかに望みをかけるもんじゃないぜ」

アルビーノには娘が三人あって、親には似ずに美人ぞろいで、娘たちがそれぞれに好きな男を連れてくると、

「牡犬ども、さっさと失せやがれ」

と怒鳴るのは、S泊まりの名物になっていた。この代理官はおれに好意を持ってくれたのか、ルイスがS・C町へこの事件について、その筋の了解を取りに行ってくれるとも知らしてくれた。

おれはいくらか気持ちも落ち着き、何日かの豚箱ぐらしを経験した。自由はないが苦しい野宿の旅よりどれほど楽か分からない。三度の食事は来るし、雨風を気遣うこともない。おれはここで半生にはあまりなかった瞑想の何日かを送り、人間の絆のいかに脆いかを悟った。

三日目の午後、ルイスが来てくれた。いま着いた由で、世間ざらにある出来事で、起訴するほどの事件ではない、ただ無条件でおれを釈放すると、反対側の目もあるので、肝心のジョンとマウロに本心を聞い

たところ、養子はもう君とは暮らしたくはないと言い、ジョンは後見役が欲しいらしいので、おれがそれさえ承知すれば、すべてはなかった事にしてもよい、と言ったと知らしてくれた。

マウロがおれと共に暮らしたくないのを知った今では、後見役など何の意味もない。それは捨ててよいし、それをどこの犬が拾おうとかまうことはない。

すぐに書類は作成しておくが、できればお前の身許引受人は自分で出してくれと言われた。残念だがこれは自分らの友人では出来ないとも念をおされた。

おれは自分が窮地に落ちたのを知り、助力を求めるとなると、案外と人のいないのが分かった。どうしても頼みたくない奴か、にべもなく断られそうな連中ばかりであった。あれこれと知人を探ってみても、頭を下げてもよいという者が浮かんでこない。思いあぐねた末に、ふと思いだしたのは、かつておれがいたことのあるジイアス農場の一族である。農場主ゴンサルベは死んだが、おれが水難から助けたことのある少年二人は壮健と聞いている。というのもジイアス一族でP市の貧民区にいたジョン（イネスの弟とは別人）は、アルコール中毒で早死にしたが、後家は縁者からの援助もあって、ジョンのいた時よりも楽になっていた。P市に下った折は宿をしてもらったりして、ジイアス一族のたいがいは聞かされていた。ゴンサルベの弟、家畜商のレオも故人になった。娘のマリア・イレネがあるパウリスタ〔サンパウロ州出身者〕と結婚したのも知った。

おれは農場の人たちに引受人になってもらおうと考えた。しかし、この依頼にもそれほど期待したわけではない。先方で――そんな浮浪人は知らん――と撥（は）ねられればそれまでである。ともかく人を遣ってもらうよう署長に頼んだ。彼はおれがその経費の支払いのできるのを確かめると、すぐに使いの者を出してくれた。待つ身の一日は長かった。

「出ろ、迎えの者が来ている」

従卒は笑顔で知らしてくれた。留置場に続く控え室で、農場からの迎えの二人と面会した。皮帽子、長靴、縫い目に飾りのついた皮ズボン、弾入れつきのバンド、若者たちは牛追い服のままで来てくれた。雨上がりの急流でカヌーが転覆して、危うく溺れかかった二人を救助してから、遠くかすむほどの歳月が過ぎていた。あの時の面影は忘れてしまっていた。けれども、この地方きっての家族としての貫禄は挙止にもうかがわれた。

彼らの一人が初めてかけてくれた言葉は、

「マリオ小父（おじ）、どうした」

で、親しみを見せて訊いてくれた。

「なあに、ちょっとした内輪事に、わきの者が騒ぎだして。世話になるな」

おれは二人の名前さえ忘れていた。これは全く不条理ではないか、そう思うと胸が熱くなった。

「それじゃ、もらってゆくぜ」

背の高いほうが代理署長など、ものの数でないようすで言った。

「さあ、行こうかい。農場でゆっくり休んだらよい」

おれが若者について出かけると、署長はおれが拘留された時、取り上げられた財布つきのバンドを返してくれた。

「使いの駄賃は払っていけよ」

と注意を受けた。おれは上がっていて、約束のジイアス家への使いの経費はど忘れしていたのだ。

「これは、使いの者が見てきた話だが、お前の漁小屋は灰になっていたそうだぜ」

おれはこの不意の知らせにも驚かなかった。不幸は踵（きびす）を返してくると言うではないか。犯人は誰か、詮索の方法もないが、人は落ち目になると碌（ろく）なことはない。もう再びS泊まりに来るなと、強いられているのは分かった。

桟橋には動力つきのカヌーが舫ってあった。舵取りが始動させると、舟は波を分けて遡行しはじめた。十幾年見慣れた泊まりの人家、丘の上の黄色い教会の塔など、おそらくは見納めになるのに、何の感慨も湧いてこないのは、それどころではないもっと辛い心の痛手があったためだろうか。もともとおれなどが手を出してはならぬものに、手を貸して火傷を負ったのだ。けれども、このたびの痛手もみごと耐えたおれの神経に、あらためて自信を持った。辺境での苦難の体験が自分を治癒してくれたのだ。

「ああ、そうだ、もう人目もないから構わんだろう。従姉（ねえ）さんが小父の手首に巻けと、これを渡されたんだ。はめてみな」

そう言ってくれたのは、赤糸で編んだ平打ちの紐であった。

「従姉さんて誰だい」

「イレネ従姉さ」

従弟にあたる彼らは声をあげて笑った。

「P市の後家さんに聞いていたが、嫁に行ったということだったが」

「あれかい。A市近くの牧場主の息子と結婚したんだが、男は道楽者なので、別れて後ずっと農場に来ているんだ。また何か頼まれるかも知れんな」

これで赤い紐の意味は分かった。迎えられるほどの男ではないのだ。この幾年月おれは鱗をあげ塩物にして、たつきとしてきたので、漁師として必要なものの他はすべて忘れた。そしていまは舟も漁場もなくしてしまった。おれは次の旅立ちのために、何日かを農場で休ませてもらいたいだけであった。

（終わり）

（以下は、著者により二〇〇三年に加えられた原稿である）

## マリア・イレネ

ジイアス農場に向かうカヌーの中で、ジョンから赤い紐を渡され、これはいまジイアス家に滞在しているマリア・イレネの好意と知らされた時、おれは内心――しまった――と叫んだものだ。

事件の真相はどうあろうとも、ジイアス一家の者を保証人に立て、留置場から釈放されたていたらくでは、できれば彼女に会いたくはなかったのだ。――まあ、仕方ないだろう――と無理に自分を納得させた。一週間も世話になり体力が回復すれば、また当てのない旅に出るつもりでいた。おれは他者から同情されるぐらいなら、足蹴にされるほうがましなのだ。しかし、このたびの養子の件で寝首をかかれそうになったのはさすがに堪えた。

ところが農場に着くと歓迎されたし、マリア・イレネも侮蔑の態度さえ見せずに接してくれたのは意外でさえあった。けれども、おれは一目見て彼女の変わりように驚いた。たしかに十幾年の歳月が過ぎてはいたが、彼女の歳ではまだまだ女ざかりであってもよい筈なのに、何か心に深い悩みでもあるのか、絶望とも焦慮ともとれる憂愁が、眉毛の下、眼窩にかけて暗く窶れていた。聞くところでは彼女は離婚したというし、その辺りの悩みでもあるのだろうか。どちらにしてもおれは彼女の身の上については関わりたくなかった。

その翌日、マリア・イレネが、

「わたしね、二、三日の内にちょっと旅をします。このたびは少し長引くかもしれませんが、その後にあなたに相談したい件がありますから、助けるとおもって、わたしの帰るまで待っていてくださいね」

いかにも思わせぶりな言いかたで、否応なしに約束させられてしまった。彼女のいう相談とは何か、それは全く分からないにしても、マリア・イレネの戻るまでは動けなくなった。

ジイアス農場の地主屋敷には、以前、いまは亡きゴンサルベに招かれて、聖ヨハネ（サン・ジョン）の火祭りに来たことがあって、マリア・イレネから同族への悪口を聞かされたのも、もう遠い過去のことになった。おれの身の上も変わった。そして彼女の境遇も変わっていた。ジイアス一族にも死にゆく者あり、生まれてくる者もあっただろうが、この頑丈な屋敷は見たところ、十年からの年月に何の荒廃も現われてはいない。変わるのはかえって住人のほうだろう。

遠くから眺めてもこの屋敷は、ジイアス一族の本拠だけあって、背後に巨石の重なりあった高台を背負い、前面には沼があって、大廈（たいか）の両翼に牧夫の住まいをはべらせ、家畜の追い込みにも役立つ柵をめぐらしたさまは、中世の砦のような構えである。過去にも事実、境界争いの紛争があって、現在でも隣人との仲は良くないという。

一族がここに居を定めた頃は、大工の技のある者が本国から来ていたのか、木材はすべて原始林から伐り出した堅材のみを使い、角材とか板に挽いたのをそれぞれのところに用いてある。たいていは嵌（は）め込みになっていて、釘は要所にしか使ってないようであった。様式は高床なので何本もの丸太を地面に埋めて、その上に建物が載っている。もっとも永い年月の風雨には逆らえず、腐食の進んだ処もあるが、建物それ自身はびくともしない構えに見えた。屋敷そのものが黒ずみ、却って重厚であるが、とくに丸瓦の寂び具合が、古陶器のように渋味を帯びて、建物に歴史を加え、ブラジル内陸のこの荒寥とした土地に生き続けてきた頑強な家系を象徴しているようであった。

客人の世話を言いつけられたのか、カリーナという十歳ぐらいのはきはきした女の子が、

「マリオ小父（おじ）、ここがあなたのお部屋です」

と案内してくれた部屋は、大客間からまっすぐに台所に通じている廊下のはじめの右側にあって、ホテルならさしずめ一号室というところか。着たきり雀のおれにふさわしく、藁布団（わらふとん）つき寝台ひとつ、その下にお丸、壁の角の棚に素焼きの水壺とブリキのコップ、それに石油ランプ、ただそれだけで他には余分なものは何もない。人が夜を過ごすのに睡眠と排泄を考慮した上で、余分なものをすべて置かなければ、このような部屋になるだろう。けれどもおれに不平のあるはずはない。幾夜となく野宿さえしてきた自分には、屋根の下というだけでも有り難いのだ。

ジョンは——気楽にしてくれ——と言ってくれたが、独り身が過ごしてきた過去、または行く先々のことを考えると、なかなか眠れるものではない。それに夜中過ぎになると、人の起きる気配がして、近くまたは離れた部屋で、小便をとばす無遠慮な音がひびいてくる。おれは可笑しくなってひとりでに笑いがこみあげてきた。それが心をほぐしてくれたのか、いつかぐっすりと朝まで眠ってしまった。

牧夫たちの朝は早い。東雲（しののめ）の明るむ頃にはもうそれぞれの役目の仕事に出ている。おれは一応は食客となっているので、鷹揚に構えたほうが良いようだ。男たちの出払った後、マリア・イレネは客間に一族の

児童を集めて授業をする。おれは参観したが、彼女は噛んで含めるようにして教えていた。翌日より塾は当分休みということにして、N鉄道の通っているC市へ出かけていった。以前と違い州道が開通して便利になったとはいえ、ボルサ・ド・ボボという集落までなら、軽二輪車でも半日の旅程になる、それに女の旅だから従者がいる。乾期にしか入ってこない車の轍を頼り、隣の農場の大戸をあけ、地主には挨拶をして通過の許可をとるという礼儀もいる。大農場が続いていて私道はあっても公道はないからである。そして集落に着いて、バスの便は日に一回のみである。帰途は農場に連絡の方法もないので、集落で馬を雇って帰ることになる。どちらにしてもそんな難儀な旅をなぜ彼女はしなければならないのか。

何か一身上の相談があるとか匂わしていたが、巣なし鳥のおれに頼みたい件とは何なのか。おれが退屈な一日の始まりに、ベランダに出て安楽椅子に長くなって、家畜の糞尿が鼻をつく湿った朝の空気をすっていると、カリーナが朝食をお盆に載せて持ってきてくれた。牛乳にコーヒー、ひとかけらの粗糖、玉蜀黍のせんべい。昼と夜にはそれに木芋粉の油炒り、干し肉の一片がつく。一年が一日のように何の変化もない似たような食事である。この一族は巨万の富を持ちながら、生活の程度は一介の牛追いと変わりのない日常であった。それでも、辺境では客人を待遇する習慣でもあるのか、おれの食器はすべて純銀製であった。こんな取扱いを受けているのは、一家でイザウラ祖母だけで、ジョン兄弟でも食事には台所に入ってきて立ち食いか、階段に腰をおろして立て膝を組んで済ます。女たちもそんな格好で食事をするが、長いスカートが危ないところをうまく隠すようだった。

「カリーナ、イレネ姉さんがいなくて寂しいね」

日ごろ、マリア・イレネはとくにカリーナに目をかけて慈しんでいるようなので、ちょっと聞いてみたのだ。

「お姉さまは大事なご用とかで、ちょくちょくC市まで行かれるのよ。わたしたちご本などお土産があるので嬉しいのだけど」

カリーナは子供心にも、イレネ姉さんが何か大きな悩みごとを抱えているのを心配しているようであった。

「そうか、カリーナはもう本は読めるのか」

「そうよ、読めるわよ、ちゃんと署名もできてよ。わたし、もう少し大きくなったらお父さんに頼んで、町の学校にゆくつもりよ」

カリーナは自分の育った荒れ野のほかに、何でも便利なものがあり、見た目には華美な世界のあるのを聞いて、そんな世界で暮らすのに憧れているようだが、都会に暮らし教育を受けるのと、辺境育ちの者どうしが結婚して、その地で一生を終わるのと、どちらが幸福かとの問いは、にわかに答えられない難しい問題に違いない。現にマリア・イレネの事情はよくは知らないが、その例のように思えるのであった。

マリア・イレネは一身上に大変な問題を抱えているらしく、そのためにたびたびC市に行っているのは、カリーナの口からでも分かったが、それが何故なのかは身内でも知らないのではあるまいか。おれの推察では、彼女の抱えている苦しみは、たやすくは一族の者にも打ち明けられない性質のもので、帰趨は結局自身で解決しなければならないものと、耐え切れない思いでいたところへ、おれが恥さらしの顔を出したという筋書きになるようだった。

十二日の旅からマリア・イレネは帰ってきた。旅は疲れるものにしても、彼女の憔悴ぶりにおれは驚いた。どんな結果に終わったのか、それが不首尾だったのは明らかであった。養分を断たれた一茎の切り花が、やがて力尽きてぐったりと萎れるまえの凋落を彼女に見た。

それにしても、塾は翌日あけられた。子供たちは先生の旅の土産に配られた絵本、帳面、色鉛筆などをもらって喜びに湧いた。おれはその日も参観したが、彼女は熱心に根気よく教えた。今日この子供たちに読み書きを教えておけば、この子供たちが生きているかぎり、師の恩として自分が思い出されるという、そのような信念によりかかっているふうな熱の入れ方があった。

授業は終わり、生徒たちが客間から散ってしまうのを待って、マリア・イレネは決心したという顔つきで、

「お昼からカヌーで、あなたが以前いた小屋の辺りまで行ってみませんか」

と誘ってきた。これはただの舟遊びでないのは了解できた。おれが疑問にし、正体が何であるか不明のものを、彼女は話すに違いないとの確信さえもったのだ。それはどんな性質のものにしろ、おれがジイアス家を辞するに良い機会になるだろう。

その日は好天ではあったが、朝から蒸し暑くて天候の崩れる気配があった。けれども海などとは違って何の危険もない遊びであった。カヌーを岸から離し、舳先（へさき）を下流に向けて漕ぎだしてしばらくたつと、——マリオ、わたしの話聞いてちょうだい——と前置きして、マリア・イレネは自分の破婚のことを話した。おれはジョンから知らされていたので概略は分かっていた。それを彼女はもっと具体的に話しただけだった。

おれは他人に自分の過去を打ち明けたくはないし、他人のも聞きたくはない。ましておれのような風来

坊に身の上語りをして、何の得るところがあろう。

「わたし、そう長くは生きられないのよ」

とつぜん彼女は両手で顔をおおって慟哭した。おれは意表をつかれて面くらった。マリア・イレネは憔悴はしていたが、おれを前にして取り乱すほどの苦悩を抱えているとは推しはかってはいなかったのだ。

「長くはないって、何かの病気でも」

「そう、C市では検査できなくて、サンパウロ州のB市まで行ってきたの」

「何の検査をしたんです」

「マリオ、あなたエイズという病気知っていますか」

「時たま見る古新聞などの知識だけですが、知っていますよ。その病気がどうしたんですか」

「わたし、その病気に罹っているのです。そして陽性と出たんです」

おれは彼女のいうエイズとかについて、詳しい知識はない。けれども麻薬がらみ、保菌者との性交などから感染するのは知っていた。しかし、実存主義哲学を誤って解釈した連中の、乱れた男女のあいだにあるだけの感染症との認識しかなかった。

おれはマリア・イレネとの再会の折から、何となく影の薄いのは感じていたが、彼女がそんな業病に取りつかれているとは思ってもみなかったのだ。

「どうして、どこから伝染ったんです」

「ジェルソンよ、先夫の。彼はいま死の床についているそうです」

彼女にしてみれば自分の病気を、一族のうちの誰にも打ち明けるわけにはいかなかった。忌まわしく伝染する不治の病に罹っている身と分かれば、噂を立てられ追放になる可能性もあったのだ。マリア・イレネは深刻な悩みを抱えて独り苦しんでいるところに、おれがS泊まりから農場に来るというので、溺れる者は藁でも摑むの例えの心理で、おれにすべてを打ち明けたのだろう。けれども、事情も物事による。力になってやれることもあれば、どうにもならない事もある。最愛の者のために身を替えてでもと願っても、どうしようのない場合も多いのだ。

マリア・イレネは眼を赤く泣きはらしていたが、感情の発作がおさまると、いくらか慎みのなさを恥じらう風情になった。

「マリア・イレネ、おれなどはあなたの告白を聞いても、何の力にもなってあげられない。おれの行き先さえどうなることか分かっていないのです」

「そうね、わたしも軽率でした。あなたに断られた改革のことで、まず手始めに水汲み上げの風車の塔を建てたのです。また父に頼んで粗食でよく肥えるという種類の牛を何頭か入れたのです。結果から言いますとすべて失敗でした。工事に手抜きがあったのか、大風の日に風車は倒れるし、導入した牛は肥えるどころか、しだいに痩せて死んでしまったんです。一族の者は蔭で忍び笑いはするし、わたしも農場に居づらくなって父のもとに帰ったのです。一時は自暴自棄になって、町のヒッピーの夜の集まりに行ったものです。

そこで近郷の農場主の一人息子のジェルソンを知りました。彼は麻薬中毒者でした。わたしも少しは試みたのですが深入りはしていません。ところが彼は薬のほかに同性愛の傾向があったのです。わたしはそれがどうにも我慢できず、別れ話をもちだすと泣いて彼は許しを乞うのですが、すぐに元に戻ってしまうのでした。

その頃、わたしの父母は相次いで亡くなりました。彼もとっくに両親から見放されて、農場は彼の従兄弟が管理している有様になっていました。わたしも自分らの生活が嫌になり、父母の遺産が少しあったので、彼と共にジイアス農場に移ろうと決めたのですが、彼はついに泥沼の生活から抜けられず、わたしひとりで来ました。もう何年ぐらいになりますか、親しい友人のくれた手紙では、先夫は発病してエイズ患者を収容する病院にいるとのことです。そんな訳で検査で陽性と出ているので、いつ徴候が出てきても当然なのですわ」

感情の激動が彼女にこのような長い告白をさせたのだろうが、その後に何かばつの悪いような、白けた雰囲気が残った。

「何かしてほしいことがあれば言ってください。出来ることなら協力しますよ」

口先だけでもおれは慰めざるをえなかった。マリア・イレネは告白のほかに何かおれに期待するものがあったかもしれないが、おれに何が出来るというのか。業病を抱えた女に同情はしても、それが愛情にまで育ち生涯かけて献身するには、おれは歳をとりすぎていた。かつてはエバの心意気に感じて夫婦になり、遺児を育てて蛇の卵をかえしたような目に遭ったばかりではないか。おれはもう他人の事には構うまいと決心していた。それにおれはマリア・イレネの痛ましいばかりの落胆ぶりは好きでなかったのだ。彼女がどんな重荷を負い苦しくても、毅然として安易に告白なんかはしない態度をとってもらいたかったのだ。

その折、農場のほうでとつぜん雷鳴がはじけた。おれは舳先に向いて櫂(かい)をこいでいたし、マリア・イレネの長丁場の告白に身を入れすぎて、背後で天候の崩れてくるのに気づかずにいた。小屋はすぐ目の前にあったが、いますぐにでも舟をまわして帰途につけば、夕立に遭わずに家に着けるだろう。雲は夏の積乱雲であった。盛り上がりの勢いでは帰宅までの時間はあるように思えた。

「小屋はまたの日にしましょう」

とおれは彼女の賛成を求めるように言った。マリア・イレネはいくらか皮肉を込めた微笑を見せたが反対はしなかった。雷雲は横に逸れ、おれたちは雨に遭わずに農場に戻った。ところがこの三時間ばかりの舟遊びが、ジイアス一族の間で話題になったのだ。

その翌日、朝のコーヒーを持ってきてくれたカリーナが、妙な含み笑いをしているのにおれは気づいた。いつもは挨拶をしてお盆をおいて下がるのに、その日に限っておれの顔をしげしげと見つめるのであった。

「カリーナ、小父さんの顔に何かついているのかい」

と聞くと、子供は他に心をとられていたのを、はっと我に返ったようすで、

「何もないの」

そう言うなり台所へ逃げていった。

マリア・イレネが授業を始めると、生徒たちの表情がいつもとは違うのだった。おれがハンモックに吊られていると、教室はまるみえなのだ。なかにはくすくす笑う生徒もいた。授業がすんで生徒たちが散ってゆく時、誰が言ったか分からないにしても、——出来ている——と大声で叫んだ者がいた。

マリア・イレネはむくれた顔でベランダに来た。

「昨日のことが噂になっているようです、ちょっと軽率だったかな。この家では女たちから子供まで、何か変わった事はないかと鵜の目鷹の目なのです。ちょっと人が転んだといって、いつまでも噂の種にされるのですよ。身内でゼーという男がいて、思うように耳を動かしたというので、いまでも面白がっているのですが、現に生きているのかと思えば、なんと彼が死んでからもう四十年も経っているのに、話題ではまだ生きているんですからね」

遠からずおれは農場を出てゆく身だが、マリア・イレネを巻き込んで、身辺がおかしな状況になっているのに気がついた。午後のわずかな間の舟遊びなのだ。大雨に遭い帰られなくなり一夜を小屋で過ごしたというわけでもないのに、荒れ野の人たちは人にしても獣にしても、異性が組んである行動をすれば、すでに出来ていると見るようであった。

それから幾日か過ぎた。ジョンが来て、祖母がおれに話があるらしいと告げた。これはてっきりマリア・イレネに関わった件だと予想した。祖母の部屋には世話になった日に、この家の仕来たりで挨拶に行っている。

薄暗い廊下を通って、部屋も同じように暗いジイアス家の家霊ともいうべき老婆の室に入った。ジョンも立ち会うらしい様子である。祖母イザベルの部屋といっても、とくに家具が立派だとか飾りつけがあるとかではない。大きな頑丈そうな寝台が広く場を占め、ふかふかした藁布団に老婆はうずまっていて、寝台の前立てに背を寄せている。うしろの壁には金泥を使った聖画が架かっていて、常夜燈に渋い色調で反射している。黒くすすけた箪笥(たんす)と、さぞ重いと思われる鉄の錠前のついた牛皮張りの長持が壁に寄せてある。おれはイザベルに敬意を表するため、相手の手に唇をつけるという旧い様式の礼をした。祖母の表情は穏やかだったので、この分なら放逐されても穏便に済むだろうと考えた。

それにはある理由があって、おれが祖母から好意を寄せられていると推察していたのは自分勝手な思い上がりではないというのも、ちょっとした思い付きの物を進呈して喜ばれたからであった。

この屋敷に世話になって、夜中に小便の音がやかましいのはすでに述べたが、眠りも浅くうとうととしていると、カリーナが祖母よりたびたび呼びつけられているのを聞いた。祖母は何でもカリーナでなければならなかった。それだけ可愛がられているわけだが、呼ばれるのも大変と思って、朝のコーヒーの折、おれは興味も手伝って子供に聞いてみた。

「おばばさまは、夜お休みになると背中が痒くなられるの。ご自分ではお掻きになれないので、わたしが呼ばれるのよ」

「そりゃあ、たいへんだ。ご自身でできればよいのにね」

「そうでしょうね、——いつも済まないね——と、おっしゃられるから」

イザベルは老人によくある皮膚病に罹っているらしいが、痒くなるたびにカリーナが呼ばれては可哀相だ。薬用石鹸で治る症状のものだろうが、いますぐというわけにもいかないので、おれは「孫の手」を作って贈れば喜ばれるとそのとき思い付いた。

竹の太いのがあればよいが、この農場には竹林はない。屋敷の裏に出ると、一帯の湿地に猿すべりの群生がある。おれは適当なのを探して、二本切って持って帰り、ナイフを借りてベランダに座って工作にかかった。先のほうで分かれ枝になっているところを、平らにそいで細い溝をつけると、しぜんな曲がり具合といい、名の通りと思える道具ができた。

さっそく、それをカリーナに持たしてやり、祖母に進呈したところ、それこそ痒いところに手が届くの言葉通りのものに、イザベルはたいへんご満悦だったという。

「家で噂が立って、あなたとマリアが出来ているともっぱらですが、本当ですか」

祖母はおれを呼んだ核心に触れてきた。おれはジイアス一家には恩義がある。それに報いるためにも隠し事をしてはならないと思った。

「夫婦の約束はしていません。マリア・イレネに頼まれて、カヌーのなかで一身上の相談を受けただけです」

「マリアの相談というのはどんな件ですか」

祖母は高齢ながら頭脳はしっかりしていて、突っ込んだ質問をしてきた。

「それはマリア・イレネがわたしを信用して話してくれたことで、その内容は勘弁ねがいます」

「そうですか、ではそれはよろしい。ところがマリオ、あなたは自分たちは何でもないと言われるが、火の気のないところに煙は立たずの諺のたとえ、一遍広まった噂はもう消えませんよ。この際、わたしの前で結婚の承諾をしなさい、わたしは祝福してあげますよ。そうでなかったら一族への示しということもあります」

イザベル刀自の言葉は要するに、――お前たちは一緒になれ、そうすればお前も一族のはしくれにでも加えてやろう。それが嫌ならさっさと出ていけ――と言うことであった。これは困ったことになったとおれは狼狽した。もとより浮浪の身であれば、農場を去るのに何の未練も残さないが、マリア・イレネもおそらくはジイアス家には留まれないだろう。彼女には行くところはあるのだろうか。女から赤い紐を贈られてから、おれたちの縁は見えないところで結びついて離れなくなったと思えるのであった。

おれは過去に二人の女を知った。どちらも日系だがアンナとは仇敵のような仲になって別れた。エバとはなんとか上手くゆくと思ったが死んでしまった。マリア・イレネとは安易に幸福を予想できる結びつきではない。おれは返答の言葉に詰まった。

「どうしました。マリオ、どちらかに決めなさい」

何も知らないイザベルは返答を迫った。おれはこの問題が持ち上がったとき、何となくゆくゆくはマリア・イレネと結びつくのではないかとの予感がしていた。彼女との出会いはただの偶然というには、必然への蓋然性が多いように思えるのであった。ゴンサルベについておれの小屋に来た初対面、農地改革の相談、おれの夜逃げ、その後、十幾年かの隔たり、そして再会。おれは初老の歳になり、女が不治の病に苦しんでいるのを知った。身内の誰にも打ち明けられない秘密を、なぜおれに告白したのか、彼女は——自分の悩みを誰かに知ってもらえれば、気持ちが軽くなるので——と言ったが、身内よりもおれが信用できたのか、場合によって人は情において忍びえないということもある、道理では合わないと知っても、自然と行為に出ることもある。その時おれの心は決まった。

ここを出たとて何処と決まった行く先もないのだ。ここらあたりで死にどころを定めておくのも悪くないと考えた。

「マリア・イレネさえよろしければ」

すぐにマリア・イレネが呼ばれた。祖母イサベルは前置きは抜いて、彼女の選択を訊いた。

「喜んで――」

まことに呆気ないマリア・イレネの返答で、二人は苦楽を共にすることになった。祖母の部屋を出ると、彼女は萎れた様子で、

「こんなことになって、あなた、怒ってはいない」

「君と夫婦になるのは、前から決まっていたようだぜ。このあたりで腰をすえろということだろう。力になるつもりだ」

そこへカリーナが走り寄ってきて、「マリア姉さん、マリオ小父。おめでとう」

とおれたちを祝福してくれた。

これでおれはジイアス一家の一人に加えられたが、いまさら牛追いにもなれないので、自分から望んで境界の小屋に住んで、放牛の見張り番になった。マリア・イレネは週三回本宅に通って授業を続けた。おれたちの結びつきを、初老の男と年増女のくっつきと冷ややかに見ている、身内の反対派もあった。マリア・イレネの憔悴が消えて容色が戻るにつれて、野卑な言葉で冷やかす男もあったが、おれたち夫婦の杞憂が消えたわけではなかった。おれは口先だけの安易な慰めはしなかったし、また出来るはずもなかった。ただおれがそばにいるだけでマリア・イレネは安堵できるようであった。

それにしても二人の結びつきに関わって、因縁の絡まっているような赤い紐について、おれはマリア・イレネに尋ねてみたことがあった。

「そうね、わたしジョンから事のあらましを聞いてびっくりしたわ。それでもジョンが身元引き受け人になって、あなたが釈放されると知ったので、ほんの心づくしのつもりで腕輪の代わりに巻きつけていた紐

「そうね、わたしそんな出会いを大事にしたいわ」

「さあ、それは分からない。けれども現におれたちは夫婦になったんだから、迷信ともいえないわけだ」

「そう、不思議ね、それでわたしたちは一緒になれたのですか」

「これは支那の伝説だが、女が男に赤い紐を贈り、男がそれを受けとると、どんなに離れていても、また歳月に関わりなく必ず二人は夫婦になるというんだ」

をジョンに渡したの」


このような会話が夫婦のあいだで交わされる、穏やかな見張り小屋のある日、軽い機関の音をふるわせて巡視艇が遡行してきて沼に入った。舳先をこちらに回したので、おれたちの小屋が目的のようであった。艇は船首を岸に着けると、制服を着た士官らしい男が砂地に跳び移ってこちらに来た。

「君はこの農場の者か」

と訊問のかたちで口をきいた。

「うん、農場の者だ。ここは見張り小屋だから、公用なら本家に行ってくれ。この上流に屋敷があるから」

「そうか、了解した。昨日から一人の容疑者を追いかけてきたが、この下で逃がしてしまった。まだ若いが狂暴な奴だから気をつけてくれ」

士官はこのように告げるだけのことを言い終わると、艇の甲板に乗り移った。逆回転するスクリューの水の泡に乗って、舟は岸を離れると舳先を下流に向けて遠ざかっていった。

小屋に戻ると、マリア・イレネは不安らしくなにごとかと聞いた。

「警備隊が犯人を追いつめてきたが、この下で見失ったそうだ」

「まあ、こわいこと」

「騒がしい事件がこの辺境まで来るようになったものだ」

「ジョンに知らして、二、三人来てもらうように頼みますか」

「その必要はないだろう。レオンがいるから頼もしい、何かが来れば奴が吠えるだろう。そうだ――銃は調べておこう」

おれは戸口に立って、鉛色に鈍く陽光をはねかえしている沼を見渡した。対岸に少し蒲の茂みはあるが、カヌーの隠れるほどの奥行きはない。警兵はおそらく下流のどこかで、土地勘のある犯人に逃げられたのだろうが、追いつめられた者は下流に下ってこそ、隠れ場所や匿ってくれる家もあるだろうが、上流にのぼれば流れもせまくなるし、人煙もまれな荒れ野では誰に助けを乞うというのか。太陽が野に隠れると、よくある現象で沼から水蒸気が湧いてきた。おれは見張りを切り上げて家に入り、早めの夕飯にすることにした。

突然にレオンが吠えだした。敵意をむきだしにして唸るところを見ると、何か異様な者を見つけたのはほぼ確かだ。それが何であるかは未定であっても、警備兵が来たばかりだし用心をするに越したことはない。おれは二連発銃の撃鉄を起こして片手に提げ、犬を先に立てて川岸に下った。すると動力なしのカヌーが岸に着いていた。舟のなかには一人の男がうずくまっている。おれは巡視艇が来て注意するように告げていったのはこの男だと直感した。厄介なことになりそうだが、説き伏せてでも出ていってもらうことにした。水際に根を張って立っている榕樹（がじまる）の太い幹を盾にとり、相手に呼びかけた。

男は緩慢に身を起こした。肩に銃創でも受けているのか、シャツは血にそまって肌にへばりついている。

「おっ父う。助けてくれ」

おれの耳に意外としか思えない言葉を男は吐いた。こちらに向けた顔はまさしくマウロであった。胸に一物を持っていた老ジョンと組んで、鼻血を出したぐらいの件で、未成年虐待などとおおぎょうに騒ぎ立てて、おれを留置場に送った奴だ。それにおれがジイアス農場に身を寄せているのは知っていたのだろう。

警備隊から探索されているようすでは、悪党の手先ぐらいではなく、下級幹部にでもなっているのではないか。おれの助手をしていた時分でも、子供とは思えないほどの早熟ぶりで、悪知恵の働くガキであった。どうせ永続きのする生き方でないのは明らかだが、一度縁切れになった者、それも若気のあやまちなどではなく、恩を仇で返した奴ではないか。

「お前はだれだ。滅多なことは言うもんじゃないぜ」

「おれだ。マウロだ。匿ってくれ、けがをしているのだ」

「マウロ、聞いたこともないな。おれはこの農場の者だが、誰であろうと用もないのに入ってくるのは許されてない。すぐ出ていってくれ」

「そうか、親身になってくれると思って来たんだが」

「出ていくがよい、これは主人の命令でもあるんだ」

「おっ父う、おれはここに一財産あるんだ。これで何とかならんか」

「聞く耳はもたん。取り引きは他所(よそ)でやってくれ」

「そうだろうなあ。じゃ、行くぜ、チャオ」

悄然としてカヌーにうずくまったままで、去ってゆくマウロを見送っておれの胸は迫った。恨みの深い背徳の奴であっても、おれが育てた養子なのだ。思わず――おおい、待て――と叫ぼうとした瞬間、右手が上がって持っていた銃身がおれの頭を強く打った。おれはほとんど失神しかけたが、頭をふってようやく立ち直った。

その後、マウロはどうなったか。この件は農場にはなかったことにしたので、一族で噂になるはずはない。おれは辺境で暮らしていても、一年に二度ぐらいはP港まで下る。後日、S泊まりに寄って、旧知の誰とはなしにそれとなくマウロのことを探ってみたが、警察署長代理あてに負傷した若者が自首してきた話はないという。おそらくはどこかで野たれ死にしたのであろう。これでおれの胸中にわだかまっていた無念や憎しみの残滓は消滅した。

おれたち夫婦の日常は原野のなかの変わりばえのない生活だけに単調であった。落ち着きのある日々であったが、夫婦のあいだにうずくまっている黒い妖怪を忘れたわけではなかった。おれはマリア・イレネには口をつぐんでいたが、この生活も彼女の発病までと考えていた。この病気は外来の細菌には全く抵抗力がなくなると聞いていたので、ちょっとした病気に罹っても、致死になると判断してよいようであった。そんな訳もあってマリア・イレネはなるべく外来の人に接するのは避けるようにしていた。ところが身内の者の一人が町に行って風邪をもってきた。一族の者に伝染って寝込むのも出たが、大事に至らずに治った。しかし彼女のは後をひいて、水を断たれた切り花のように、しだいに衰弱していった。彼女は自己の死を口にしなかったが、おれにはこれが死に病なのは分かっていた。けれどもそれが数刻の後の命までとは推せなかった。ちょっと家をあけて帰ってみるとマリア・イレネは冷たくなっていた。彼女の死因は風邪をこじらせたということになって、真因がジイアス一家に知れずにすんだのは幸いであった。

当今、しだいに許されなくなってきたが、マリア・イレネの遺体は農場の古い仕来たりによって、ジイアス家の守護聖人を祀ってあるお堂の裏、一族の埋まっている墓地に葬られた。この塋域には幾株かのアンジッコ樹があって、乾期にははらはらと細い葉を散らして地表を覆い、春にはさきがけの雨をうけて、いっせいに飴色の若芽を萌えたたせ、やがて白い花の房が弔花のように下がる。

カリーナは望みどおりN市の中学校に入った。おれの耳に入る時たまの噂でも、彼女は市始まって以来の才媛とされているという。折々に手紙をくれる、田舎者なので折には失敗して皆から笑われるが、授業は易しすぎるぐらいなのに、誰もわたしにはかなわないと自慢してあった。将来は医者になりたいとも書いてきた。カリーナは自分を可愛がってくれたイレネ姉さんが、まだ若くして死んだのをいたんで、医学を修めようとしたのではないだろうか。おれは返信を書いて、勉学に専心して初志をとげられるように励ましておいた。

マリア・イレネが亡くなり、ジョンは気を遣ってくれて、見張り番は他の夫婦者があたり、おれは本家で暮らすようになった。辺境では人はあまり長生きはできないといわれるが、おれもここ二年ほどで髪が白くなった。若い頃一時の発作で自己を失い、自分の運命を狂わせてしまったが、その後は一度もあのような事態は起こってはいない。

その年、南方から北に結ぶ国道が計画されたとの話がもっぱらである。それも複線高速道路が本家の前の沼の対岸に沿って通るというのである。それを証拠づけるように、測量隊が木杭を埋めていったという。そんな噂は以前にもあったもので、必ず実現するともいえないが、否定する証拠もない。実現するにしてもまだまだ先のことだろうが、国道が農場のなかを貫通するとなると、ジイアス家も変わらざるをえないだろう。もしこの話に信憑性が高まったなら、おれは恩返しのためにでも動きたいと思った。それにしても同志として頼れるマリア・イレネの早すぎた死は惜しまれた。

おれはその日、家を出て、先日測量隊の通ったという沼の対岸に足を運んだ。すると驚いたことに風景はまさに一変した。本宅にいれば気づかないのに、この湿原地に立てばジイアス一族の本拠は、高台に構えた山塞のような趣があった。おれはその足で屋敷の裏の石山に登ってみた。高みに立って遠く地平線を眺めていると、南方はるか水蒸気に霞むあたりから、黒いテープのような国道が幻となって出現した。福か、凶か、ジイアス家が変わらざるをえない工事が、遠からず着工されるように思えるのであった。

家に戻ると、意外と疲れていた。シャワーをあびて昼食をすまし、ハンモックに行って揺れていると、いつの間にか眠ってしまって、すでに自分は存在しない先の世の姿を夢に見たのであった。

旅行者のなかには給油所によって、油を足すとか、眠気覚ましにコーヒーいっぱいと、車を停める者もある。人によっては沼をへだてて高台にある大廈を見上げて、――あれはなにかと――訊く人もある。歴史的な建物で二百年からのものと知ると、参観できるかと望む旅人もあるので、道路わきに「ジイアス農場入口」との看板が立っている。

珍しくも五名からの日本人が坂を上ってきた。話しかける日系の案内役に、――わしたちの一族にも日本人がいました――と、留守役のルカ爺がチップ欲しさに話しかける。案内役の説明に興味をもった旅行者は、ジイアス家の守護聖人を祀ったお堂の裏の墓場に行く。そこにイッペの木で作った十字架に、TSUGUSHI　ZINZAIと刻みこまれた墓標の前に人びとは立つ。

そのなかに、ブラジル農牧を視察にきた技師がいて、この墓の主はどんな人かは知らないが、神西継志とでも書くのだろうかと、頭のなかで漢字をならべてみる。そしてガイドを通じて、この人はどんな人だったかと訊くと、老人は――よくは知りません。子供のころ見たことがあるきりです。年代が違いますからね――と答えるだろう。

すると、ガイドは――あの当時、ろくに道さえなかったこんな荒れ野に迷いこむような日本人なら、どうせ気の変になった浮浪人ですよ。いくらかは農場の役に立ったのでしょうか、農場主の情けでこんな墓標があるんでしょうな――。


（完）

# 狂犬

州道BR・・・号が開通してこのかた、難所と言われるイタクリの山越えで、パライバ東北地帯からM市に結ぶ旧道は、ぱったりと往還がとだえた。曲りくねった急な坂道をときたま上ってくるのは、この山のあちこちの谷間から伐り出す薪を積んだ車ぐらいである。山と山に挟まれた峠の前後には、なおいっそう高い峰がそびえ、年中風が吹き上げた。深い谷に臨んだ山腹には、暗灰色の丸い巨石が点々と露出していて、まばらに生えた牧草の斜面を、放牛の踏みかためた小道がジグザグに、幾条となく山上に上っている。峠の広場には、老齢の杉に囲まれた祠（ほこら）と、ジューリオ爺の居酒屋がある。

車の往来で賑わったつい半年ほど前までは、どちら側から来た運転手たちも、ここから先は下り坂になるので車を止めて一服した。岩の割れ目に差し込んだ青竹から流れ落ちる水で、顔や手を洗い喉を潤した。前蓋を上げてラジエーターに如露で水を足したり、積荷の具合を見たり、タイヤを点検したりしたのち、牧童が牛車で砂糖黍（さとうきび）を運んでいるペンキ絵の下に、「銘酒山の露」と書いた古びた看板の下をくぐって、ちょっと一杯「腹の虫殺し」〔ポルトガル語で、火酒を飲むという意〕をやるのであった。

長い乾期の末、春のさきがけの長雨が降った。山霧が谷底から渦を巻いて湧いてくる日である。宿り木の垂れ下がった杉の横枝のあちこちに、深ざるを伏せたような土の鳥の巣が架かっている。黄色い泥こねのジョン（ジョン・デ・バーロ）〔土の巣を作る鳥の名。日本のおしどりに似て、夫婦仲が良いとされる〕がひょいと首を出し、キッキーキキと低く鳴くなり隠れてしまった。日は高く昇っている時刻ではあったが、居酒屋は戸を半開きにしてカンテラに灯を入れている。話し相手もなし、主（あるじ）は売台を前に黙然と座って、——こう商いが暇になれば早晩店は閉めて、谷底の地所に引っ込むより仕方はあるまい——などと考えていた。すると一台の車が坂道を上ってくる気配がする。風に排気音は消されがちだが、確実に近付いてきた。すぐ下の曲り角を越したと、主が耳を澄ましていると、おんぼろ車が店の前でひときわガソリンを吹かして止まった。扉を押して一人の女が飛びおりた。案内知ったようすでつかつかと店に入ると、

「お爺さん。達者で――」

と女は、売台から顔だけ出した主のジューリオに尋ねた。

「お、誰かと思ったらアンナじゃねえか。えろう久しぶりだが、どうしただね」

「ジョアナ養母（かあ）さんはまだ、下の谷窪かね」

「どこへ行くというんかい、神様のお呼びまではなあ」

「当分養母さんの所で、厄介になろうと思ってね」

「へえ、古巣に戻ってきたという訳かい。亭主はどうしたね」

「木の下になって、おっ死んじゃった。男がいなくては山にいても仕方がないからね」

「お前も男運のない女だな。で、何人いるんだ」

「上が男ひとり、あと女が二人できてね」

「そりゃ、ひと苦労だぜ、お前」

主はアンナの足許から頭の先まで一瞥した。生活の貧しさが女を荒（すさ）んだものにしていた。

「おお、寒い、冷えるね。お爺さん、火酒一杯おくれよ」

ジューリオ爺は売り台の下から、山蔓で巻いた大瓶を取り出し、コップになみなみと注いだ。女は息もつかずに飲み干し、肩をふるわせると、チュッと唾を床に飛ばした。

「ジョージ、シコ小父（おじ）さんに休んでいくと言っておくれ」

とアンナは車に向かって叫んだ。三人の子供と運転手のシコが、薄暗い店に入ってきた。中年のシコは二年前に女房を亡くした。小児麻痺の娘が一人いて、何かと不自由なので、後添いを望んでいたが、今日事情を知ったばかりのアンナに言い寄るのは、どんなものかと思いあぐんでいた。ジューリオがコップを台の上に置くと、シコは手を振った。

「お爺さん、子供らに何かやりたいのだけど」

アンナの頼みに、主は黙って頷き、いくつかのパンの腹を裂き焼肉をはさんで、台の上に置いた。一心にパンをかじっているジョージに眼を注いでいたジューリオは、アンナの耳許に口を寄せて、

「良く似ているな、そっくりだぜ」

と感心したようにいった。

「当たり前さ。いくら知らんと逃げても、血は引くんだよ」

「そうさなあ」

と主は合点するように首を縦に振った。

「ときに、あの人はどんな具合なの」

「忘れられんと見えるな。近頃は腹も出てくるし、ええ旦那衆になっとるぜ」

「奥さんはおありなんだろうね」

「そりゃあ、アンナ、お前一生の不覚だったなあ。もう少しの辛抱だったんだぜ」

アンナはそれには答えず、

「もう一杯注いでおくれ」

と空コップを前に突き出した。

「おいおい、そんなにやって大丈夫かい」

「こんなもので二杯や三杯、何でもないんだよ。山で手が上ってね」

外でシコが待ち切れずに、警笛を鳴らした。アンナはよろけながら店を出た。やがて霧の中を車は出たようである。主は売台を片付けながら、

「やれやれ、また一騒動おきなければよいが」

とつぶやいた。


本道から左に折れ、ユーカリ林の傾斜地を幾重にも畳んだ私道を下ると、やや開けた谷間に出る。山坂を削り谷を埋めて、中野養鶏場の十幾棟かの鶏舎が建ち並んでいる。

若い女が手籠の卵を、手押車に積んで押していった。選卵所の小屋に来ると、

「あんた、前から気に懸かっていたんだけど、いちばん端の小屋の卵、だれかに盗られているわ、きっと」

「今までそんなこと、一度だってなかったじゃないか」

まだ四十前だが小肥りして、腹の出た主人の東吾は、腑に落ちないようすで首をかしげた。それから何日か経った。細君の君江が念のため、印をつけて残しておいたのが無くなっている。

東吾は一応雇い人を疑ってみたが、みな素姓の知れた者ばかりで、疑うとすれば新米のペードロだが、つい一と月ほどまえ炭焼きの彼が来て、使ってくれというので、

「うちで働くよりバナナ卸のほうが、日当になるだろうが」

と東吾がからかうと、

「へへえ、それがバナナ売ってはいかんと怒られましてな、旦那。難しい世の中になってきやしたもんで」

と言って、次のような泣き言をならべた。

親の代から炭焼きが家業のペードロだが、もうとっくに廃業していた。西向きの日当たりの良い地所にバナナ園を持っていたので、週に二回、ラバの背中にふりわけておいた籠にバナナの房をつめ、M市の朝市に出ていた。ところがある朝、運悪く監督に捕まり、鑑札なしの商いはいけないと言われ、二度目には罰金をとると脅かされて青くなった。

仲間の一人が見かねて、鑑札は代書人に頼めば市役所へ請願してくれると教えてくれた。しかし、じっさい行ってみると、五種もの書類の提出を求められたので、ペードロは朝市に行くのは締めるより他なかった。

祖父の代から住んでいる今の地所は、占有地で地権もなく税金も払っていない。出生届その他も、何年か前の失火で焼失したままになっている。収入の元を断たれて、暮らしの苦しくなった彼は、塩をかぶった蛞蝓（なめくじ）のように、生きる道を探して動きはじめ、仕事の口を中野養鶏場に求めに来たような訳で、ペードロに卵盗人などやれないと東吾は思った。

君江の気に懸かっていることは、卵がなくなる十日ほど前に、この辺りでは見かけない少年が、農場に来たことである。裸足で襤褸（ぼろ）を着ていたが、褐色の薄い皮膚の顔立ちは整っている。君江は誰かに似ていると思ったが、確かなことは言えなかった。

「何か用事なの」

「ひび卵売っておくれ」

「うちはひび卵出さないの。黙って農場に入ってはいけないわ、立て札見なかった」

「おれ、字読めんのだ。母さんの言いつけで来た」

近くの山に来ている流れ者の山伐り人夫の子供だろうと、君江は思った。すげなく追い返すのも可哀相と考え直して、別に分けてあったいくつかを、古新聞に丸めて与え、今後来てはいけないと言ってきかせた。少年は細い腕に手提げ袋をぶら下げて、やかましく鳴きさわぐ鶏舎のなかを帰っていった。君江は何となく変な子供だと考えながら見送っていた。


養鶏界は近年にない不況に喘いでいた。破産する業者も出たとの噂も流れた。東吾は放っておけない借金の支払いに、所有地のユーカリ林を売ることに決め、請負人を訪ねての帰途、久しぶりにジューリオの店に寄ってみた。所在なさに居眠りしていた主は、東吾の声に目を覚まし、

「これはお珍らしい」

といって腰をあげた。

「達者で結構だね。爺さん、商いはどうかね」

「どうもこうも、新道ができて以来さっぱりで。わしも寄る年波だし店を閉めて、谷底へ引っ込むことにしますわい」

「それは名残りおしいね、爺さん自慢の手作りをちょっと一杯という訳にはいかなくなるね。死んだ親父などはここのじゃなくては、口にはしなかったからな」

「へえ、亡くなったお父さんには、随分と贔屓にしてもらいました」

「爺さん、一杯もらおうか」

ジューリオは売り台の下から大瓶を取り出し、栓を抜きコップに注ぐと、客に背を向けて庖丁を動かしていたが、小皿に白黴の生えたチーズの幾切れかを盛って、東吾の前に置いた。

「旦那、あいにく、こんな肴しかできません。家の者がこさえたもので」

東吾が一切れ口に入れてみると、なかなかの風味である。

「これはいけるね」

と東吾がほめると、

「お口に合いましたかい、へへえ」

と愛想笑いをした主は、急に真顔になって、

「ときに旦那、アンナの奴が舞い戻っているのを、ご存知ですかい」

「一向知らんね、いつだね」

東吾は不意に胸を突かれた思いで、酔いも一時に醒めてしまった。

「もうかれこれ一と月ぐらいになりますかな」

「亭主がおったはずだが、一緒かい」

「それが旦那、木に打たれて死んだそうで。この店でちょっと休んでいきましたが、三人連れていまし

た」

「そうかい」

東吾はコップの残りを一気に呷(あお)って、店を出た。

アンナがこの谷間に戻ってきて、当分出ていかないとなると、困ったことになると東吾は思った。早晩君江の耳に入らない訳にはいかないだろう。

結婚半年後、雇人の口から、婚前にあった夫とアンナとの情事を聞き知った君江がヒステリーを起こし、消毒薬を飲んだ事件があった。あの時はいくら彼女が騒いでも、アンナは山伐り人夫とくっついて何処かへ行ってしまったあとだったので、なんとか納まったが、このたびは違う。つい目の先の山陰にいるのだ。ジューリオ爺は何も言わないが、男の子と聞いていたから、アンナの上の子はたしか十三歳のはずである。こんなことを妻が知ったなら必ず一騒動持ち上がると思えば、東吾の気分は沈んだ。君江の自殺未遂いらい十年からの夫婦の仲はしっくりいっていない。感情的な妻は未だにしこりを残して、事あるごとに夫に盾突くのであった。物事が変にこじれると、いくら東吾が宥(なだ)めても返事さえしない。彼は男の勝手から、こんな女を貰ったのは失敗だったと後悔した。なぜあのとき子が腹にあったアンナを捨てて、二年もの間遠縁にあたるC市の種鶏場に逃げていたのだろう。

父はあんな女を家に入れるなら、勘当すると激怒したが、たとえ日雇いに落ちぶれてもなぜアンナを連れて家を出なかったかと、気持ちの上で悔やまれる時がある。

アンナはジョアナ後家の養女で、人の噂では旅の女が一晩宿をとり、足手まといの女の子を預けていったまま、帰ってこないということであった。その頃はジョアナの夫も達者で、炭焼きは結構儲けがあった。夫婦には子が無かったので育てられることになった。アンナは少女期からもう美貌の萌芽を見せていたが、成長するにつれて男たちから騒がれるようになった。なかには手を出す者もいたが、アンナは相手にしなかった。彼女はそこらあたりの山男の女房で一生埋もれる気はなかった。

ある日、山で木を伐っていた養父が、突然胸割れで倒れた。一家の働き手を失ったアンナは、中野養鶏場に通うようになった。彼女は十六才であった。肌こそ小麦色であったが、細い鼻すじの通った顔立ちは端正で、土人の血を多分に引く美形である。癖のない黒い髪を手入れよく撫でつけ、うしろで二つに分けて肩に垂らしていた。朝露にぬれたジャボチカバ〔桃金嬢属の果物、ぶどうに似て美味〕の実のような、うるんだ瞳は特に魅力があった。小作りの容貌はまだ少女期を抜けていないが、肉体はもう一人前の女で、触れれば枝から離れる、赤いマンガ〔マンゴー〕を想わせた。

東吾は修学がものにならず、呼び戻されて嫌々ながら家業を手伝っていた。アンナに目をつけた彼は選卵室に入りびたって、陽気に冗談など飛ばして雇い人を笑わした。アンナも気さくな東吾に好意を持つようになった。もし彼が求婚してくれれば承知しても良いと、ブラジル風にごく簡単に考えていた。

夏の雨もしだいに遠のくと、空が青く澄み、山では朝夕冷えこむ初秋の季節となった。標高八百メートルをこす海岸山脈の尾根伝いでは、春の木々の芽吹きの遅いわりに、柿、桃、イッペ、木綿（わた）などの落葉は早い。山笹の茂みから突き出た蕨（わらび）の枯れの目立つ頃、イタクリ守護聖人のお祭りが来る。

山の有志たちは祠に石灰を塗り、庭を清め、参道には青竹を切ってアーチに組んだ。町からは楽団が呼ばれていた。アンナと約束した東吾は昼過ぎに祭りに出かけた。遠くからでも演奏の音は聞こえてきた。都会から来た人もいると見えて、車が道路のわきに続いている。広場は人の波で溢れている。東吾は老杉の根元で人待ち顔のアンナを見つけた。

彼女は目立たない地味な服装だったが、肌色の白粉と桃色の口紅は顔に合って美しかった。二人は腕を組んで社に入り聖像をおがんだ。人に押されて広場へ出た。今日の縁日をあてにして、香具師たちはそれぞれに店を張っている。輪投げ、景品落とし、写真屋、綿菓子、串焼きのどの店にも、田舎者がたかって騒いでいる。二人が人出のなかをもまれて行くと、知った顔に出会う。東吾は若者たちの連れているどの愛人と比べてみても、アンナが誰にも劣らないと思って満足した。

日が傾くと谷間から霧が湧き、山々が青ずむと急に気温は下がってきた。夜になると野外舞踏会があるというが、それまでには時間があった。賞品に煙草をくれる射撃をして遊んだ。山の冷気は薄い毛糸の上着を通して泌みた。アンナが寒がるので東吾は誘って、売店で生姜酒を注文した。いくらか酔った二人が話しあっていると、電灯がついて群集はどよめきはじめた。その時、待っていたとばかり一発の花火が打ち上げられると、爆音は山彦となって沸きかえる。続いて一発上がり、また上がった。

しばらく休憩していた楽団が演奏をはじめた。人々にまじって二人は踊った。動くにつれて酔いがまわってきた。東吾が相手を抱いて踊ると、女の乳房は動くにつれて揺れる。アンナは男のなすままになって踊った。

東吾は車で来ていたのでアンナを送っていくことにした。雑木林の道に入り下り坂にかかると、東吾は車の始動スイッチをまわして電源を切った。男は前から機会をねらっていたが今はそのときだと思った。

女はまだ酔いの醒めやらぬ態でぐったりと男に身をよせている。上り坂になると車は止まった。

「どうしたの」

アンナは薄目を開けて尋ねた。

「故障らしい」

東吾は懐中電燈を手にして、前蓋を上げ発動機の具合を検べる風を装った。

「アンナ、道具がいるんだ。ちょっと立ってくれ」

と男は手荒く女の座席を持ち上げた。アンナは転げ落ちそうになり、しぜんと股の割れた姿勢になった。東吾は女の足首をつかんで引き寄せた。不意を襲われた彼女は身を守ろうとはしたが、本気ではなかった。

「いやあ、いやあ」

と言いながら男に抱きついた。上げた腕のくぼみから腋臭がにおった。男は女の髪のなかに指を入れて引き寄せて口を吸った。

あくる日、東吾は選卵場に顔を出した。アンナは欠勤していた。——あいつ恥ずかしくて来ないのかな——と思った。男にはまだ喰い足りない気持ちが残っていた。

一日おいて、アンナは派手な服装で働きに来た。

「えらくめかしこんだもんだ。何かあったのかい、アンナ」

中年女のマリアが冷やかした。

「ふん——」

とアンナは鼻の先であしらうと、出荷伝票を切っている東吾に擦り寄った。

「昨日町へ行ってこれ買ってきたの、似合うかしら」

女は一夜で花咲いた感じである。笑った目がうるんで恥じらいが宿った。東吾は自分のものになった女を見て、一昨夜の思い出に残忍な喜びを知った。

朝食後、マリアは一番はしの鶏舎へ採卵に行き、アンナは卵の箱詰めにかかっていた。

「おい、裏へ行こう」

「なにさ」

アンナは流し目に情を含んで、恋しい男を見つめた。東吾は寄っていくと女を抱きしめ、なにか耳許で囁（ささや）いた。女は顔を赤くして、

「いや、いやよ、昼日中に」

もがく相手を無理に、崖下の倉庫の露地に連れこんだ。人目を盗んでの野合が続くうちに、女も肉のうずきに目覚めて、男の要求を待つようにさえなった。

長い乾期の末に冬は去り、春のさきがけの長雨があった。霧に煙った谷間にせせらぎが高まった。水際のイッペは黄色い花をもち、山家の庭にある木綿の飴色の若芽が萌え、用心深い山柿の芽も青くふくらんできた。

ある日、アンナは東吾に、

「ややができたらしいわ」

と告げた。男はおかしいほどに慌てた。

「真実かい」

「嘘と思って。あんたは言うこと聞かないんだもの」

東吾は困ったことになったと思ったが、顔に出すわけにはいかない。

「まだ誰にも言ってないだろうな」

「こんなこと、誰に話せるの、恥ずかしくて」

「心配するな、何とかする。当分気づかれないようにしてくれ」

「一緒になってくれるんでしょうね」

「心配するなと言ってるじゃないか」

女から逃げてひとりになった彼は、――チェッ、どじをふんだな――とむかっ腹でつぶやき、車の滑り止めに敷いた道の小石を思いきり蹴った。どうしたものかと考えても、別に良い思案も浮いてこない。口先の約束を守って、アンナを妻にするほどの良心は男にない。事が面倒になった折や、父が知った時のことは想像はできるが、嫌なものはもっと先にしようと考えた。それにしても、もうすでに感じているらしい、マリアの口は止めておきたかった。

帰宅の時間だった。マリアが弁当がらを手にして腰をのばしていると、東吾が入ってきた。

「マリア、ちょっと話があるんだが」

「若旦那、なにかご用で」

前から折々、卵を服の下に隠して持ち帰っていた婆さんは、事が露見したのかと、恐る恐る主人の顔をうかがった。

「実は、力になって貰おうと思ってね。アンナのことだが」

東吾の持ちかけに安心したマリアは元気づいて、

「アンナがどうかしましたかい」

「お前、もう知っているだろうが」

「へへえ、腹でも大きくなりましたかい」

「そうなんだ。まだ誰も知らないが、お前から噂にされては困るんだ」

山のお祭りの後、二人の仲を疑っていたマリアが、ちょっと冗談に言ったところ、東吾から、――そうだ――と言われて、事の意外に驚いた。

「そりゃあ、お安いご用ですが。アンナをどうするおつもりで」

「どうするってマリア、親爺が許してくれれば家に入れても良いんだ」

この話は当分内密にしてくれと、東吾はポケットから紙幣一枚を抜いてマリアに与えた。以前にマリアは息子の嫁にと、アンナに当たってみたことがあった。にべもなく断られた婆さんは、それを根に持ってアンナを恨んでいた。

どこの馬の骨とも分からないアンナが、お人好しの東吾を騙して、ぬけぬけと玉の輿に乗るかと思うと、身のうちが熱くなるような、憎しみの念が湧いてきた。前からどうも変だと思っていたら、もうさかりのついた牝犬みたいに孕んでいると知って、腹の虫は収まらない。――なんだい。養鶏場の若奥様に収まって、おいらを顎で追い使うつもりかい、そうなればジョアナの後家も左団扇というご身分やわ――とつぶやきながら、雨に洗われて木の根の出た山道をよたよたと帰っていった。

静かな夜であった。君江は編み物の棒をせっせと動かしている。時々手を休めて耳をかたむける。微風がユーカリの梢を渡る微かなざわめきがする。今晩あたり卵盗人の来るような予感がした。山寄りの鶏舎に番犬を置いて、手配は済ましてあった。

「あんた、犬が鳴いているみたいだわ」

「そうか、俺には聞こえないが」

「あれ、鳴いている」

続いてこんどは東吾にもはっきり聞きとれた。犬の鳴き声がユーカリの森にこだました。懐中電燈を手にして東吾は表に出ると、性の荒いクマを呼んだ。

その夜から五日たった日曜日の朝、息子の明がクマに餌を持っていくと、犬の様子が変なので母を呼んだ。君江が来てみるとクマは小屋に隠れて名を呼んでも出てこない。不審に思った君江が中をのぞいて見ると、犬は涎（よだれ）をたらして低くうなった。用心のため棒切れで皿を前に突き出すと、とつぜんに犬は飛び出して餌には目もくれず、主人の持っている棒の先に咬みついた。青くなった君江は子供に言って東吾を呼びにやった。

東吾が犬小屋に近よると、やはり飛びかかり鎖に引かれてひっくり返った。犬は怒って牙をむいた。

「狂犬になったな」

東吾は細君のほうに向き直って言うと、息子に尋ねた。

「明、近頃クマと遊ばなかったか。これは大事なことだから、隠すといけないよ」

「お前、本当に遊ばなかったの」

と母親もあとから念をおして尋ねた。わがままに育ち何事もひつこく言われるのが嫌いな明は、

「ないと言ってるのに」

と怒ってふくれた。

「なかったら良いんだけど」

一晩様子を見て始末しようと東吾は思った。しかしクマが恐水病に冒されているとすれば、これは大変な事件になると考えた。飼い犬の予防注射は毎年しているが、クマはあまり暴れるのでつい手を抜いていた。今さら悔いても仕方はないが、五日前の夜農場に入ってきた者が犬に咬まれているとすれば、放っておく訳にはいかない。彼にはだいたい犯人の予想がついていた。

東吾は朝のコーヒーをすますと、妻に森の下見をすると言って家を出た。山寄りの鶏舎を回って森に入った。下草の露はズボンを通して沁みた。谷川の水音の聞こえる辺りまで来ると、鶏の羽根が散らばっている。流れは岩のあいだをくぐり、自然と飛び石の形になって、向かい側に続いている。川を渡ると山茗荷が踏みしかれて、人のつけた道がある。胸つき坂を上ると、思いもしない私道に出た。向こうから声高に話しながら仕事に行く男たちが来る。顔を見られてはちょっと都合悪いと、彼は草むらに身をひそめた。

アンナの家に下る道は荒れてはいるが、辺りの雑木林のたたずまいは、十幾年前と少しも変わっていない。道端の白蟻の塚や、高くのびた山八つ手の裏葉の白さなど、ついこの間のように想われた。ゆるい坂を上りつめると、丸瓦を重ねたジョアナの家のわきに、アンナが身を寄せているらしい、錆びた鉄板葺きの小屋が見える。

東吾はしだいに憂鬱な気分になっていった。出来れば女との接触は避けたかったが、これは人伝てにする訳にはいかないし、火急の用件でもあった。ひどく荒れたジョアナ婆さんの庭を通るとき、声をかけたが、人の気配もない。砂糖黍畑をぬけると、粗末な小屋の前に出た。砂場で遊んでいる女の子二人に、東吾は笑顔を作って近よった。

「母さん、いるかい」

子供達が家のほうを見て頷いたので、念のため、

「母さんの名は、何というの」

と確かめてみた。

「アンナ、アンナさんよ」

小屋の戸の前で、東吾は声をかけて返事を待った。

「どなた、入っておくれ」

かすれた女の声が奥でした。戸を押すと錆びた蝶番(ちょうつがい)がきしんだ。土間に女はあぐらに座り、大鍋をひろげた股に挟んで、下ろし金で木芋をおろしていた。東吾は一目見て同名の人違いではないのかと疑った。さざれ髪の五十歳ともとれる半黒の女が、口のはしに竹パイプをくわえ、濁った赤い目で来訪者を見上げた。長きにわたる生活の荒廃は女を凄まじいまでに変えていた。

「どなただえ」

女はしわがれた低い声を出した。

「アンナ、おれだ——東吾だよ」

過去に子までなした女に、男は胸を締めつけられる思いだった。女は目の前に色白で肥え、衣食の苦労を知らぬ階級に住む一人の男を見つめた。一日として忘れられない男が前にいる、恋しいと思う心とうらはらに、自分を騙して今の落魄に突き落とした、憎い、殺しても飽き足らない男が立っている。

「何か用かえ」

「今日来たのは他でもないが、ちょっと尋ねたい事があるんだ。あんたの息子が夜道に迷うか、また間違って農場に入りこみ、五日ほど前、はっきりいうと先週の日曜日の夜、うちの飼犬に咬まれなかったか、どうかを尋ねに来たんだ。誤解しないでほしい、他意はないんだ。正直に言ってくれ、これは大事なことで人の……」

「恥知らず、うちから盗人を出そうとするのかい」

女は東吾に終わりまで言わさず、持っていた下ろし金を投げつけた。男の肩で木芋の粉が白く散った。

「アンナ、話したい事は山ほどあるんだ。今日はただ犬に咬まれたか、どうかを知りたいのだ」

「あんたの犬など、悪魔に食われてしまえ」

女は立ち上がると、恐ろしい力で男を外に押し出して、戸をぴしゃりと閉めた。

東吾は女から突き出されても、帰る訳にはいかない。何とかして真実を確かめたかった。さいぜん砂遊びをしていた女の子に聞けば、案外糸口は見つかるかと思い、辺りを見渡したが、今の騒ぎに恐れてどこに隠れたか姿は見当たらない。彼は思案に暮れて立ちつくしていると、坂下から十三、四歳ぐらいの痩せた少年が、木芋の一株を肩に担いで上がってきた。

「ジョージというのは君かい」

「おれ、ジョージだが」

「ジョージ、君は近頃犬に咬まれなかったか、日曜日の晩だ。事実の事を言ってくれ、場合によっては町にまで行かにゃならん」

その時、表戸が開いて、

「ジョージ、お逃げ」

と母親は叫んだ。

少年は担いでいた木芋を放りだし、脱兎のように下の竹籔に逃げた。東吾もすかさず追って走った。こうなれば少々手荒くしても、真実の事を言わして、町の衛生局まで連れていく決心をした。身軽な少年はまばらな竹の間をすりぬけていく。東吾の長靴は重く、厚く積もった落葉で走りにくい、彼は動悸がして苦しくなった。谷川近くになると竹の密生が陽の光を覆って暗くなった。前方は刺草（いらくさ）が交差して絡まり、獣の抜ける道もない。

ジョージは蟹の這うように横に走ったが、朽ち葉をかぶった切り株に躓（つまず）いて転んだ。坂を斜めに駆け下った東吾は、難なく少年のシャツの襟首をつかんだ。ジョージが逃れようと必死にもがくと、シャツは音もなく裂けて、片肌がむき出しになった。そこに犬歯の跡と思われる青黒い二つの生傷があった。

「さあ、立った。行こう」

東吾は少年の腕をつかんで引きたてた。

不意に下腹に激痛が走った。彼は一瞬息がつまった。衝撃の反動で肉体は収縮し麻痺は身体の隅々までまわった。東吾は目でジョージを追ったが、前には暗い闇があった。悪寒が背中を這い上がってくる。押さえた右手を放し傷口に目をやった。バンドのところで掌ほどが血に染んでいる。やっとの思いで麻痺した手を青竹に伸ばして身を支えたが、もう歩く力はなかった。


「おっ母あ、おれ、えらい事やってしまった」

ジョージは青黒い顔をして、家に入るなり言った。

「どうしたんだえ」

「おれ、あいつの腹に山刀突き立てただ」

「お前、恐ろしい事をしてくれたね。で、あの人は何処にいるの」

アンナの唇や手はわなわなと震えた。

「籔の中だよ」

「ジョージ、連れていきな」

彼女は水抜きしていた澱粉の南京袋を放り出し、息子の後について走った。薄暗い竹林のなかで、男は手を腹にあて竹を背にして座っていた。駆け寄ったアンナは男の前に膝をおり、肩に両手をかけて揺さぶった。青蠅が羽根を光らして飛び立った。

「東吾、東吾、しっかりして」

アンナは涙声で叫んだが無駄であった。恐ろしさのあまり彼女が手をはなすと、支えを失った死体は前向きに倒れた。

「おっ母あ、おめえ、この人知っているんか」

「養鶏場のご主人だよ、お前の父さんになる人だよ」

気も動転していたアンナはつい、息子に隠していた事まで口走っていた。

「おいら、おっ父うはとうに死んだのじゃなかったのかい」

「ジョージ、これには事情があってね」

「それで、おれ読めたよ。いつかゼッカの野郎が、おれたちは父なし子だと言ったら、あいつ鼻の先で笑って、おめえのは死んでいるか、生きているか分かるかいと言いやがったが」

「いつか話すつもりでいたんだよ。いろいろと込み入った訳があってね」

「なにが、おいらのおっ父うかい。確かな証拠をにぎって、警察に突き出すつもりだったんだ」

「それでお前、殺る気になったのかい」

「そんな気はなかったんだ、おれがいなくなれば母さん困ると思って」

「ジョージ、ここからお逃げ、後はおっ母あがなんとかするで」

「何処へゆくだ」

「シコの所に行きな、親方に頼んで皮はぎの仕事でも貰いな。おっ母あもすぐ行くで」


東吾は朝のコーヒーをすますと、山を見に行くと告げて家を出た。昼過ぎになっても帰宅しないので、君江は不審に思ったが、便でもあって市まで行ったのかと、待ったが帰ってこない。その夜君江は一睡もせずに朝をむかえた。

翌日早く人をやって、日ごろ夫の立ち寄る所に問い合わせたが、市にも山にも東吾はどこにも寄っていない。当日誰も彼を見たものがいないのも分かってきた。

一日おいて雷鳴をともなった大雨があった。山のつねで深い霧が流れて、五メートルとは視界のきかない日が続いた。その筋の係がジープで来て、くわしい事情を細君から聞きとって帰った。

二週間過ぎたが何の手がかりもない。君江はしだいに焦慮と懊悩の日を送るようになった。宥めすかして明を寝かしたあとは、夫の不在の部屋は気味の悪いほどのしじまに満たされ、彼女は思わず溜息をついた。今日は姿を見せるか、明日はと望みを持って過ごしたが、今夜は精根も尽きて、もう夫は永久に帰ってこない気がすると、胸は苦しくなり、

「あなた」

と呼ぶと、夫の枕に顔を埋めてすすり泣いた。

飼犬のクマは死んで十日になるが、――こいつ、狂犬になりよったな――といった夫の声を君江は思い出した。すると夫から犬へ、それから何かに繋がる糸があるように考えた。そういえば犬の発病を知った夜は、夫は寝ていないと思えるふしがある。何か心配ごとに心をとられていたのか、朝の食卓でへまをやっている。クマといえば卵盗人を追わしたぐらいであると考えて、君江ははっと気がついた。夫は何も言わなかったが、犬は犯人を追って咬んだのに違いない。クマが恐水病にかかったのを知って、闖入者を捜し出そうと家を出たと、君江は推してみた。

家の雇い人の山賤たちについて、事情の分からない彼女は、人の動きなど探るつもりで、ペードロに尋ねた。

「奥さま、おら知らねえだ」

と頼りない返事である。他の者も同じであった。うっかり口をきいて仲間を裏切るのを恐れていた。君江が女中のソーニャに水を向けてみると、

「ジョージぐらいね」

といった。それで分かった人の出入りは、つい一と月ほど前、アンナと言う女が他所から戻っていることであった。ジョージというのはその女の息子で、仕事をしに元の土地に出かけたという。

二日たって霧も少し薄らぎ、青空が自分の領分を広げだした午後、警察から係官が来て、市の方では全く手がかりはないとの報告であった。君江は今までの経緯をくわしく話し合ったのち、ソーニャからの聞きこみを刑事に話したところ、

「そうですな、それでは山の方を歩いてみますかな」

と刑事の返事は何とも頼りないものであった。

運転手のシコが帰りぎわに、

「アンナ、良かったらおれと世帯もたないか」

と言ったのを忘れてはいない。此処におれないとすると、シコを頼るより仕方はない。アンナは誰か東吾の足取りをたずねてこないかと恐れていたが、今日まで誰もこないのは、あの人はこっそりと人目につかずに来たのだろう。彼女はこの犯罪を災難と見ていた。

求めもしないのにやってきた悪運は、なんとしても避けたかった。アンナは朝早く身のまわりの物を袋に詰め、女の子二人をつれて家を出た。昼過ぎにジョージのいるはずの森林伐採地に着いた。澄んだ斧の

音を耳にしてやっと着いたと安堵した。出会った人夫にシコの小屋を尋ねているところへ、ジープで親方が来た。

「親方、ジョージがお世話になっております」

とアンナは運転席から首を出している男に挨拶した。

「ジョージは二日ほど前から、熱があって寝ているぜ。今朝シコは薬を買いに山をおりたが、もうかれこれ帰るはずだ、行ってみてやりな」


アンナが谷川に近いシコの小屋に着くと、跛の娘が難儀そうに出てきて、

「あら、小母さん、早く看てあげて。ジョージさん変なのよ」

小屋の隅に丸太など並べた寝台に、ジョージは丸くかがんで藁布団(わらふとん)に転がっている。わずか十日ほどのうちに、げっそりと衰弱して骨ばった少年は、両手を蟹の爪のようにこわばらし、開けた口からは涎が垂れている。額に手を置くと熱で燃えるようだ。

アンナが素焼きの壺から冷えた水を、琺瑯(ほうろう)びきのコップに汲んで、息子の口に持っていくと、ジョージは獣の吠え声をあげて、片手でコップを払いのけた。これはただごとではないとアンナは背筋が寒くなった。今になって東吾がなぜあんなにひつこく、ジョージを追いつめていったかが分かった。アンナは居ても立っても居れない気分に襲われると、表に駆け出し、

「誰か来てよう」

と声を荒げて叫んだ。

# 廃路

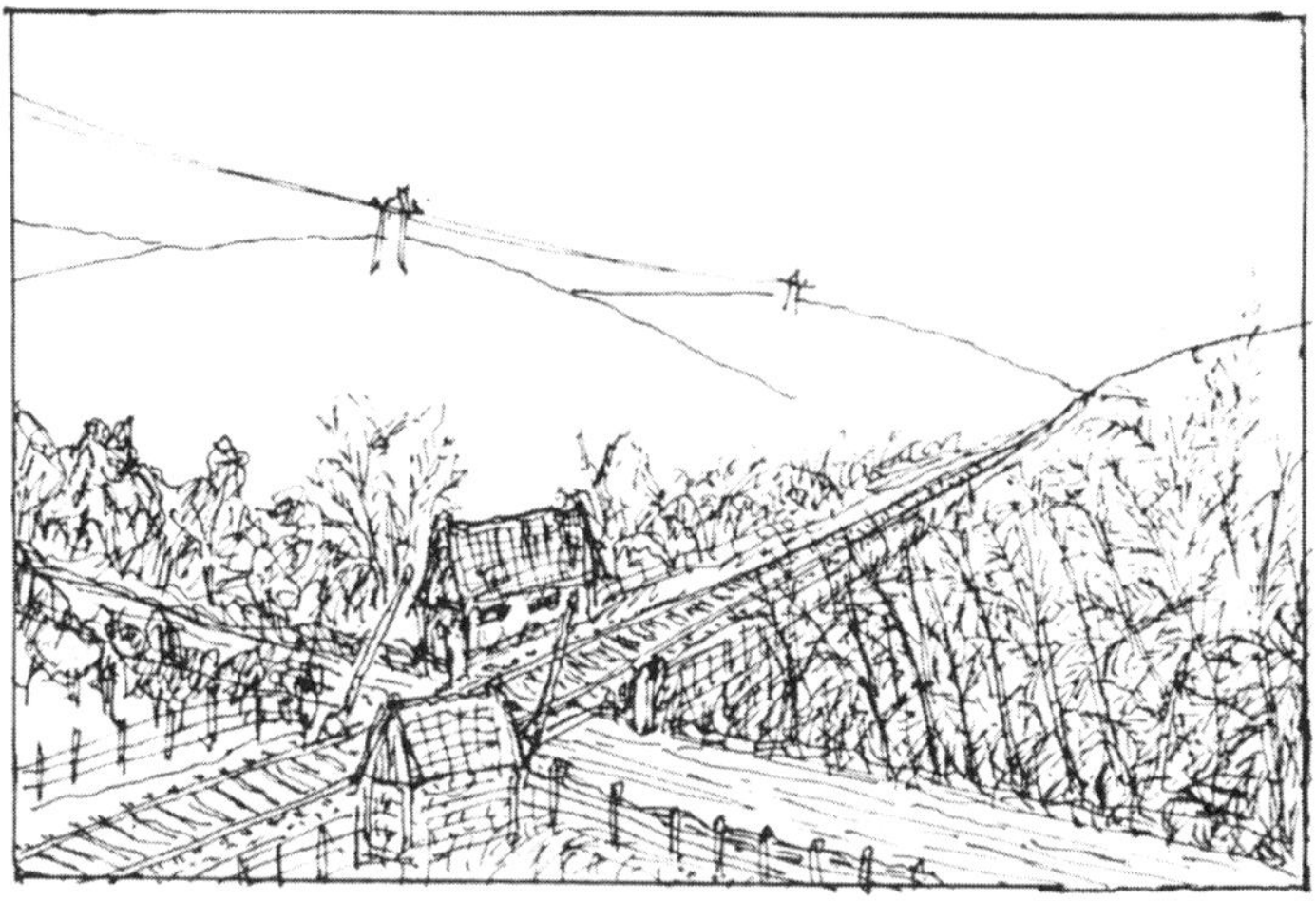

かねて人伝てに頼んでおいた手頃な家が見つかり、志村の心は動いた。——何をいまさら節約でもなかろう——という気持ちであったが、——ほかに急ぎの用事があるわけでもない——と考え直し、一日借家の下見に行ったのち、夫婦でしばらく住んでいたM市から、十五キロばかり離れたサガラナの町に引っ越した。

町の手前五百メートルほどで、街道を左に折れて、ユーカリ林の狭い坂径を行き尽くした処に、バンガロ風な家とその下にもう一軒あって、志村は下のを借りた。

二人暮らしの彼らは、必要なだけに切りつめた、多くもない家財道具を家に運んだのち、その日と翌日いっぱいを借家の周囲の手入れに費やした。下見に来た時よりもっと閑寂なので、彼の気に入ったが、家賃なども世話人の口だけで、近日来るという地主との契約は残っていたので、追い立てられている焦慮は抜けないでいたが。

白く塗った別棟の背戸からは下り坂になって、幾種もの果樹は植わっていたが、陽光も射さないほどに蔓草に絡まれている。為すこともない志村は、廃園の奥に入っていった。浅い窪地を過ぎて坂を上り、前方の明るみに出た処に切り通しがあった。

深い地底にブラジル中央線の軌道が、長い梯子のように這っている。新居に移ってきた夜、通過する列車の響きで二回ほども起こされたが、ここからだと車輪の振動が、自分らの枕もとまで来る筈だとも思った。

胸の内で志村は、自分らの行きつくところのおおかたの見当をつけてはいても、何となく場所などの条件がそろってくるようで、暗澹とした気分に襲われて、すぐに踵を返した。

この地に転居してからもう三週間は経ったが、サンパウロ市にいるという家主はまだ来ない。志村の妻は暇を見ては、裏の空地に鍬を入れている。——そんなこと止めておけ——と以前なら止めさせた彼もつい口をつぐんだ。この無為の日々を何かに紛らわせるものとてない女心を推しはかり、黙って家に入った。

もう昼前の時刻であった。夫の姿を横目でとらえた秋代は、鍬の手をおいて戻ってきた。

「あなた、お食事になさいますか」

「もう、そんな時間か。秋代、この辺りの地形はだいたい分かった。このすぐ先にリオ行きが通っているんだ」

「昼のうちは四回ぐらい動いているようですが、夜間はどうですか」

「夜行は二回ぐらいかな、夜はよけいに響くようだ」

「そうですか」

「そうですかもないものだ、お前の寝入りは早いからな。貨物の長いのが通ると、おれはもう眠れないので、悪戯しているのも知らんのか」

「あら、そんなこと」

秋代は野良仕事で上気している顔をいっそう赫らめた。日ごろ慰めを言う志村ではなかったが、それでも妻の胸中を推しはかって、なるべく快活にふるまっている。それに妻が反応してくれれば、彼も一時的にでも屈託した気分から逃れることができた。

志村らが食卓に着いたのは、もう正午になっていた。炒飯、キャベツのスープ、缶詰の油づけの鰯、きゅうりの酢の物、といった簡素な皿数が卓に並んでいる。志村は若い時から贅沢は望まなかったが、食事にはやかましいほうで、きちんと整った清潔な席でなくては気に入らなかった。いまは随分と切り詰めていても、身についたマナーは崩さないでいた。秋代はデザートに無花果の砂糖煮を夫にすすめながら、

「あなた。わたしたちの家主さんは、しょっちゅう変わっているんですってね」

「ほう、お前どこから聞いてきた」

「あなたがおっしゃっていられたので、今朝ちょっとお隣へご挨拶に行ってきました。フラビオの世話で来た人かと言ってから、家主はまた変わるのではないかとも知らしてくれました」

「隣は何をしている家だ」

「町の出入り口で舅が踏切番をしていると言っていました。若い男でしたから娘婿でしょう」

いまの境遇では、志村は隣人がどんな人であろうと深い交際を求める気持ちはなかったが、やはり古くからいる人は、この辺りの土地の事情を詳しく知っている筈だとも思ってみた。

「そうか、こんど会って挨拶をしておこう。それにしても家主さんが分からんとは、ちょっと気がつかなんだな」

「それは、わたしどもに具合悪くなるのでしょうか」

「さあ。たいていの外人とは付き合ってきたが、頼めば何とかなるのではないか、何もこちらは不法侵入したのではないのだからな」

そう言ってから、彼は以前には思ってもみなかった、自分の零落がしみじみと身に沁みた。

志村は朝一杯のコーヒーをすすると、ぶらりと家を出て、午前の無為の時間をつぶすのが習慣になっ

た。M市通いのバスが走る街道に出て、道路に沿って続いている竹むらの蔭を過ぎると、鉄道線路の踏切となる。いつとはなしに彼は番人のジョゼーと懇意になった。日によって二人の暇人は話し込むことがあった。痩身で上背があり、くたびれてはいても上質の服をきちんと身につけている彼を、とくに流暢な会話からも、ジョゼーは裕福な日本人と見て、言葉づかいにも気を遣っている様子であった。

十日ほど、旧リオ街道と言われる方面に足をのばして、ジョゼーの踏切に来なかった志村は、その日、線路わきに土砂や木材の山積してあるのを見つけた。

「陸橋は架けたものの、道路のほうは投げていたのを、こんどはやっと手をつけるらしいですよ」

ジョゼーが目をやった左側百メートルばかりの処に、コンクリートの灰色の肌をさらした陸橋が、軌道をまたいでいる。

「道路工事が始まれば、あなたの借りている家は壊されますよ」

「ええ、何ですか」

事の意外さに志村は、どんと胸をつかれた。

「知らなかったのですか、もうずっと前から道路局より通告は出ているんですよ。世話人がそれを知らなかったのは手落ちですな」

志村も前から陸橋は目に付いていた。けれども何処でも出会う未完工事の一つとして、深く気にも留めないでいた。しかし、話がジョゼーの言う通りだとすると、州道の開削工事は自分が心底に秘してきた、一つの計画を早めることになるかも知れないと、志村は考えた。

「志村さん、わっしもあの橋が完成すれば、辞めますよ。三十年から勤めました」

「ほう、三十年もですか」

「軍隊から帰って、すぐこの職に就きました。一生棒に振ったようなものだが、自分の性に適っていたのですね」

「いやあ、どうして、誰にでも勤まるというものではありませんよ」

「志村さん、この機会に一軒家を買ってはどうです。いまならまだ格安なのが手に入りますがね。わっしも退職すれば、パライバ河に毎日でも釣りに行くつもりです。あなたもどうですか」

「そうだね、わたしも釣りは嫌いではないが――」

と志村はジョゼーの提案に同意しかねるように、言葉じりを濁した。

ジョゼーは志村の人柄をかなり理解していたが、その境遇は買いかぶっていた。売り家を物色したり、気楽な釣りに出かけたりする男と思われることは、現在の彼にとっては迷惑でさえあった。何となく二人の感情が白けて、ばつの悪い沈黙が膜のように張った。

ジョゼーは腕時計に目を走らせると、

「すぐリオ行きが来ます。ご免ください」

そう告げて身をかえすと、番小屋に入り把手をまわして遮断機を下ろした。間もなく高く警笛を放ちながら、ジュラルミン装の三輌編成のディーゼル車が、きつい勾配を傾きながらしだいに迫ってきた。刻々接近してくる列車に、志村はつい我知らず魔に憑かれたように、遮断機をこえて身を乗り出した。

「あぶない！」

番人の叫び声に、志村はハッと我に返って体をひくと、間一髪をおいて、急行便はすさまじく風をまいて通っていった。後に薄い砂埃と空虚な静寂が残った。

「どうかしたんですか、志村さん。あんな危ない真似は二度としないでください。接触でもすればひとたまりもありませんからな」

「ついうっかりしていました。赦してください」

日ごろ、他人に怪しまれるような行動は、慎重に心がけて素振りにも見せないよう、気を遣っている彼であったが、今日はどうしてジョゼーから注意を受ける行為に出たのか。何となく心急かされる話題が、自分を錯乱に引き入れたのかと考えてみたが、やはり一時魔が差したのだとしか、推察するより仕方はなかった。

志村は町に寄り買い物をすますと、家に帰ってきた。少し悪寒がするようであった。夏の風邪で五日ほど臥せっていたが、その日は気分もすっきりしていたので床を離れた。この頃とみに秋代は夫の身の上を案じて、気遣っているようであった。

「ちょっとぶらついてくる」

心配顔の妻にそう告げて彼は家を出た。間もなく好天気になる前兆の薄い霧が流れている。牛乳集荷車を引く馬の落としていった糞が、病みあがりの志村の鼻腔に強く臭った。露しぐれの竹むらの下を過ぎ、踏切の手前を右に折れ、土手道をたどると、前方の狭間にサガラナの町が霧に沈んで見えた。志村は軌道をよぎって、採石場あとの池に向かった。この引き込み線はもと、鉄道用の敷石の搬出のためのものと聞いたが、いまでは廃線となって、柔った草に覆われている。彼が小枝を折り、露を払いながら奥に入ると、前から一度見たいと望んでいた池があった。

池の前面は花崗岩からなる崖で、上の岩の裂け目から湧く水が細い滝を作り、石の素肌にはぜながら落下している。足場もしっかりしない堤の先に、かがめば人が入れるほどの洞穴がある。この辺りの人の話では、この池には水の出口はなく、増えたぶんはその洞(ほら)から地下に消えるということだった。志村は放心の態(てい)で、朽ち葉色に澱んだ池の面に目を凝らした。

正午近くになって、低く流れる雲の切れ目から陽光が射すと、まだ体調の整わない彼は目まいをおぼえ、すぐに帰途に就いた。

志村は二十四、五年前、この地方を視てまわったことがあって、あの時の印象と現在とを比べてみた。丘から見下ろせる寒駅は、山谷の線路に沿ったひとすじの町で、これといった産業もなく、週末には近在の農夫が買い物に来ても、町にもたらす収益は知れたもので、サガラナの町の甍(いらか)はふる年月にしたがい、寂びた色を深めていた。

予定よりも遅れて戻った夫に、秋代は人の気も知らないで、という様子で、

「どうしていらっしゃったんですか、ひどく遅いので気になって」

「そうだろうとは思ったが、石切り場まで行ってきた。昔あの辺を通ったことがあるんだ。車が泥道にはまりこんで、牛を頼んで牽いてもらったことがあった」

「聞いたことがありますよ」

「奥地から引き上げる時、適当な土地を探していた頃だ。結局はペードロさんの土地を買ったのだが、あの時、多少不便でもこの辺りで果樹でも植えていたら、おれたちの人生も違ったものになっていただろう」

「あなた、過ぎ去ったことを、あれこれ思ってもどうにもなりません。丈二があんなことになったのも、たぶん先の世からの定めだったのでしょう」

「そのことは言わない約束だったな、つい口がすべって悪かった。ときに話は別だが、近々この家は壊されるらしい」

前にジョゼーから知らされたのを、秋代に話そうと思っていた矢先、風邪で床に就いたままになった。隠しておける事柄ではないので、何気なく妻に話したのであった。

「それはまた、どうしてですの」

「なんでも、新道がつくというので、この土地も必要なだけの面積は取られるらしいのだ。この先の陸橋に繋ぐらしい。ジョゼーが知らせてくれたのだから間違いはないだろう」

「それは、すぐにもですか」

「いよいよになれば、その筋から立退きの命令が来るだろう」

「あなた、また借家を探しますか。あのほうはどうなっていますの」

「まだ少しは持つだろうが、どのみち居食いの身だから……」


A移住地を出て、志村篤介がM市近郊に入植した頃、雨期になると村道は泥の路になり、志村は鶏卵の出荷と飼料運びに苦労した。その後、海岸に抜ける州道が付いてからは、十年一日のような志村の町への往復は、馬車から小型貨物車に変わったが、高速で行き通う車の量も増えて、ひどく危険な道になった。

家の者が心配していた矢先、志村の小型車は追い越しの車に前方をふさがれ、道路わきの草むらに横転した。それ以来、志村は車を息子に任して、家の仕事に専念した。丈二は、隣町から通っている村の小学校の女教師ジュリアに、足の便を図っているうちに、彼女と恋仲になった。息子は両親に紹介するつもりで、ジュリアを家に連れてきた。スペイン系を思わせる細い顔立ちで、美貌で品位はあるが、神経質で高慢なという印象を親たちは受けた。

「はじめまして――」

とポ語〔ポルトガル語〕で、礼儀的な挨拶をすましたきりで、秋代の出した紅茶に口もつけず、丈二に送られて帰っていった。

「丈二が付き合っている人は、あの方ですか」

「そうだ」

「ジョーは結婚するつもりでいるんでしょうか」

「さあ、それまでは知らないが」

「わたし、あんな嫁とは一緒に暮らせませんわ」

「気性はかなり強いらしいが、かえって丈二には良いのではないか」

「わたし、一生のことだから、よく分別するように言ってみます」

「さあ、いまの二世は親の望むような娘をもらうかな」

もとより息子夫婦の仲へ口を入れる気持ちのない志村も、嫁の病的な嫉妬には呆れて匙を投げていた。選卵に雇ってある小娘にちょっと丈二が口をきいていたというので、ジュリアは目を紫色に変えて、夫にくってかかり、何日も話さないことはしょっちゅうで、丈二が外に出て帰宅が遅れると、一騒動起きずに済んだためしはない。

業務用のある薬がM市で手に入らず、丈二がサンパウロ市まで出かけての帰途、事故は起きた。時刻は午後八時を過ぎていた。彼は妻のヒステリーを慮(おもんばか)ってか、異常なほどの速力を出していた形跡があった。

知らせを受けて現場に馳せつけた志村は、握りつぶした紙くずのように変形した車と、すでに変色して黒くなった血のりに染まって、丸くかがんだ肉塊を見た。彼は胸中に薄氷の張る思いで、息子の死を現実のものとしなければならなかった。

丈二の死後、いくらも経たぬうちに、ジュリアは養鶏の仕事は嫌だと言い出した。都会育ちの彼女は嫁ぎ先の家業を前から嫌っていた。――鶏飼いもそう執心するほど利益のある仕事ではないが、丈二は進学をやめてまでも、家業に精をつぎこんでいた。それだからこそ財産を息子名義にしたんだ。この仕事を続けることは、丈二の遺志を継いでやることにもなる。お前が嫌なら経営にあたらなくてもよい、おれもまだ動けんほどの歳ではないからと――、義父母には、知っていても日本語を決して使おうとしないジュリアに、志村はポ語で情を尽くして説いた。

その翌日、ジュリアはどうも気分が沈むからしばらく実家で静養したいと言って帰っていった。

ジュリアの父高塚銀造と志村の気質があって、うまく話し合える仲であれば、志村夫妻の身の振りかたにも、何とか円く解決する方法もあった筈のものが、他人の口から判った高塚の過去と、その粗雑な人柄に嫌悪をおぼえていたのが、大きな災いになった。志村はちょっと見には温和に見えても、狭量の上、ひとたび捩れると梃子でも動かない頑固な性質があった。それがあずかって、志村たちの前途には容易ならぬ深淵が口を開けてきた。

ジュリアが実家に行ってから一ヶ月ほど経ったある日、若い二世と中年の外人の二人連れが志村を訪ねてきた。ふたりは弁護士であった。

「そういう訳でして、わたしどもは丈二さんの遺産相続の相談を受けております。それで相続人はこれを機会に、養鶏場を閉じたいという意向でしてな」

「それは無茶というものです、止めるにしても時期がある。もう十日もすれば産卵をはじめる二千羽の若鶏をどうしようとするんだ！――これは失礼しました。先生がたはわたしの気持ちはご理解にはならないでしょう」

「お気の毒ですが、わたしどもは法律に従って、依頼された用件をもってきただけで、あとはあなたがたで円満な解決をされることを願っているのでして――」

これで肝心の用件は済んだとばかり、二人は車をまわして帰っていった。

「秋代、ジュリアが弁護士をよこしたよ」

「どんな用件でした」

「明日にでも廃鶏買いの山崎が二千羽を持っていくだろうし、おれたちにもここを出ていけという通知だ」

「まあ、何ということを」

思いもよらぬ衝撃を受けて、秋代は貧血を起こしその場に倒れた。

志村が彼の育成した農場を去って、はや一年が過ぎた。高塚の方からは何の連絡もない。M市を出るについてもこっそりと転居してきたので、誰も現在の彼の住まいは知らないはずであった。

その日、サガラナに買い物に行き、戻った志村に、

「車でおいでの方が、母屋であなたの帰りを待っておられます」

と秋代は不安らしく夫に知らした。志村は買い物の袋を妻に渡して、上の家にのぼっていった。白いナンバープレートをつけてこちらに尻を向けているのは、道路局の公用車と志村は見た。裏庭をぶらついていた役人は戻ってくると、

「あなたはここの家主ですか」

そう切り出して志村に尋ねた。

「そうではない、わたしは借家人だが、用件を言ってください」

「ここ一ヶ月以内に、埋め立て工事をはじめますからね、期限内に明け渡してください。今日はその通知に来ました」

役人が帰ってしまうと、秋代は心配の表情を隠しようもなく夫に尋ねた。

「あの人はどんな知らせをもってきたんですか」

「一ヶ月以内に転居せよと言ってきたんだ」

「やっぱり来たんですね」

「まだ間はある。そう慌てることもないが、明日M市へ行ってみよう」

と志村はなるべく穏やかに返事をしたが、何となく心騒ぐ気分になり、吐き気をもよおしてきた胸を

ぐっとおさえた。

　N銀行で預金の残額を調べ、当座の金を出して大戸を押したとき、出会い頭に顔を合わせたのは以前から農場に出入りしていた山崎であった。強いて誘われてバーのコーヒーの立ち飲みの四方山話から、ジュリアがスーペル・メルカード〔スーパー・マーケットのこと〕を「勝利者（ベンセドール）」と名付けて、S市のA街で近日にでも開店の運びというのを、志村は初めて聞いた。

　旧志村農場をマルチン土地会社が買ったのは、前に聞いて彼は知っていた。嫁一族から追い立てをくった老夫婦が、長年にわたって育成した設備に、機械が入って踏みにじられるのを残念がったのではなく、また一介の女教師が亡夫の遺産を元手に、スーペル・メルカードの社長に収まるのを、無念に思った訳でもなかったが、志村はあの女が選（よ）りによって、「ベンセドール」としたのには、意地にでもそのままにしておけなかった。

　志村は思い切ってS市へ足をのばした。案内は知っていたので、すぐにA街に出た。中央公園を少し離れた場所で、店には良い所のように思えた。店舗は大きなスレート葺（ぶ）きの建物で、四つの巻き戸の端から端に張った幕に、「スーペル・ベンセドール　近日開店」とあった。

　志村は新しい店で小型の目覚まし時計を買った。使い捨てのガスライター、洗髪シャンプーの入った細首のプラスチック容器、糸、接着剤などを買い整えて、遅くにサガラナ行きのバスに乗った。

「お前、前から一度恩地さんのところへ行きたいと言っていたが、明日にでも出かけてみないか」

「そうですね、心から私たちのことを気にかけてくれているのは、あの人たちだけですものね」

　秋代は夫の勧めに何か思惑でもあるように感じたが、まだ自分らの身辺の穏やかなうちに、長年親しくした恩地家だけは訪ねておきたかった。

翌日、志村はバス発着所まで妻を送っての帰途、給油所に寄って五リットルの空き缶にガソリンをつめさせた。

志村は工科とは縁のない学業を修めていたが、若い時から機械いじりが好きで、時計のちょっとした修繕や、ラジオの組み立てもできた。一寸の虫にも五分の魂、自分らが消えてなくなる前に、せめて恨みの刃を相手に突きつけなければと心に誓った。半日の作業の後、簡単なものながら彼の望んだ機械ができた。妻の帰宅に時間もないので、志村は実験に取りかかった。任意の時刻に指定の針を決め、次に大小針を五分前にもっていきバネをまくと、余分のものはすべて外されてあっても、目覚まし時計は秒を刻みはじめる。製作者はこの小さな機械が、彼の意思を遂行してくれる自信はあっても、やはり実験の後でなくては何とも言えない。少しずつ移動する長針の先を彼は凝視し続けた。針は進んでぴたりと指定の目盛りにあった。けれども、装置は文鎮のように動く気配はない、――失敗か――と、志村が顔を時計に近づけた時、ガスライターの蓋はカチッと跳ね上がって青い炎を吹いた。

イタクリの山々が青く翳(かげ)りはじめ、サガラナの谷間に薄墨色の黄昏が降りる時刻に、秋代は車で送ってくれるという恩地家の好意をかたく辞してバスで帰ってきた。彼女は訪問先で心からのもてなしを受けた。先方もさすがに同情らしい言葉は慎んでいたが、自分らで出来ることなら相談にのると暗に仄めかされた。それがただの口先だけでないと秋代が思うのには、それなりの理由があった。

もうふた昔にもなるが、この地域に突然ニューカッスル〔鳥の伝染病〕が発生して、恩地養鶏場の鶏が倒れはじめた。近隣の同業者はパニック状態になり、応急処置を講じて、感染を食い止めるのに必死であった。なかでも恩地と昵懇の仲であった某は、病気の出た農場とは接触はできないとして、門に閂を入れまでした。人の噂では恩地はもう破産だろうということであった。志村は当時芋作りで、さして恩地とは深い交際にあったのではなかったが、その人材の埋もれるのを惜しんで、農場再興に必要な資金の一部を融通し、手に余る借り入れは志村が保証人になった故もあって、恩地農場は再起して今日の隆盛を見たのである。

秋代は前から、丈二の嫁に恩地の娘を望んで口にまで出していた。志村も息子に歳の合う三女の時子さんの人柄を好いていたが、申し込めば必ずくれるはずとする、自分らの気持ちに恥じて、つい延ばしていたのは、やはりなかった縁だったのだろう。

秋代が恩地の訪問から帰ってより、夫妻の日常に何となく妙な変化が起きてきた。今まで聞いたこともない小型ラジオを手から離さず、夫はS市方面のニュースを熱心に聞くようになった。朝のコーヒーの後、散歩に出ることもなくなり、自分が自給用の畑の手入れをしている間も、夫がなにかの細工物に熱をあげているのを秋代は知っていた。彼女が不審がって聞くと、

「うん、ちょっと工作をしているんだ。散策にも飽いたからね」

そう言って彼は取りあわなかった。

十日ほど経ったある日、耳からラジオを離した志村は、

「秋代、ジュリアの店はこの二十日に開店するらしいな」

「まあ、そうですか」

「ラジオがニュースを流していた。M市のジュリア・シムラさんが——何とかしゃべっていたから社長だろう」

「あの人なら、そのように望むでしょうね」

「その日には、S市へお祝いに行ってくるよ」

「あなた、お隠しにならなくても、わたしみんな分かっております」

秋代の唇はわなわなと瘧(おこり)やみのようにふるえた。

「そうだろうな。お前に隠していて悪かったが、このことだけは知らないとしておいてくれ」

志村は口では穏やかに言ったが、胸中に激情が吹き上げてきて、妻の肩に手をおいて引き寄せていた。

志村の計画が日読みの段階に入った翌日、鈍い地響きが連続して遠くから伝わってきた。先日、彼がM市からの帰途、バスの窓から見た工事場で多くの人夫が動いていたので、いよいよ埋め立てがはじまったのだと思った。

久しく会っていないフラビオが、ひょっこりと訪ねてきた。そしてこのたびの立ち退きについて、彼の手落ちを謝ったが、この辺りの事情を知らないのは世話人だけではなく、家主も詳しくは調べずに買ったのち、事情が分かるとすぐに他に転売したらしい。いつも持ち主が変わると、ジョゼーが言っていたのはそんな訳らしかった。世話になったフラビオに迷惑をかけたくない志村は、二十一日の午後この家を出ると告げた。

十九日の朝、地域放送のラジオはS市のスーペル・メルカード「ベンセドール」の明日の店開きを知らしていた。

この地方では海岸山脈の夏の天候が崩れて、一日濃霧が去らず気温も下がって、嫌になるほど雨天の続くことがある。

「ベンセドール」は開店そうそう雨の日に遭い、客の入りもまばらであった。夕ざれてきた午後四時ごろ、店内の様子を探るように行き戻りしている男があった。五十がらみとも取れ、太縁の色眼鏡をかけ、濃い口ひげをたくわえ、煙草をくわえている。青い蛍光灯で冴えている店に入ってくると、手荷物預かり所で――壊れ物だから注意してくれ――と言って、ボストン・バッグを渡すと奥に入った。玩具の売り場に行きプラスチックの人形の箱を手にしてくると、計算台で金をはらい、出口でバッグを受け取るとき、男は女子店員に尋ねて、午後八時の閉店を確かめると霧の中に消えた。

午後七時過ぎ、あの男はまた「ベンセドール」に来た。このたびはだぶつくオーバーに身をつつみ、霧に濡れたフェルトの帽子を目深くかぶり、手には何も提げていない。男は前と同じ玩具の棚に寄り、一段と大きな人形が気に入ったらしく、身を乗り出して手に取ったが、その時オーバーの内から小さな人形の箱を抜き出すと、同じような箱の中に紛れさせた。男は勘定をすますとそそくさと外に出て、なおしばらくは影の中から店内の動きを見守っていたが、特に異常のないのを確かめると、足を早めて「ベンセドール」から離れた。

十月二十一日の朝、地域ラジオのニュースは、S市で昨日開店したばかりのスーペル・メルカード「ベンセドール」の全焼を報じた。目撃者の談として、出火は午前二時ごろで、一人いた夜番は閉店後、ふるまい酒によってぐっすり熟睡していて、気付いたときは店全体に火がまわっていて、もう手のつけようもなかったという。警察では出火原因を調べているから、近く調査の結果が出るはずで、このたびの火災では死傷者も類焼も出ていないとも報じていた。

出火の報を受けたジュリアは、父の家から現場に駆けつけたが、ものすごい火勢がスレート葺きの屋根を吹き飛ばし、夜空に火の粉を撒いているのを見て失神してしまった。消火の後、調査官の出張があったが、これという確かな証拠は摑めなかった。

参考人として夜番ほか従業員は質問され、それがジュリアの番になったとき、

「放火犯人は舅です」

と決めつけ、突然に笑い出したので、係官もぎょっとして身を退いたほどであった。

この事件の関係者として、志村夫妻の行方不明が伝えられた。恩地は初めからこの事件を心配していた。彼は何とかして志村と連絡をとりたいものと思った。場合によっては法を越えても夫妻のために動くつもりであった。

先日、訪問してくれた秋代を、バスの乗り場まで送っていった息子の口から、志村はどうもサガラナ辺りにいるように思えるので、さっそく彼は車でサガラナの町に向かった。別に手がかりのあったわけではなかったが、町の入口で踏切番に聞いて、志村の人相のあらましを説明した。

「その人の名はなんというんですかい」

「シムラというんだが」

「シムラさんですか、知らないどころじゃない。わっしの隣の別荘を借りて、たぶん三ヶ月ぐらいおりましたかな。ほれ——あの新道のわきに残っている、ユーカリ樹の下の家にいたんですよ。いまは土砂で埋まりましたが」

「どこにいるか知りませんか」

「パラナ州にいる娘のところに身を寄せるといって、道具類などわっしどもに置いていきました。孫っこなどは大きな人形をもらって喜んでいましたが」

「ええ、パラナへ――」

　恩地はジョゼーへの礼もそこそこに、盛り土の坂を一気に駆け上がって、未完成の新道に出た。一筋の広い赭土（あかつち）の道は、丘陵を切り開いた高台からまっすぐに降りてきて、先の陸橋に繋がっている。

　恩地は樹皮の剝ぎとられたユーカリの樹の下に立った。いま彼のいる位置は、かつて志村夫妻が住んだことのあるところから、何メートルも離れてはいなかった。パラナ州に夫妻の身内はおろか知人さえいないのは、恩地には分かりすぎるほどにも分かっていた。

「志村さん、どこへ行った」

　と恩地は思わず口に出していた。

堂守ひとり語り

「この雨ではさぞお困りのことでしょう。あいにく神父さまはお留守ですが、なあに、かまいませんや、わしの部屋で休んでください。いま灯を入れますから。ご覧の通り一人暮らしの寺男で何のもてなしもできません。さいわい賄いの婆さんが持ってきてくれたポレンタ〔玉蜀黍の団子〕があるので、二人で晩めしとしましょうか。おやりになる、そうでしょうて、お顔に書いてある。いやあ、これは失礼を申しましたな。

ここは旅人が宿にもしないほどに、人見知りの強い村ですが、その気質のままに造っている地酒の良いのが、ごく安く手に入ります。お口に合いますかどうか、まず乾杯といきましょうか。

ほう。それではあなたは外交員でほうぼう歩くほかに、行く先々の風土や俗習などを調べていなさると。うちの神父さまもジオグラとかいう学問にたいへん興味を持っておられます。何ですか、人文地理(ジオグラフィア・)学(ウマナ)といいますか、神父さまは旅から戻られたのち、大きな地図をひろげて、線を引いたり丸を打ったりしておられるとき、わしなど分からないなりに脇で見ていますと、

――のう、ジョンよ。この山のこちらとあちらでは、民の信仰心が妙なほどに違うのだ、どうしてかのう――。

などとおっしゃられることがあります。遠くの見知らぬ土地などは、わしなど見当もつきません。無学な寺男などの答えられる事柄ではありませんが、他国から流れてきた人たちの話では、内陸の奥深いところを「呪われた土地」と言う者もあるほどで、ひどく雨のない国とも聞きました。けれども何とか人の暮らしがたつほどの量はある、それがかえって悪いとは奥地から来た人の話ではありましたが。

短い旱魃(かんばつ)はつねのことで、ひどいのになると一九一七年のようなのが来ます。いやはやあの年の前後は目も当てられぬ惨状だったと聞いています、農民たちはぎりぎりの際まで土地にしがみついていて、いざ

避難する段になって、どの方面に行けば飲み水にありつけるやら、当てもない何十レグア〔一レグアは六キロ〕もの彷徨になります。なけなしの水を集めた五、六本の瓢など、子供連れの家族などでは二日と保ちません。灼けきった荒れ地に迷い出た人たちは、まるで炮烙で炒られる豆のように、数えもできぬ多くの人たちが飢渇に倒れたと言われておりますな。

どうぞ、どうぞ。お好きなら遠慮はご無用ですよ。このケージョ〔チーズ〕はわしの手作りで、チュー公どもに用心しただけあって、一年寝かしますと風味に違いが出ますな。

何か話せ、とおっしゃいますか。さようですな、わしもこの歳までにはいろいろな事件を見たり聞いたりしていますが、これは流れ者から聞かされたもので、いまもって忘れずにいるので、ひとつお話しすることにしますか。

ずいぶんと昔のことです。あれは何年ごろでしたか、砂糖の値がひどく下がって騒いだのは覚えていますが、あの年のことです。旱知らずのこの地もその年は雨が少なくて、天候の異変と言われましたが、雨期になっても雲をともなう東風は吹かず、内陸から熱風が押し出してきましたものの、被害については語り継がれていないのをみますと、いくらかの減収ぐらいですんだのでしょうな。

ところが、奥地ではいつ雨があったものやら、思い出せないほどの月日が経っていました。今日も昨日も過ぎ去った日々、遠い山脈から昇る太陽。昇るにつれて沸きかえる水銀のような玉は、その日いっぱい広野を灼きに灼きます。小石まじりの赤茶けた地所、涸れ川を前にぽつんと建っている貧しげな家、それに付いたいくらかの小屋、追い込みの柵、柴木で囲ったわずかな畑。前には葉を茂らせていた庭の植木も、すっかり裸木になった。そんな影ひとつない、ちりちりと陽炎の立つ昼過ぎの炎暑を思ってみてください。

　このような農場のひとつに、女房に死なれ、母親を亡くしたアニジオという男が、娘と二人暮らしをしていました。その男の土地も適当に雨さえあれば、土壌は肥えているので、玉蜀黍(ミーリョ)、木芋(マンジョカ)、いんげん豆などよく穫れるのです。まあ、何とか雨のあった年は、季節がめぐってくれれば、主食となるマンジョカを掘りおこして薄い輪切りにして日に干します。当座用にはすりおろし焙って缶に蓄えます。甘蔗から作るラッパズーラ〔煉瓦のようにかためた粗糖〕、随意に作れる干肉、豚脂の塩物などを確保しておけば、あとはハンモックに寝て、自然の恵みに満足しておればよいという楽園なのです。けれども神さまがご承知なさらないといいますか、何年かのうちには、ひどく雨のない年が回ってきます。

　その地方は、二年越しの旱魃に底をさらけだした農場の貯水池、井戸まで涸れはじめた小地主の土地、早くも逃げだした人たちのあとは、住居と設備は残っていても、生き物の影はまったく絶えてしまいます。そんな状況のなかでアニジオが、なんとか踏みこたえていたのは、彼の土地の奥にある崖から湧く水に頼っていたからで、言うまでもなく、この旱では家畜のすべてを潤すほどの量が望めないのは道理で、彼も自家の家畜が次々に倒れるのを見捨てていました。アニジオが娘と二人で暮らしていくには、当分の支えにする食料は蓄えていたので、心配はありませんでした。でも、まったく人のいなくなった土地で、小さな家族が生き残っても、財産であり、食料供給のもとになり、交通手段になり、また友でもある家畜がいなくなれば、人間の生存もおぼつきません。

　同じ国と言いましても、海岸に近いこの地方と、遠い奥地とはこうも違うものですかね。恵まれたこの教区では、何代もの神父さまがたの教化で、血なまぐさい事件の絶えたのは有り難いのですが、人々は賢くはなる代わりに信心は薄くなりました。

そりゃあ、聞いたところによりますと、セルトン〔北東部内陸の半乾燥地帯〕では殺伐とした事件がいまだに起きると言いますが、荒れ野を根拠にしているカンガセイロ〔野盗の群れ〕でも、時には町を襲っても、寺院に参り神父に罪の告解をするほどの信心はあるのですな。前に神父さまが言われたのは、そんなところを指されたのでしょうか。

雨はいつ来るともまったく予想もつかないので、アニジオは家を捨てる日のことを考えて、五頭のロバだけは大切に飼って、がんらいは家族の食料であるミーリョ粒に手をつけてから、もう三ヶ月にもなったのです。なにしろ相手は大食いの連中ども、日に日に空になる袋を見ては、何らかの打つ手をせまられていたのです。そんな事情で、彼はどうしても、一度は買い出しの旅に行かねばなるまいと考えるようになったのです。

さきに、アニジオの家族は人煙絶えた辺境に、父娘ふたりだけで踏みとどまっていると話しました。ところが、アルフレードという隣人も頑固に居座っていたのです。この二人の男たちはごく近くに住んでいたのですが、彼らは昔から張り合っている仲で、交際とてはなく、どうかして祭日などで出会っても、顔をそむけるような両人でした。アルフレードには、家柄でも所有地の面積でも押され気味のアニジオは、挑まれた勝負ではなかったのですが、先に逃げ出した者が負けと決めて、男の意地で張り合っていたのです。

この二人がいつごろから不仲になったのか、こんな辺境でまいにち変わりばえのない暮らしをしておれば、隣人とのいがみ合いでもなければ、生きる張り合いもないのかも知れませんて。喩えて言えば、牡山羊の角合わせのようなものですな。それも話の筋として詮索してみれば、どこにでもある恋の怨みというところでしょう。近くの地主の娘をものにしようと、二人で競ったのが尾を引いたわけです。

アニジオは投げやりなところはあっても、気性の走った器用な男で、ビオロン（ギター）の名手で、人の集まる田舎の祭り場などで、『帰らぬ牧夫』や『おお、すげないロザーナ』を弾じて歌えば、聞く者はみんなしんみりと耳を傾けたし、『ひと目惚』『色気旦那』に曲を替えれば、荒くれ男たちに手を打たせて浮かれさすほどの弾き手でした。

他方のアルフレードは、これはもう生まれながらの牛飼いで、愚直な反面、諦めのできない粘着質の性で、陰に絡んだ執心が、これから先に起こってくる事件に関わってくるのです。この地方ではアルフレード一家と事を構えるのを、小地主たちは避けていました。それというのも、隣接した地主の一人が変死しており、その後、隣人の土地が紆余曲折はあっても、アルフレードの父のものになったので、怪しい噂が人びとの口にのぼるようになったのです。

けれども、アルフレード一家だけが陰険だというのではなく、この辺境に根を張っている地主たちの多くは、素姓も分からず、過去をたたかれて埃の出ない者はいないのですがね。

娘はアデリアといいましたが、話としてはこの辺いちばんの器量良しとしときましょう。その娘をアニジオとアルフレードが競い合ったのですな。娘の父親は同じ南部から来たアルフレードの肩をもって、歌などは何の腹の足しにもならんわいと、アルフレードとの結婚を望んでいたのです。そんなわけで、父親に返答をせまられた娘は、馬を出してアニジオのところへ逃げていくという結末になったのです。

世間も広く、学問のありなさる貴方が、一言も口をおききにならず、わしのような田舎者の物語を聞いてくださる。ご退屈ではありますまいか、はい、はい、そういうものでございますか。それでしたら語り甲斐もあるというものですな。

この町では、わしは法螺ふきのジョンで通っています。人によっては、お前の話が真実なら聞いてやろうが、どうせ勝手に発明した嘘だろうと馬鹿にします。ええ、嘘でも良い、本当らしく思わせるようにと、つまり美しい話とか、身につまされる話、不幸な人の慰めになる、または人の世を深く考える道しるべにする。これは良いことを教えていただきました。

かいかいかるかや草の茂みで、ヒョローヒョローピーと鳴く鶉の声を聞いて、かすかな季節の移り変わりを知ると、神父さまのおっしゃったのを覚えておりますが、その鶉の声を聞いて、脂ののったのを焼き鳥にしたいと、舌なめずりするような連中には言ってやりましょう。真実と虚構は紙一重、要するに物語などというものは、心に写った一枚の絵姿、永くその想い出は忘れられないと。へへえ、このわしにも若い時がありましたからな。

また別な人は、それから先はどうなるのかと、やたら筋だけを急がせるのもいますが、これは聞き下手の矢立ての催促というところで、痩せ犬に投げてやった一切れの肉のように、ただ腹の足しだけにペロリと呑みこまれてはたまりませんて。話の面白いところは、この焙った薄塩の干し肉のようなのが上等で、嚙んでいるうちにじっくりと、舌に味が絡んでくるような――。

ちょっと話が横道に逸れましたが、筋をもとに戻しますと……前から相愛の仲だったとはいえ、娘のほうから頼っていったというので、アニジオの男は一段と上がるし、続いて娘っ子は生まれるわで、夫婦は幸せに暮らしていたのですが、あまりの幸福には魔が差すの譬え、アデリアはしだいに弱って亡くなったのです。男やもめになった彼はまったく人柄が変わってしまい、もう人の集まるところに、ビオロンをさげたアニジオを見ることはなくなりました。彼は鬱病のようになって、幼児など関心の外にあったのですが、そのころ、まだ壮健でいたアニジオの母が、孫の世話をしたのです。

娘のシモネが少女期になりますと、母親ゆずりの美貌が目立ってきました。若くして死んだ妻に娘が似てくるのは、アニジオも辛かったのか、娘を邪険にはしなかったのですが、親らしい心づかいや、優しい言葉などはかけなかったのです。ところが、日ごろ病気ひとつしたことのないシモネが、とつぜん寝ついて食事もしなくなったのです。さすがに父親も心配になり、娘を女祈禱師の許に連れていきました。わずか五分ばかりの診察で、父親はお目出度いことだと言われたそうですが、シモネの身になってみれば、祖母は亡くなっており、相談できる同性は一人もなく、もう生きた心地はなかったでしょうに、そうとうに薄幸な娘で、自分の出生が母の死につながったのを知り、それゆえに父は自分に冷たいのだろうと考えたのです。けれども賢く従順な性質だったので、誰を恨むということもせず、これは自分の運とあきらめていたのです。

ところで、アニジオがアルフレードと張り合っていることは話しましたな。すると同じ伝でアルフレードも、アニジオの動きに気を配っていたのです。アルフレードは旱魃が今ほど窮迫していない時期に、家僕の一人をつれて、援助物資の来ているアラブタの町へ出かけているので、農場の溜め池の底が見えてきたとはいえ、あくまで耐乏するとなると、彼のほうがアニジオよりも一日の長があるようでした。

アニジオにしてみれば、ここが正念場として踏みこたえるには、どうしても一度は買い出しの旅に出なければと思いながらも、かよわい娘をともなっての広野の行き戻り、どうしても七、八日はかかる苦しい長旅を考えると、そうすぐには実行はできなかったのです。

降雨を待ち続ける農民の心境は、一日でも早い慈雨の到来を願いながらも、――これだけの旱続きだ、そう思う通りにはならんわい――という期待と諦めの入りまじった複雑な心理で、しだいに日を重ねるうちに、さすがのアニジオも自家の都合などもう考慮しておれなくなり、娘を家に残してでもアラブタへ行こうと決心しました。たった七日の旅だ。娘には大きな甕（かめ）いっぱいの水はある、食料の心配はない、薪も家のなかに積んでおこう。こんな辺境でも怖いのは人間だが、そんな奴は逃げだしているか死んでいるだろう。ここ半年に訪ねてきた者は誰一人いない、アニジオはそのような状況を見た上で旅の予定を組んだのです。さて、出発の準備となると、自分と曳きつれていくロバ五頭分の飲み水を溜めるだけでも、かなりの日にちはかかります。久しく使わず壁にかけたままの鞍をおろし、豚脂を念入りに塗り、弱った皮紐は新しく替え、持っていく食料から火打ち石のような小道具までそろえたのち、アニジオは娘ひとりでも家は守れるよう窓に戸板まで確かめ、突風でずり下がった丸瓦も修理したのです。

旅に出る日、アニジオは牛追い服を着込み、銃は斜めに背負い、自分の鞍には野営のための毛織りカッパを前立てに置き、弾薬の包みや小物の入った袋はふりわけて吊り下げました。続く二頭にはX型の木鞍を負わせ、水樽、皮袋、瓢に詰めた飲み水を積みました。他の二頭には食料を置きました。四頭の面繋（おもがい）に結んだ紐を、アニジオの乗った鞍の後部の金輪に通したのは、主人の望む方向に向かって、五頭の足並みがそろうよう配慮したからです。

このたびの苦難を予想される旅は、アニジオの半生にもかつて経験のないもので、どんな事態に出会うか、彼もあらかじめ知ることができないほどの状況にあったのです。七日間もの父の留守に、胸もつぶれる思いのシモネでしたが、それでも健気に柵の戸を押して父を見送ります。鋼のような荒野の男の心にも、一抹の慈しみの情は湧いたのですが、父は顔にも出さずに、

——おれの言ったことは守るだよ——

と、馬上から声だけはかけたのです。

——父さん——

娘は胸がつまり、その先は何も言えない。父は愁嘆場を打ち切るように、

——やあ——

と声をかけると、馬の腹に拍車をあてました。

もし、お客さま、鶏が鳴いているようです。お疲れなら休んでもらいます。この爺の夜話など、どこで止めてもかまいませんでな、お望みなら、かいつまんで結末だけは申し上げますが。ええ、聞いてやろう、終わりまで続けよと、おっしゃいますか。それでは、わしも熱を入れてここまで話しましたので、続けることにしますか。

そうしてアニジオが旅に出たその日、アルフレードは自分の土地の丘に上がっていました。隣人の農場とは大小の違いはあっても、旱害は同じように襲いかかります。ただアルフレードは、父の代に造った貯水池を持っていたのと、いまだに実権を握っているママ（教育があり、南部の耕地主の娘だという彼女が、なぜ牧夫あがりのアルフレードの父と一緒になって、こんな辺境にやってきたのかは誰も知りませ

ん）の指図で、旱魃のごく初めに、長途ボーア・ビスタまで牛群を送ったのが、彼の得策にはなっていたのです。けれども望みを託している溜め池も、ここ一ヶ月前から底が見えてきました。

もともとこの地方の半乾燥の土地では、財産として家畜を計画的に殖やすのは初めから無理で、ここでは家畜は柵のなかに入れるのですが、奥地では反対で、家とか畑は柵で囲うのですな。まあ言ってみれば、人間の力の及ばないほどに土地が広く、自然のなりゆきに任すというわけです。

そんなわけで旱魃がひどくなると、弱い生き物からしだいに消えていき、骨組に干皮をかぶせたような痩せさらばえた牛馬が、地面に這っているわずかな枯葉も見逃さず、舌でまいて口に入れながら、岩石ばかりの高台まで上がって、石にくっついた灰色の苔までなめて腹の足しにしようとします。けれども刺（とげ）で身を守っている山嵐のようなサボテンだけは、山羊のいかもの食いでもよりつきません。救荒飼料として人が刺を払ってやれば、家畜の飢えだけは防げます。そのような目的もあって、アルフレードはサボテンの植生を調べようと、その高台に立っていたのです。

眼の届く限りに広がる赫（あか）い大地は、今日もまた熾火（おきび）に焙った鉄板のように灼けはじめています。すでに死に絶えた眺望のなかで、青いものといえばサボテンの群生だけで、その先のはるかな北西のほうに望まれるのは、国境の山脈です。

この土地の者であの山を越したのは誰もいないと言われます。景気を見て入りこむ行商人の口から、西のほうへ気の遠くなるほどの旅をして、あの山を越すとその先に大きな河が流れている、南部から汽車というものが来ていて、河岸の都会では毎日がお祭りのように人が動いていると、アルフレードは聞かされたことがありました。

折にふれ、自分はなぜこんな土地に生まれたのかと、彼なりに考えることもあったのです。毎日が汁気もない玉蜀黍の荒挽きの団子、焙った木芋の粉、それに付く焼いた干し肉、食ったあとでは決まって胃が痛んだ。どうせ長くは生きられないだろうから、と思い、「みんなのマリザの家」へ遊びにいっても、帰りは胸くその悪くなるような売女ばかり、命に換えてもと恋したアデリアは、アニジオのものになった。そして一年ばかりで死んでしまった。まるで殺されにいったようなものだが、アデリアにおれが申し込んだときは、お父さんに話してからと言ったもんだ。一人娘だったからな。親父はおれの味方だと思ってつい油断した。その間にアニジオの女たらしが手を出したのだ。

いまでもアデリアは死んだとは思われないし、あの面影は忘れないでいる、畜生め！

日ごろのかたちにならない忿懣が、過去の想いに誘われて、むらむらと怒りの炎となって立ちのぼったのです。感情の捌け口がどこにもない彼は、目の前の大きな石を思いきりの力で押し上げました。ぐらりと浮きあがった石がみずからの重みを支えられずに、急坂を転がっていき、岩に突き当たって飛び上がり、サボテンの幾株かを押し倒しながら、谷底に消えていくのを見送った彼は、何となく気分が軽くなったのです。

おれでもやろうと思えば、この世の終わりまで動く気配のない石でも動かせるのだ。いくら頭で考えても手と足を使わなければ、願望という奴は先方からやってくるものではないと、このようにアルフレードは考えたとしてください。

もとより思慮も浅い牛飼いですから、石の付けた荒々しい跡は自分の力と思い違え、満足した気分になって遠くに目をやりました。するとアニジオ側になっている涸れ川に沿って、風もないのに異常と思える土煙が立っていて、その前方に馬の一団が動いていきます。この困難な時期に馬を曳いて旅立つ者は誰だろうか。アルフレードが疑問をもったのはこのことでした。この地方の四十キロ以内でまだ居座っている家族は、自分の家族とアニジオだけなのは、敵対しているだけに情報があるのでした。

　アルフレードが掌を眼の上にかざして視点をこらすと、騎乗した男が先頭になり、四頭の馬をしたがえ目指しているのは、アラブタの町なのは疑いもないのです。いま彼の立っている丘の下の乾いた川の源は、昔から野盗も通わないといわれた、岩また岩の重なりあった山地で、カヌードスの乱〔十九世紀の末期、アントニオ・コンセレイロを首領とした大がかりな農民の反乱〕の残党といわれるアニジオの祖父が司法の手を逃れて、ひそかに隠れ住んだ土地だけあって、そこから出てくる者はアニジオぐらいだということは、鈍いアルフレードでも推理できるのでした。奴もいよいよ音をあげて逃げだすかと思ったのですが、隊のなかには男ひとりで娘は見えません。うん、読めた。彼はアニジオの行動が理解できたのです。奴は食料の調達に出かけるのだと。それでは娘ひとりで留守をしているのだろうか。この時アルフレードは、自分の人生が何か抗しがたい黒い影の力に摑まれて、強く押し出されるのを感じたのです。

　誰もこんな旱魃が来るとは予想もしなかった二年前のこと。J・コオト大佐〔軍人の階級ではなく、奥地の大地主をたてまつる呼び名、ボスほどの意味〕が農場に滞在しているとの噂が立つと、近辺の地主たちは集まってきて、聖ヨハネ（サン・ジョン）の一夜を騒ぐというのが、この地方の恒例のようになっています。日ごろは大佐は州内で最も豊かな農業地帯の、広大な甘蔗農場で暮らしているのですが、まあ、都合でちょっと身を隠すとか、他に何か思惑でもあってか、気まぐれにある期間、この地に逗留していくのでした。なかには昔ふうに胤（たね）おろしにくるのだと噂する者もいましたけれども、若い者が知り合う社交の場や、地主たちの世間話の場にもなっていたので、大佐が来ていると知ると、馬でまたは馬車を仕立てて、半日がかりの道のりもものともせずに集まるのでした。

その年はアニジオも娘のシモネを伴って、大佐の機嫌伺いに出向きました。女房を亡くしてからの彼は、人の騒ぐところでは楽器は手にしなくなったのですが、たまには娘を祭りに連れ出してやる親心は残っていたのです。

一晩じゅう焚き火をして賑わうので、すぐに親しくなった娘たちから、シモネは歌にもなって流された父と母のロマンスを知らされ、それ、あそこにいるのが間抜けのアルフレードよと囁(ささや)かれ、見知らぬ中年男に目をやると、相手も何となく感じとったのか、こちらを見つめてくるので、彼女は顔をそらして友との笑い話に加わりました。

アルフレードにしてもその日まで、アニジオの娘などに気はかけなかったのですが、人混みの中でも一目ですぐ分かったのは、若い頃のアデリアに生き写しだったからで、いまでもはっきりとおぼえている彼女の眼は、薄い茶色でぬれた瑪瑙(めのう)のようにうるんでいました。シモネのは灰色に青を差した色あいで、虹彩のふちは細い黒糸でくまどられ、瞳は暗くて深い、彼女は自分の魅惑は知らなくても、見つめられた者は深い情をかけられたような印象を受けるのでした。

アルフレードは年甲斐もなく妙に胸が騒いだのです。あの頃はまだ固い蕾(つぼみ)であったが今はどのように艶やかだろう。母親が娘に重なり、過去の思い出で目もくらみそうになりました。

アニジオは旅に出て、いくら急いでも七日はかかる、柵は取り払われ、忘れられない女がもっと若くなって、手の届く枝に熟れてなっている。そのシモネが死ぬほどの思いで、山犬が吠え、梟(ふくろう)の鳴く夜の留守をさせられているのだ。おれがただ手を差し出すだけで、この胸に飛びついてくるはずだ。あとは野となれ山となれ、いま思い切ったことをやらなければ、一生しっぽもあげられぬ負け犬になる。今まで嫁ももらわずに独りで通してきたのも、シモネが、いや、アデリアが忘れられんということだ。彼女も笑顔で接してくれたこともあったのに、アニジオの奴にだまされ、奴が得意のときにあの歌をはやらせ、おれをこけにしたのは許せない、アニジオには半生からの恨みがある。シモネをアデリアの代わりにして情をかけてやろう。怨恨と情欲がアルフレードの頭にうずまき、理非善悪の判断を狂わせてしまったのです。

高台から戻ると、彼は母と唖の家僕の三人で昼食の卓に着きました。サボテンを伐っていって何日ぐらいもつか、いつ天候が変わるか、とかの話題になり、ママが手ぶりで唖に話しかけると、家僕も身ぶりで返事を返しています。そんな話にはアルフレードは上の空で、

——おっ母あ、アニジオの奴、買い出しに行きよった。五頭も連れてなあ。この分だと、奴は戻ってきて、お宅もお困りでしょうからと、豆の一袋もよこすかもしれんて。かわいそうに娘はひとりで留守らしい——

彼はさっき丘から見てきたことを口に出しました。若い頃の色香のまだ残っているアルフレードの母は、息子から話しかけられ、彼女だけに許されているコーヒーをぐっと飲みこむと、目を光らせて息子を見ました。

——いつだえ——

——今朝だ。アラブタへ行ったのなら、七日は帰れない勘定だて——

——フレドよ、お前の心底は読めたど——

――なんでい、おっ母あ――

――息子よ、その年になっても、まだ婆の知恵がいるのかよ。お前の心は女のことでいっぱいじゃろが――

――おっ母あ、おれの気持ち分かってくれたか。いまから娘を連れにいくつもりだ――

――何ということをお言いじゃ、いま行ってみい、娘とあなどると撃ち殺されるぞ――

――おれ、命がけだに――

――そこでだ、アニジオの旅は七日はかかる。途中にあるトンバドールの山坂は難所の一つ、旅人はよく山賊にやられる。唖をつれて三日たった朝、発つがよい。わしの読みはなあ、親さえ片付けておけば、豹(オンサ)の仔でも、楽に手に入るということさ。それにしても、子は親に似たことをするのお――

――親父は何をしたというだ――

――お前もおっ父うの子と言ったまでよ――


三日の後、アルフレードは選り抜きの馬四頭をそろえ、食料、水、飼料を積み、すぐにでも出発できる用意が整ったのです。それまでに彼は家僕に主従だけに分かる手話で説明しておいたのです。唖が理解してにんまり笑ったところでは、狙う相手はアニジオと分かっているようでした。猪でも山犬でも撃ち損ねたことのない、この名手にかかっては、狙われた者の運命はもう決まったようなものです。アルフレードらは老母の立てた細かい計画のもとに、二日の旅をして、トンバドールの狭い山道を扼(やく)して、重荷にあえぎながら上がってくる旅人を待ち伏せるわけです。

父親の形見のウォルサムの懐中時計が午前六時を示していて、もう家を出る時刻になっても、唖はどこにも見あたりません。追い込み柵に行くと、言いつけられた用事は済んでいて、四頭の馬はすぐにでも出発できるようにしてあります。彼は心急くままに家僕の部屋をのぞきましたが、そこにもいません。廊下をはさんで四つもの空部屋のある家ですが、いちばん奥の部屋は母親の居間になっており、アルフレードも何となく近寄るのをためらわれたのです。彼はベランダに出て、階段に腰をおろして、前から疑惑を抱いていた、亡父、母、唖の関係に思いをめぐらしました。もっとも、このたびのような仕事の前には、ふたりして相談すべき何かがあったのでしょうか。

そこへひょっこりと家僕が姿を見せました。不具者にありがちな無表情からは、どんなことがあったのか、うかがい知るのは困難でした。

旅の旦那、眠気覚ましにコーヒーはいかがですか。神父さまが南の都会から求めてこられたものですが、テルミカとかいう瓶でして、便利なもので昼に入れたものが、まだ舌を焼くほどですわい。

ところで、これから先のある箇所は端折ることにします。ここはこの地方の由緒ある寺院でして、昔、奇蹟がありましたとか、いまでも多くの人たちが信心を寄せておられます。本堂には救世主さま、聖母さま、聖人がたの像や姿絵がおいてあります。

このわしは罪深い男ですが、いまはこうして神さまの雑役を務めている身でありますれば、話の筋とはいえ、この聖域で恐ろしい悪行を語るのは慎まねばなりますまい。

ああ、そうでございますか、それではあなたのお許しを得たので、話を少しとばすことにしますが、肝心なのは終わりのほうにありますので、では、もう少しお聞きください。

アルフレードと家僕は家を出てから五日目に、駆け込むように追い込み柵に入りました。

——おっ母あ、上首尾だった。唖の一発で、奴は三十メートルの崖下に落ちよった。五頭の馬も手綱に曳かれて次々になあ——

——誰にも出会わなかったかえ——

——この旱魃だ、誰に会うというだか、トカゲ一匹見なかったで。おっ母あ、いまから娘の家に行ってもいいかや——

——フレドよ、待つだよ、雛っ子は巣の中で、父の帰りを待っていてどこにも行きはしない。もう一日だけ待っていけ、寂しい恐ろしいで、娘っ子はお前に抱きついてくるだろうて。けれども息子よ、あの件だけは性根に据えて寝言にでも漏らすのではないぞよ。唖にもよく言っておくからに——

捕獲された猿のように落ちつかない一日を過ごしたアルフレードは、翌日、馬の支度をして、隣人とはいえ一度も来たことのない土地に入りました。丘の上から見た地形をたよりに、涸れた川床に寄っていきます。馬は用心しながら前脚の蹄の踏みどころを、ごろた石の間に探しながら進む、と二つの岩山が迫り出した間に、いくつもの穴が川床にうがってあり、そこに滲み出た水が空を写して、鏡のように光っています。その脇に土を削って土手にあがれるように小径がつけてあるので、アルフレードは一気に馬をやって、だらだら坂を上っていくと、扇のように前方が開け、背後は岩山に囲まれた、要のところに、アニジオの小屋があります。

石に泥を重ねて積んだ低い壁、波打った屋根に載せた丸瓦の住まい。アデリアはこんな所に逃げてきて死んでいったのだと思うと、昔と今が入り混じり、自分が他人のように思われるのでしたが、あのことをやり、ここに来たのは、シモネが目的だと考え直したのです。

小屋の回りには何の遮蔽物もなく、近づいていって家人にとがめられたときの口上は考えておいたのですが、それでも撃たれる気づかいはあるのです。アルフレードは気にせず馬を庭まで乗り入れました。家に人がおれば飼い犬が吠えてくるのは当然なのですが、彼が声をかけても、小屋の中は寂として、人の気配さえ絶えているようです。

アルフレードは何となく錯誤を感じて、ぐうっと息がつまったのです。大きな失敗をやったのではないか、はたしてシモネはひとりで留守をしているのだろうか、父親が旅立ちに先立って、娘をどこかに預けたのではないのか。ここまで考え及んで、アルフレードは自分の危惧に首を振ったのです。

日帰りのできる範囲内で、彼が娘を預けてもよいと頼れる者など誰がいるというのか。あの日、アニジオの帰れぬ旅を見送った眼には、万に一の間違いはないという確信があったのです。シモネはいる。いるに違いない。死ぬような思いで番犬をおさえているのだろう。アルフレードは戸口に立って、

――誰か――

と呼びかけたのですが、家の中は底無し沼のように、来訪者の声を呑んで何の反応もありません。続いて戸を軽く打ったのですが、やはり何の答えもない。いらだった彼は戸を足蹴りにしたのですが、家は無人のようです。何となく異常な気配に、アルフレードの不審は高まり、家の裏に回ったのです。するとそこに、ひとつがいの山羊がうずくまっていて、眼は空虚に見開いていても、鳴く声を出す気力もないらしく、汚れた剛毛、垂れ下がった顎（あご）、乾いて白くなった舌、これはもう飼い主が何日も構いつけなかったものと思えるのです。

掛け出しをつけた壁に沿って足を運んだアルフレードは、戸板の隙間から内を覗いたのですが、照り返

しの強い日照りの中を歩いてきた眼には、暗い台所の様子は何も識別できません。彼は思い切って腰の山刀を抜き、戸の閂（かんぬき）をはずすと、さっと差しこむ明るみで、台所のたいがいは眼に入ります。床は土のたたきで、真ん中には食卓、一方の隅には竈（かまど）があり、使い切ってない薪の残り、鉄鍋はくどの上に、食器の類は棚にと、荒れ野に住む女たちの習慣のひとつとして、家の中がよく片付いているなどは、土着の彼には別に変わったように思えなかったのですが、何か妙な気配の占めているのは感じたのです。台所の一方は壁で仕切られているので、まだ部屋はあるはずだと考え、家の横に回りました。広くもない敷地なので、崖に寄せて住まいを建てたらしく、壁と崖は狭い露地になって巧まずして少数の家畜なら追いこまれる囲いとなっています。ところが、僻地にはどうしても必要な馬がいないのです。まして娘ひとりの留守居というのに。

不審に駆られた侵入者は、扉を押して柵の中に入りました。崖に向かった壁に用もないと思える小窓があって、板でふさいであります。もうここまで来たアルフレードは、どうしても望みは遂げるつもりで、山刀の先を蝶番（ちょうつがい）に当ててこじると、古い金具はポロリと落ちて、戸がガラリと内側に開いたのです。するとほんの目の前に、縊（くび）れ死んだシモネが吊り下がっていたのです。二匹の番犬も、主人の下にうずくまってこと切れていました。

それから間もなく、待ちに待った雨が来ました。涸れた川にも流れは甦り、農場の溜め池の水位も日に日に上がって、生き残った牛の鳴く声も和やかに、やがてこの僻地も緑の地になるはずなのに、あの生死の境に立たされた飢渇の日の兇行は、アルフレードにはひとつの悪夢のように思われて、その後何ひとつ仕事が手につかなくなってしまいました。家を捨てる日が来ました。

——おっ母あ、おら鬱の虫に食いつかれただよ——

——読みが狂ったで仕方がねえわさ。お前は極悪のことをしてでも、果たそうとした夢があったじゃないか。おっ母あはなあ、自分のできなかったことを、お前に叶えさせてやりたかっただけよ。諦めるだよ、お前は見てはならぬものまで見てしまったでな。好きなようにするが良い、ただ言っておくがな、虫の良い後生は願わんこったぞ——

ああ、もう二番鶏が鳴いております。これでわしの話も終わりとしますで。

ええ、何ですか、近ごろになく身につまされた話を聞いたとおっしゃいますか。まるで見てきたようだと、とんでもない。わしはジョンと申します。サン・ペドロ・デ・カンポベルデ寺院の寺男で、決してアルフレードのような人殺しではありません。

こんな雨の日でしたな、ひとりの男が宿を求めて転がり込んできました。わしの一存で泊めてやりましたが、宿なし男は翌日もう起きられませんでした。食物も水も受けつけない末期の癌でした。わしは神父さまの許しを得て、十日ほど看てやりましたが、この話は、アルフレードという流れ者の死ぬ前に聞いたものので。

はい。その男の無縁塚はつい先頃までありましたが、墓地が手狭くなったとかで、掘り返されました。そうですな、その男が死んでからでも、二十年は経ちましたかな。」

# 神童

昨年、南マットグロッソ州にいる義弟より、わたしの実父の何十年目かの法要を行なうから、ぜひ出席してほしいとの知らせがあった。義弟というのは、父の後妻の連れ子で、当時、彼は十歳で、五つ違いの姉もいた。彼とは父の葬儀の折に会っただけで、以来、時々の書信はあるが、直接は全く会っていない。

父は実子のわたしに望みを絶って、連れ子の彼に志を嗣がせ、死に水も取ってもらい、家代々の供養も頼んだという。出来損ない者として、勘当まではされなかったものの、父の遺志を継げなかった不肖の子として、内心わたしは忸怩たるものがあったが、思い切って出かけることにしたのも、縁者が一堂に寄って顔を合わせるのは、おそらくこれが最後になるだろうと思えたからである。

長距離バスでもよかったが、息子が車で同行してくれることになった。それでわたしは法事の帰途、長く気掛かりでいた、ある母子の墓参ができることになった。

実に人の運命ほど計りがたいものはない。大雨のあと、チョロチョロと流れる水でも、従順に窪みに沿ってゆくのもあれば、阻むものを突き崩してゆくのもある。その時の勢いと環境によるのだろうが、それが将来大きな違いになるとも考えられる。

もし、わたしが孝心のゆえに、父の望みに従って、義妹（二人の連れ子の姉のほう）と結婚しておれば、わたしは義弟を片腕として、現在の彼の境遇になれただろう。

わたしの半生といっても、あとわずかしか残っていないが、義弟に比べて財産つくりでは失敗者である。一介の年金生活者を義弟は見下げるようなことはなかったが、自分の財産を見せびらかす田舎の人の態度があった。広漠とした荒れ野に暮らしておれば、自然を自分の所有とするぐらいの気概がなければ、生きる拠り所を失うことになるのだろう。

わたしは農場で三日を過ごしてみて、不便さと単調には耐えられるとしても、読みたい本の一冊もない生活は考えられなかった。義弟はもちろんポ語〔ポルトガル語〕の読み書きはできたが、日本語でしゃべる会話のなかに、何か一本抜けているものがあったようだ。

わたしも世間なみの成功者になりたかった。けれども、それはある目的のための手段と考えていた。そんな甘い夢が世の中に通るはずもなく、自分の代に何ほどのこともできず、息子に家業を渡して、はじめて好きな道をやれるようになったのは、還暦を過ぎてからであった。ところが、文学や哲学の世界は深遠で限りがない。わたしは歳をとりすぎたのが悔しかった。

法要は盛大に行なわれたが、義弟のもとでのわたしたちは、しょせん異質な他所者であった。帰路に就き、南部への高速道路に入って、やっと解放された気分になった。少し寄り道になるが、昔、わたしが百姓をしていた土地に車を向けさせた。息子には通過するだけの道のりで無縁のところだろうが、わたしには青年の頃からの忘れられぬ思い出のある土地であった。

そこは貧しい痩せ地の入植地で、それに地権に問題が絡んでいた。はじめからあやふやな土地と知りながら開拓する者もあって、住居や設備に金をかける者はなく、他のしっかりした植民地からは「共栄」といえば、うさん臭い連中と見られていた。

村では、後から出てきた地主と、長年に亘って係争していたが、ついに村側が敗訴になり、ある期間をおいて明け渡すよう、裁判所からの命令が来た。

「共栄」では、雑作だけであり、土地もかなり疲弊していたので、村民にはそれほど執着するほどの場所でもなかった。父は、ここだけがブラジルじゃない、と早くも見切りをつけ、マットグロッソ州方面へ友人たちと、土地の視察に出かけたりした。

それは、ほんのひと昔のことのように思えるのに、もう四十年近い歳月を経ていた。わたしは家を出た時から、この旅の目的の一つとして、アバンサ町の共同墓地に立ち寄っていきたかった。そこは改葬するまでの母の墓地でもあった処である。再婚した父が連れ子のある後妻を伴って、他州に移るについて、わたしは良い折とばかり、かねてよりの自分の望む道を選んだ。

後日、父は母の遺骨を身近くの場所に改葬する旨を通知してきたが、当時、わたしは持ち場を離れられない責任ある立場にいたので、出席できなかった。そんな訳で、身内との関わりでの意味は薄いが、永年の宿願とは、ある母子の墓参であった。

高速道路が、もと共栄植民地と思える辺りにかかると、台地からは、P河沿いの低地一帯が眺望できた。ブラジル内陸地のどこでも見られる、牧場とも原野とも見分けようもない広大な土地が、ゆるやかな波状をなして果てしのない地平の彼方につながり、その先は霞(かす)んで見るべくもない。飼育している家畜はいるのか、それらの影は視界には映らなかった。

わたしは車窓に流れる遠景に目をやり、旧宅のあった場所と推定できる辺りをさぐったが、拠り所となる竹むらのようなものさえなかった。車が平地にかかると、遠景は沈み、道路の両側はいじけた矮木に変わり、時おり対向車が一瞬のうちにすれ違うほかは、測量器の意思のように一直線に伸びた、通路を進むだけの退屈な時間が続く。

「マルアナ市まで六十キロ」とある道路標識が過ぎた。それまでに、わたしの立ち寄りたいアバンサの町がある。当時、この町はマルアナ郡に属しながら、町制を布いていた。代理警察官、公証役場、郵便局、医者に薬局、精米所、雑貨店、もちろん教会に小学校はあったので、その付近の百姓はたいていの用件をこの町で済ますことができた。

　わたしが過去のあれこれを脳裏に浮かべ思い出していると、「アバンサ町、入口ここより一キロ」と青地に白く抜いた標識板を見つけて、息子が知らしてくれた。

「ちょっとこの町に寄っていこう。家に所縁のある人たちのお墓があるんだ」

　息子は頷くと徐行しながら、未舗装の田舎道に車を入れた。ひどい道で穴なども避けようもない。下ろして間もない車なので、彼はハンドルをまわしながら、内心では舌打ちしているかもしれないが、ガチャンと車軸が土につくと、苦笑するしまつだった。

　町までの道のりに時間がかかった。ようやく町並みに入って、あまりにも変わった有様に、わたしは茫然となった。何ということだ。アバンサの町は悲しいまでに寂れ果てていた。黒く黴(か)びた屋根瓦、低い波打った軒並み。剝げ落ちたままの漆喰壁、全く人の気のない通り、穴蔵のように奥の暗い居酒屋。コカ・コーラの妙に派手な看板が却って侘しい。

　往昔、この近辺に散在していた、何百と数えた農家はどこに消えたのか。コーヒー、綿、米、豆などの収穫期には、農産物を運ぶ車がひっきりなしに往来した、あの殷賑(いんしん)はどうなったのか。あれはこの地方の開拓期が生んだ、一時の空騒ぎだったのか。

　一日、古物の発動機をうならせて、氷菓子(ソルベッテ)づくりに追われていたバール〔軽く飲み食いのできるスタンド〕、一家に本妻と妾を同居させているという、N宗のはげ頭の洋服屋、――二人の女(ドゥアス・ムエレス・ソン・ボーデー)、だめ――と、無遠慮な外人たちから冷やかされながらも、けっこう商売にはなっていた。

ビタミーナと仇名をつけられていて、蓄膿症で鼻をはらしていた野菜売りの男。それらの人たちは一体どうなっているのか。

わたしを含めて、歳月の波をかぶらぬ者は一人もいない、死者といえども例外ではないのだ。車は公証役場の前を過ぎた。扉は開けられてあったが、ここにも人の気はない。かつてわたしが世話になり、親しくしてもらったB・M氏も、おそらくは亡くなって、店は代替りになっていることだろう。しだいにまばらになる家並みを抜けて少し行くと、共同墓地に着いた。


そこはわたしの思い出と重なる、昔のままであった。ただ瓦を載せた小門があり、墓守りの休む部屋ができていた。ここにも人はいなかった。わたしたちは墓地に入った。古い墓石の台には、草の根付いたのもあるが、まだ石の肌に艶のある新しいのもある。

わたしは旅の目的の一つである墓参で、土肥家の母子、おしげとアキオの墓を探して歩いたが、すぐには見当たらなかった。代々の死者を葬るために建てた霊廟のような墓所もある。わたしには初めての墓参であったが、当時の事件を詳しく知らしてくれた知人の、書簡の内容をおぼえていて、その糸を頼りに、彫像を据えてあるという土肥家の墓碑を確認できたのである。けれどもわりと小さいのは予想外であった。

それというのも、サンパウロ市内の豪華な規模の墓を見慣れているからだろうか。しかし、母子の墓は田舎町の墓地にふさわしいようであった。青銅の像は少しかがんで、木の株に腰かけていた。彫像の襞(ひだ)には緑青(ろくしょう)がふいて、くすんだ全身の像であった。

その像こそ少年アキオが、亡き母をしのんで、粘土で造形したものとは、友人の便りで知っていた。その時の印象をいま回顧すると、作者が母をモデルにしたとしても、聖母像ととるのが一般だろう。聖母は切り株に座り、頭を少し下げて、天の声を受けている姿勢であるが、両手で何か愛しいものを抱いているようすなのは、どういう意味なのか。天のお告げは有り難くお受けしますが、わたしにはまだ見てやらねばならぬ子がおりますからと、地上への愛着を表した、ただの女人像のようにもとれるのであった。

どちらにしても、それは一家をなした彫刻家が技をふるって、芸術品として創った作品ではない。ちょっと見たところでは、古墳から出土した土偶のような感じだが、よく観察すると、神々しい聖母さまというよりは、素朴でなにごとも耐え忍ぶのを徳とした、昔ふうな農婦の像に、わたしの見方は変わっていった。

これはわたしの主観だが、若いころ知っていたおしげにそっくりなのも、妙な感動が湧いてきた。似ている。それも若い女が生きて迫ってきた。


おしげと重作の仲人をしたのは、世話好きなわたしの父であった。おしげは若くして寡婦になり、アキオという男の子があった。一時、実家に戻っていたが、そこも永くはおれない事情もあった。わたしの父は重作の父とは懇意でもあったので、重作の嫁におしげはどうかとの話をもっていった。姉ふたりは片付いていたが、重作はちょっと鈍いという噂があって、嫁の話はどこからもなかったのである。

独り立ちは無理だが、誰かしっかりした後見があれば、大過なく世間は渡れると評される型の男であっ

た。相談をうけた母は、

「土肥さんは立派なコーヒー園はあるし、内福らしいから良いけれど、重作さんでは——」と疑問をもった。

「人は昼行灯というが、おしげさんはしっかり者だから、あれでちょうど合う」

と一人合点して、父は話をすすめた。これは、おしげが初婚なら、到底まとまる縁ではなかっただろうが、彼女もそう自分の好みばかりを選んではおれない事情があった。それに先夫は、頭は切れたが道楽者であった。大きな仕事をやっていたが、仲買人の伯父の代理で、夫の財産というものは車一台もなかったと、夫に死なれて初めて分かった。

「なにしろ、実直な青年ですからな。それに気持ちが鷹揚だ。わしも責任というものを知っていますからな、誰とでもくっつければ良いというもんじゃないぐらいは弁えておる。土肥さんは息子さえ身を固めてくれたら、農園は若夫婦にまかして、自分らは隠居すると言っておられるのだ」

父は足しげく売り込んだので、おしげもついその気になっていった。

父は自慢するだけあって、彼がまとめた仲は五十組を越えていた。そして離婚が一つも出なかったのは、まだ世の中が単純であったからだろう。父はこれもコロニアのためだと自負していたが、ひとつは顔を売りたいのと、謝礼がうれしかったらしい。父はほとんど家にいたことはなかった。その分だけ母が肩代わりしたことになったのだが。

わたしはその頃からでも、同胞とか社会のためにという看板をあげるのに、同意しなかった。まず自己の定立と向上を望んだ。しぜんと父とは反対の観念を育て、将来は父とは違う途を歩むのも致し方ないとも決めていた。
このたびも、父のまとめた夫婦はうまく合った。おしげの見るところ、夫はたしかに物ごとの理解に時間がかかるようだった。理解できないのではない。二回、三回と同じことを聞くので、友人たちから馬鹿にされるのだと分かった。夫婦の行為のことでも、どうしてよいのか迷っていた。おしげが笑って、

「こうして……」

と言うと、はじめて納得できるようだった。おしげは牛の番人になったと思ったが、重作は確かに鈍牛の性であった。それだけに頼れる誠実はあったが、永いこれからの先のことになると、おしげには危惧の念、自分は夫より早くは死ねないとの考えも湧いてきた。幸いにも単純な重作は先入観などもなく、アキオに実父のように接し、子供も義父によく懐いたので、おしげにはそれが何よりも嬉しかった。

おしげは父の世話の礼に、年のうち二回ほどはわたしの家に訪ねてきた。後になって、アキオが母の使いで馬で来ることもあった。

その頃、わたしは彼の通っているアバンサの町の小学校で、アキオが神童で通っているとの噂を聞いた。この国でよくある宗教的な予言や、病気の治療をするわけではないが、なにしろ奇妙な児童だという話だった。九九の掛け算など何日かかっても覚えられない生徒がいるのに、アキオはその日のうちに、ひとつの間違いもなく答えたという。

もちろん、全科目とも学年を通じて百点であった。三年生のとき、教師が生徒に自由画を描かせた折に、アキオは頼んでソニア先生を写したが、その肖像画はいっぺんに町の評判になった。わたしはその絵は見てないが、ソニア嬢が驚いて町の識者に示してまわったというだけでも、子供ばなれのしたデッサン

だったのは首肯してよいだろう。

その頃、何かの用事で、アキオが馬で来たことがあった。わたしと彼とは年齢にかなりの開きがあるので、小父(おじ)さんでもかまわないのだが、彼はわたしを兄さんと呼んだ。アキオは日常に使う日本語は分かり、話しもした。俊敏な彼のことだから、ポルトガル語日本語どちらも、それほど難しくはなかったのだろう。

わたしは彼を釣りに誘った。近くの川に行き二人並んで竿をおろした。わたしの方には手応えが来るし、何匹か揚げているのに、アキオの竿には全く来ないのであった。退屈を持て余した彼は、先生が話したという、旧約聖書の世界創造について尋ねた。児童らしくもない質問なので、どのように答えて良いかと迷った。

――そうか、先生が言うからには本当だろう――と、当たり障りのない返事もできたのであるが、アキオには自分の世界観を隠したくはなかった。それについてはわたしなりの認識があった。

紀元前四百五十年頃、ギリシャのデモクリトスの唱えた唯物論が納得できたし、その頃の論理哲学にも合っていたので、宇宙に存在するすべての物は原子から成っていること、無機物から有機物、単純な生命から人間にまで進化してきたことを、受け売りではあるがやさしくアキオに説明してやった。

「それじゃ、ソニア先生の話は嘘ですか」

と彼はむきになって尋ねてきた。

「嘘だとは決められないだろう。人間はいろいろと考えるからね。先生は信心深い人だから、聖書を信じて話をしたんだね。哲学者でも神を認める人は多いからね」

「それじゃ、どちらが正しいのか、そこが知りたいな」

と、彼が眉をしかめて深刻な表情をしているので、わたしはつい吹き出したくなったが、顔には出さずに、

「これは昔から難しい問題で、物と心をどのように観るかは、こうだという決め手はないのが本当じゃないか」

「人間なんて、案外つまらんもんだね」

アキオは大人のようなことを言う。

「そうでもないぞ、人間は大きな仕事をしてきている。これからも続けるだろうが」

「どんなことをするの」

「まあ——一口に言えば、真、善、美かな」

「シン、ゼン、ビですか」

「そうだ。真とはまことのことだ。善とはよいこと、美とはうつくしいこと、それらを創り出し、見出したりするのは人間だけだからな」

「おら、はじめて聞いたが、何となく解る気がするよ」

日焼けした褐色の顔に、両眼の白目が動いた。

「アキオ、ボクと言えよ。おら、は田舎のじいさんが使うもんだ」

「ああ、そうか」

「ときに、君の絵はえらい評判というではないか」

「うん。上手か、下手かは、自分では解らないが、一度兄さんに見てもらいたいと思っていた」

「それじゃあ、ひとつ僕をモデルにして描いてくれるか」

「いいよ。釣りなんかは付き合いだから、断るのも悪いしね。どうでもよかったんだ」

アキオの癖らしく脇見をして、大人のように威張った口をきいた。家に戻って、わたしの用意した紙と鉛筆で、すぐにさっさと描きはじめた。童顔はむくれたようにこわばり、くるりと見張った眼は、対象を凝視してまばたきもしない。見方によっては憎たらしいような少年だ。養父の重作はときどき彼に叱られるという。

わたしは少年だと軽くは扱えない気持ちになり、体をひきしめてモデルになった。仕事は三十分ばかりですんだ。アキオは憑きものがおちたように笑顔になり、わたしに一枚の絵を渡そうとした。わたしは眼を閉じて右手でそれを受け取り、肘をのばして前に立て瞼(まぶた)を開けた。その時つい唸ってしまった感銘は、いまでも忘れないでいる。

スケッチから伝わる印象は童画ふうな、丸く甘いような味わいがあった。そして、わたしの性格や（生きるに値する人生をおくりたいという）願望が、やや傲慢な形で出ているところがあり、その反面青年らしいロマンを夢見ている若いわたしが、いくらか堅くなっただけによく写されてあった。曲がりなりにもわたしの過ごしてきた半生を、この一枚は予言していたようであった。

「上出来だ、うまいもんだ」

「兄さん、そう思うかい、本当に」

彼はお世辞を言われているのではないかと疑って、わたしに訊いた。わたしが褒めたので嬉しかったのだ。

「本当だとも、誰かに教わったの」

わたしはつい的はずれな質問をしていた。アキオに絵の手ほどきをする誰がいるのだろう。

「ひとりでだあ。草花に風景、犬とか豚なども」

「自然が手本なわけだ」

「まあ、そういうことになるか」

わたしは、アキオの対象の本質を把握し、絵画として表現できる才能に舌をまいた。彼こそ稀にしか世に出ない天才ではないかと考え、何とかその技を伸ばす途を開いてやりたかった。

ところが、わたしの境遇にも一生の途を決めなければならない変化が起きた。その一つに母の脳出血による死があった。父は一年ほどたって、ある寡婦と知り合いになり、再婚したい旨、わたしは相談を受けた。このたびは自分で自分を世話することになった。わたしはつい苦笑したが、反対する理由もないので、父の望みに任した。先方には十五歳の娘と十歳の男の子の連れ子があった。

父のすすめでは、わたしが先方の娘と一緒になれば、都合が良いとも言う。けれども何となく嫌な気がして、わたしはこれを良い機会にして、都会に出てみようと計った。その後紆余曲折をへて、わたしはサンパウロ近郊で職を得た。

アキオに何らかの途を考えてやりたかったが、自分の生活のために精一杯で、他に手を差しのべてやれるほど、世間は甘くなかった。

当時、わたしの身辺には長い年月、身内と親しい人の不幸はなかったのに、わたしの母が亡くなると、死神は踵（きびす）を返してきて、おしげの命の灯を持ち去った。

次に述べるあらましは、わたしが村を離れた後のアキオの消息を知らしてきた、知人の書簡による。おしげを亡くした重作は、毎日の墓参りで、時にはひどく酔って、アバンサの軽二輪馬車屋に送ってもらう始末になった。一方、アキオは崖下の粘土を家に運んでは、水で練り大きな塊にして台の上に重ねた。亡き母の像をつくるのだといい、他のことは何も考えないようで、重作もそれを喜んで期待しているという。このように二人が生活から浮き上がってしまっては、土肥の家も行く先はそう永くはあるまいと村の人は見ていた。

重作の狂った頭からどんな妄想が湧いたものか、息子が母の面影を彫った泥人形を、青銅の全身像に鋳造して墓碑にしようと、墓守りと馬車屋がぐるになり世話することになった。特別注文ということで、田舎では俗語化してまだ通っていた五コントスという金額であった〔第二次大戦前には一コント＝二百円程度。一コントで二町半の荒山が買えた〕。

ここ半年ばかりのうちに、重作は仲買人から借金をするまでになっていた。そんな訳で彼は農園をコーヒー精選工場の主に売るはめになった。人の噂では市価の半値ということであった。

国にしても家にしても、没落するときは実に馬鹿げたことをやり、その結果であることが多い。土肥家も家長がしっかりしてさえいれば、墓碑の一基ぐらい立ててもぐらつくはずはないのに、重作のような男には、おしげの死は鉄槌で頭をたたかれたようなものであった。毎日の墓参り、居酒屋に連れ込まれて酔わされ、財布の金は抜かれる。もしアキオが義父の行動に気をつければ、

「父さん、いくらお墓参りをしても、母さんは喜ばないよ。お祖父さんからもらった農園を草だらけにしては、駄目じゃないか」

というぐらいの忠告はするはずのものが、アキオのように人に優れた才能に恵まれた者は、精神を一点に凝らすと、えてして他のことは意に介さないらしい。

わたしの肖像画さえ十五分ばかりで仕上げ、わたしの中のわたしを、一本の鉛筆からみごとに描いてくれた彼が、優しかった母、いとしい母、誰よりも一番彼の才能を認め、誇りにしてくれた知己としての母、毎晩夢に見る母を、渾身の力をしぼって彫った像だから、重作がおしげにそっくり、それ以上に見たのも当然かもしれない。

「アキオ、母さんの像を建てよう」

「父さん、これは泥だからね、これを型にして銅で造るのだよ」

「ああ、そうか、これを型にして、溶かした銅を流すのだな」

「父さん、うんとかかるかもしれないよ」

「特別の注文だからな、かまうもんか。土地を売ろう」

「僕も賛成だ。永く残るからね」

世間の噂では、重作が墓守りや馬車屋にだまされたというが、前もって親子の間でこのような相談ができていて、二人に持ちかけたとするのも、あながち的はずれでもあるまい。

このような書信があって間もなく、友人からの電話が入って、アキオの不慮の死が知らされてきた。わたしは頭に不意の一撃を受けて目くらみがした。何はさておき葬式には駆けつけてやりたかったが、わたしにはその時、目を離せない病人があって、このたびの墓参までのびのびになっていた。

その後、友人は詳しくアキオの死の前後の事情を知らせてきた。重作は妻の墓碑として、ただ石碑を建てるようなものでなく、息子の制作になる青銅の像を据えるという、大地主のやるようなことに大金をかけて、親ゆずりの農地を手離し、丸裸になったので、村では物笑いの種にして、誰もおしげの墓に詣でるものはなかった。

人々は無一文になった重作親子を相手にしなくなった。土地を手渡す日も近づいてきたので、重作はパラナ州にいる姉を頼って行くことに決まったという。何といっても重作は父の代から村の草分けの一人であり、古顔のなかに発起する者があって、移転の前夜に送別会が村の会館で催された。

会が始まると間もなく天候が変わり、雷鳴をともなう大雨になった。来席した人たちも帰路のことや家族のことに気をとられて、送別の宴にもならなかった。

ところが、雨もやみ皆が帰宅した頃、重作は村中にアキオの不在を知らした。何か変事が起これば、区長を通じて村中に伝える規約になっていたが、この夜中に、しかも明日はもう村人でない者の事件など、舌をならして寝てしまう者もあった。一応は集まった人たちも、捜索は明日早くからと決めた。

あくる朝、家長、青年たちは会館に集まり、組分けなどで相談していると、町の馬車屋が駆けてきて、アキオが母の墓の前で死んでいると伝えた。アバンサの町や村で大きな話題になったのも、アキオが一つの偶像のように注目されていたからであった。町の老医師の診断では、落雷による感電死ということで、皮膚はいくらか黒ずんでいても、まるで眠っているような穏やかな死に顔であったという。

重作は息子を一目見るなり昏倒してしまった。なかでも心から泣いたのは、村の根性まがりで通っているつな婆さんで、

「アキオは仏さまの子だ」

とさえ、言っていたという。おしげが死んで、重作は毎日の墓参り、家はいつも留守なので、隣のつなは様子を見に来ていた。かまどの鍋の蓋をとると、ぷんと臭うので、二人はこんなものを食っているのかと、はじめは親切気で、その日の食べ物を作ってやっていた。都合があってつなは一日休み、翌日、木芋(マンジョカ)の油揚げを一皿持っていくと、アキオはぺろりと平らげた。びっくりした婆さんが聞くと、昨日から何も食べていないとのことであった。

そんなことがあってから、つなは頻繁に土肥家に出入りするようになったが、そのうちつなは少しずつ食料を自分の家に運んだ。

「うちの嫁は犬腹でのう、毎年休みなしじゃ」

と憎まれ口を誰彼なしに触れて歩いたが、つなの家は孫だくさんで、家計も楽でなかったのである。

アキオは痩せてきていた。顔色も青くなり、つり上がった細い眼は妖気さえはらんでいるようだった。彼は台の上に積んだ粘土の塊が、ようやく整って女人像になったのに、近寄っては調べ、離れては眺め、ナイフで切り込み、匙で削っては考え込むなどして、他のことはまったく気にかけないふうであった。

つなはアキオの健康を心配していたので、一方で物をくすねながらも、旨いものを作って持ってきていた。それほどの料理でもないのに、アキオは喜んで食い礼を言ったので、つなは前から望んでいた自分の似顔絵を頼んでみた。少年は機嫌よく応じた。婆さんは歯の抜けた口をすぼめ、すました顔でモデルに

なった。気に入ったら額に入れて、客間に飾るつもりであった。

　旅まわりの肖像画売り（写真をもとに複写したもの）でもかなりの値を言ったが、アキオのはどうせ無料なので、つなの気に入ったのである。

　ところが仕上がった自分の顔を見て、つなは仰天した。いかにも下品な卑しい自分でも愛想の尽きそうな面相に描かれていた。

「アキオ、これおらの面かよ。これでは鬼婆でねえかよ、地獄ゆきの安達が原の黒塚の婆だ」

「おばあさん、安達が原とは何のこと」

「おお、そうじゃ、お前はブラジル生まれじゃから知らんが、おらの生まれた国の近くにある土地でのう、昔は広い荒れ野で、そこに鬼婆が住んでいて、旅人を泊めては殺したという人食いじゃ」

「アハハアー」

「何がおかしい」

「おばあさんはそんな人殺しではないよ。妬みと欲が人よりちょっと多いかな」

「へえ、おらの心はそんなに汚いかえ」

「それは他人には分からないよね。おばあさん自身がいちばん知っているのじゃないの」

　つなは、あんな餓鬼になぶられたと思って、プリプリ怒って帰っていったが、その日に限って食料を服の下に隠して持ち出すことはできなかった。つなはアキオに描いてもらった絵は誰にも見せなかったが、しだいに人柄が変わってきたのは、嫁の話だから真実なのだろう。

不孝者のわたしのこの旅の目当ては、父の法要よりもアキオがこの世に残した、ただ一つといってもよい彼の母の像を見るためであった。彼に描いてもらった素描画は、いまでも大切にしまってあるが、かつてわたしは彼の才能に驚嘆したものであった。年輪もゆかない少年の手になるわたしの肖像画だけでも、その天才は推しはかられるが、アキオの渾身の作品と思える彼の母の彫像は、ぜひ一目見ておきたかったのである。

美術品について、もちろんわたしは素人であるが、一流の作品には必ず観る人を打つ何かがあると確信している。

わたしは不遜なようだが、おしげとアキオの冥福を祈るのと、彫像を観るのを、どちらを先にしようかと迷った。

わたしは今でも若い時からの思想の延長にあって、霊魂の不滅は信じない。どんなに深遠高邁な思想でも、頭脳から出るので、身体の死とともに消えるものと考えている。

しかし、思考や行為の優れたものは永く後世にまで残るだろう。それら天才たちの言行や、それぞれの分野で口伝え、書き残したもの、芸術作品などは、後世の亀鑑となるだろうし、魂を込めたという意味で、その人は生きているという解釈は成り立つだろう。

もし拝むという行為が故人の人格に接するという意味なら、わたしはアキオの作品に向かいたい。おしげの像ならわたしの回想ともなるだろう。

わたしがアキオの作品を観た折の第一印象はすでに述べたので、多くは言わないが、わたしの受けた感動としては、誰の真似でもない純粋な彼の持ち味、ふっくらとしたおおらかな線、うまく表現できないが、どこか深山の奥からただよってくる蘭の花の薫といったものを感じとった。わたしは夭折した天才のただ一つ、公開されている制作品を高く評価したかった。撮影にはあまり良い時間ではなかったが、被写体を何枚かのフィルムに収めた。

あの出来事さえなければ、アキオはまだ高齢というほどではない、才能を伸ばして一流の画家になったか、あるいは途中ですぼんで凡人になったたか。

神から愛される者は、幼くして召されるという。わたしの思考では許されない認識だが、そのことが矛盾でないと思うほど、その制作品からは母を慕う少年の情念が接する者に伝わってきた。墓前に供花し、目を閉じると共栄時代の想い出が浮かんできた。——釣りなどは付き合いだから、どうでもいいんだ、絵をかくのは別だからね——と大人っぽく威張ったアキオがそこにあった。するとにわかに物悲しい気分が胸に湧き上がってきた。後ろ髪を引かれる情を払い、立ち上がって帰ろうとすると、老いた墓守が影のようにわたしの後ろにいた。もちろん重作の通っていた頃の者ではない、何代か代替りしたのちの者だろう。

「旦那、お持ち帰りになるなら、採ってありますが」

とっさのことで、わたしには何のことか、さっぱり理解できなかった。

「この時期は夜露も多いので、ご用には充分役立ちますでな」

「何のことか、分からんが」

「そうですか、旦那はご存じないので。目薬のことでしてなあ。みなさん、この墓にお参りになってお求めになります」

「目薬?」

「へえ、この聖母さまのお顔から出る涙が着物の襞にたまります。それが眼病に効くと言われまして、そりゃ遠方からもおいでになります」

やっとわたしは、老墓守の言う意味が了解できた。彫像から垂れる滴が目に効くとは、どこかの外国にもあるようだ。するとこの地方では、おしげの聖母像は誰知らぬ者もないほどに有名なのだろう。一方、重作は茫々とした移民史のなかに埋まって、生死のほども分からない。

わたしは旅の記念に撮った写真を持っているが、まだその筋の人の評価は聞いていない。賛否どちらにしても、夭折した才能を惜しむわたしの気持ちは慰められないからだ。

# 外地日本語文学の新たな挑戦——松井太郎文学とその背景

西 成彦

アルゼンチンの現代作家のひとりが、二四年近くブエノスアイレスに住んだポーランド人作家、ヴィトルド・ゴンブローヴィッチをとりあげたエッセイのなかで、「わたしたちの文学の多くは、外国語、たとえばドイツ語、英語、フランス語、イタリア語で外国人によって書かれてきた」と自国文学をふりかえったことがある（フアン・ホセ・サエール「外からの視点」）。たしかに『ビーグル号航海記』（ダーウィン）や『ラプラタの博物学者』（ハドソン）から『パタゴニア』（チャトウィン）まで、アルゼンチンを舞台にしながら英語で書かれた諸作品を抜きにしてアルゼンチン文学を語ることは、片肺的である。同じ理由から、ポーランド語でいくつもの作品を残したゴンブローヴィッチの文学をもまた、サエールは、自国文学の「伝統」の一部に加えようとしたのである。こうした考えはまだまだアルゼンチンにおいて少数派だが、アルゼンチンが国民国家として成長していくなかで多くの外国人を受け入れた以上、これは必要な視点なのだと思う。

同じことはブラジルについても言えるはずである。たとえば地理学者A・フンボルトや文化人類学者レヴィ＝ストロース、あるいは亡命ドイツ語作家S・ツヴァイクを、ブラジル文学の枠から締め出すのは、どう考えてももったいない。そして、このような探検家や研究者、一時的逗留者の著作を「国民文学」のなかに組み入れる構想がありうるなら、移民たちの「外国語」での表現にも当然目が向けられてしかるべきなのである。

ブラジルにポルトガル以外からも移民が殺到するようになるのは、ブラジルが独立を果たし、開放的な政策が打ち出された一八二二年以降だ。その後、ヨーロッパからはドイツ人、スペイン人、イタリア人が続々と移り住み、当時のオスマン帝国からもシリア人やレバノン人（さらには同帝国のユダヤ人）の移住が盛んになる。ブラジルの経済的な自立にあたって彼らが果たした貢献は大きかった。また、一九世紀末の奴隷制廃止後は、労働力補充のために、新しくアフリカ大陸（ポルトガル領アンゴラやモザンビーク）からの移住が盛んになり、これと並行して導入が検討課題とされたのが日本人移民だった。同じころ、東欧のポーランドやロシアからもユダヤ人を含め、移住が増えた（これは北米やアルゼンチンでも同じである）。そして、こうした新移民のあいだで、ポルトガル語習得前の移民たちの文学が、少しずつブラジルに根づいたのだった。そして、なかでも文字能力が高く、文学創造の意欲に富んでいたのが、日本人、そして東欧ユダヤ人だった。

二〇世紀、欧米諸国でのユダヤ系作家の活躍には目ざましいものがあった。ドイツ語圏ならカフカ、ロシア語圏ならバーベリやエーレンブルグ、英語圏ならソール・ベローやマラマッドなど、名前を挙げだせばきりがない。これに東欧ユダヤ人の言語であるイディッシュ語で生涯書きつづけたバシェヴィス＝シンガーを加えれば、現代イスラエル文学の陣容を質・量ともに圧倒するディアスポラ・ユダヤ人作家群の全体が見えてくる。

ブラジルにおいても、ユダヤ系文学の存在は可視的である。二〇世紀初頭以降、南部の南リオグランデ州に集住するようになった東欧ユダヤ人は、イディッシュ語の媒体を準備して同胞の集う場所を提供し、新移民を受け入れる当座の受け皿を設けることに意欲的だった。そうしたなかで、世界各地のイディッシュ語メディアとの交流も盛んになり、イディッシュ語を介した国際的なネットワークが成立したのである。しかし、第二次世界大戦前後の戦争難民の到来を最後に、新移民の到来はごく散発的なものとなる。二世以降のブラジル化も進んだことで、イディッシュ語メディアの重要性が失われていくとともに、入れ替わるようにしてユダヤ系のポルトガル語作家が台頭する。代表的な例を挙げれば、南部出身のモアシル・スクリャールがそうである。同じユダヤ系でもクラリセ・リスペクトルのように出自にこだわらない作家もいたが、スクリャールは、第二次世界大戦中、ドイツ系ブラジル人との「内戦」を演じたユダヤ人の少年群像を描いた『ボンフィン戦争』（一九七二）や、ポーランドから娼婦として南米に売り飛ばされたユダヤ人女性をクローズアップした『回流』（一九七五）などで、ユダヤ系ブラジル作家の旗手として躍り出た。移民の同化過程を描くには、移住前夜から同化までのプロセスを丹念に描くことが必要である。スクリャールは、まだまだイディッシュ語に依存しないことには生きていけなかった移民一世の生をも精力的に描こうとした。そして、その際に、父や祖父の世代が生み出したイディッシュ文学の遺産にも当然のことながら敬意が払われたのである。ポルトガル語で書くことは、当面、読者市場を国内に限定することを意味したが、その作家が一定の地位を築きさえすれば、その作品は英語その他の各国語にも訳されて、現代を代表するユダヤ系作家の一人として数えられるようになる。

日本人移民の場合も、二〇世紀初頭の草創期を経て、一九二〇年代以降、日本語メディアが乱立するようになったあたりまでは同じだった。ただ、日本の場合には、ユダヤ人の場合と違って「内地」という言語文化の大きな中心があり、そこへ「外地」（上海の租界や満州を含む）や「南方」（シンガポールやジャワ島など）の日本人進出地域が日本語文学の未来を切り開くという形になった。ブラジルの日本語メディアは、そうしたアジアでの動向を強く意識しながら、日本人同胞の共通語としての日本語に依存・執着した。ユダヤ人の場合には「ディアスポラの文学」であったものが、日本人移民の場合には「外地の文学」という形をとった。それが第二次世界大戦までの状況である。

ところが、ホロコーストという悲劇をやりすごすことのできなかったユダヤ人が、イスラエルの建国（一九四八）という現実を前にして、移住（＝帰還）か現地残留かという選択肢の前に立たされたように、敗戦国日本から来た移民たちもまた分岐点の前に立たされた。日本国家への忠誠を優先するか、ブラジルに忠誠を誓うか。戦後のブラジルにおける「勝ち組」と「負け組」の抗争は、言い換えれば、そういった二者択一をめぐる動揺と対立だった。「勝ち組」支持者の多くは、日本への帰国や日本軍占領地への再移住に希望を見出そうとしていた。要するに、ブラジルを「外地」以外のなにものでもないと考えたのが「勝ち組」であり、逆に、ブラジルが日本人移民にとっての「ホスト国」であることを思い切って認めようとしたのが「負け組」だったのだ。そして、「勝ち組」と「負け組」の抗争にはけっきょく決着がつかないまま、そこへは新たな移民が日本から送りこまれてくることになる。「外地」への進出ではなく、あくまでも異国に新天地を求めるという覚悟で移住を決意した戦後日本人たちである。このあたりから、ブラジルにおけるユダヤ人メディアと日本人メディアの運命は大きくかけ離れてゆく。

というのも、東欧からの移住が途絶えたユダヤ人コミュニティのあいだでは、同化傾向が強まると同時に、ユダヤ人アイデンティティのよりどころとなる言語も、東欧ユダヤ人の言語であったイディッシュ語からイスラエルの国語であるヘブライ語へと切り替わった（ユダヤ人学校での必修外国語にヘブライ語がとりいれられる）。こうしてブラジルにおけるイディッシュ語は急速に存在理由を失った。

それに対して、新たな移民を受け止める必要に迫られた日本語メディアは、活発な活動を再開した。戦前移民であれ、戦後移民であれが、日本語で結びつき、日本語で表現しあうというスタイルには、新しく「コロニア文学」の看板がかけられ、ブラジルの日本語文学は、かつてのような「内地」に対する従属意識や他の「外地」に対するライバル意識から解放されて、独自の道を歩み始めたのだった。こうした「コロニア文学」の奮闘は、逆に、スクリャールのようなマイノリティー系ブラジル文学の台頭を遅らせる一因になったかもしれない。日系のブラジル作家は、ぽつぽつと誕生しつつあるが、スクリャールのように、一世たちの文学営為を着実に踏まえたポルトガル語による移民文学の創造は、まだまだ日系人のあいだでは萌芽状態にしかない。

ブラジルの日本語文学は、日本語と日本文学の確かな知識を要するため、どうしても一世が主力を形成することになるのだが、結果的に、そういった一世作家のなかから、二世以降の日系人を描く文学が生み出されるようになった。たとえば、このたび、主要作品が日本国内に紹介されることになった松井太郎の文学は、そのような文学として理解すべきである。

その小説の登場人物は、ほとんど日本語とは無縁に暮らしている。会話文も大半が本来はポルトガル語であるということに注意すべきだ。「うつろ舟」の主人公は、英語の話せる通訳を道案内にブラジルの奥地までやってきた日本人の撮影隊に対して、「写真に写されるのは、おっかねえ、器械に命を吸われるというではねえか」と「土着人の迷信」を使いながら、取材を拒むが、これを聞いた日本人の取材班のひとりは、主人公が日本語を理解するとは想像もできないまま、「訳の分からん、山猿めが。退化して面まで似ていやがる」と「日本語」で捨て台詞を吐く。主人公は、それをどこまで聴き取ったのかどうか、まったく取り合わない。ともかく、彼はひとことも日本語を口にしないのである。

つまり、松井太郎の文学は、日本語で書かれてはいるが、日本語で語りかけてこようとするような「よそ者」に対しては、懐かしさを覚えるどころか、ほとんど殻をとざしてしまう、そんなブラジル人の物語なのだ。ただのブラジル人以上に、日本人がなれなれしく言い寄ってくることへの違和感をむき出しにする、そんな日系ブラジル人をこそ、松井太郎は主人公に据えている。このような日系ブラジル人の姿は、日本語ではなくポルトガル語でこそ書かれてしかるべきであるような気もする。しかし、ブラジル奥地の日系人を大自然の一部のようにとらえようとする日本人と、ブラジル以外に居場所はないと感じている日系人のあいだの越えがたい隔絶を強調したいなら、日本語を用いて日本の読者にまっすぐ向かっていくのが正攻法だろう。

かつて、朝鮮や満州や台湾の日本語文学のなかには、「内地」を相対化し、「内地日本人」を「私たち」ではなく「彼ら」のカテゴリーのなかに追いやろうとするような文学が、いまにも生まれようとしていた。「内地」出身者さえもが、そうしたアイデンティティに根ざした郷土色を、単なるエキゾティズムを越えた日本語文学の新しい形として模索していた。それが日本植民地主義の最終段階だった。敗戦、そして植民地喪失の結果、そうした日本語文学の変異体は、けっきょく実を結ばないままに終わったが、それがブラジルに生き延びたということは、十分にありうる話である。

移民文学の主題が一世世代の異国体験に留まっているかぎり、その文学は日本文学の範疇にとどまったままだ。逆に、二世以降の暮らしが現地国の言語で書かれるときには、その現地国の多文化主義的な国民統合原理に従属する形での現状容認に向かう傾向が強まる。たとえば、東欧ユダヤ人一世のイディッシュ語作品と、スクリャールのような二世作家のポルトガル語作品を見ていると、そういった対比が鮮明である。ところが、松井太郎の文学は、そのいずれでもないところに成立している。それは日本文学でもなければ、ブラジル文学でもない。「日本人であることを止めた元日本人の文学」ということにでもなろうか。

ブラジルには、早晩、「日系ブラジル人の文学」という新しい範疇が成立するだろう。そのときは、移民一世の日本語ばかりでなく、日本に「デカセギ」に出た日系人がそこで習い覚えた日本語をも新しい要素に加えながら、それはあくまでもブラジル文学として書かれるだろう。それを考えると、ブラジルの日本語文学は、そうした新しい文学が誕生するまでの「つなぎ」のようなものだ。しかし、松井太郎の文学に特徴的なアイロニーは、ひとまず日本人に向けられたものである。

最初に名前をあげたアルゼンチンのポーランド人作家、ゴンブローヴィッチの作品は、ポーランド語で書かれているかぎり、アルゼンチン文学であるより前に、まずポーランド語文学（ポーランドの亡命文学）なのであった。それを敢えてアルゼンチン文学として位置づけるかどうかは、アルゼンチン批評家たちの度量と判断にゆだねられている。同じように、松井太郎の文学はひとまず日本人読者が正面から受け止めるところから始めなければならない。そこにこめられた挑発とアイロニーは明らかに日本人に向けられている。そして、その作品がブラジル文学としても認められうるかどうかは、あくまで次の話である。

◆「うつろ舟」をはじめとする松井太郎の作品については、黒川創『国境』（メタローグ、一九九八）、および池田浩士・責任編集『文学史を読みかえる⑧〈いま〉を読みかえる――「この時代」の終わり』（インパクト出版会、二〇〇七）所収の拙稿「ブラジル日本人文学と「カボクロ」問題」に言及がある。また、田所清克＋伊藤奈希砂『ブラジル文学事典』（彩流社、二〇〇〇）には「第8章：近代主義」の末尾に「ブラジルの日系コロニア文学」の一項が設けられ、ブラジル日本語文学の全体像が素描されている。

# 辺境を想像する作家――松井太郎の世界

細川　周平

松井太郎（一九一七年神戸生まれ）は、一九三六年（昭和一一年）に親に連れられてブラジルに渡った。マリリア、モジ・ダス・クルーゼスなどで農業を営んだ後、現在ではサンパウロ市西部に長男一家と住んでいる。還暦を迎える頃に子どもに仕事を譲って以来、悠々と好きな文筆活動に専念し、ブラジルの日本語文学界では最も個性的で、多面的な書き手となった。遅咲きではあるが、九〇歳を越えた今日も、あと数作温めているものがあると語る。日系ブラジル人の文学活動はこれまでその外ではほとんど知られてこなかった。本書は松井太郎の代表作五編を集め、稀有な作家の一端を日本の読者に紹介することを望んで編集された。同時に北米の日本語文学に比べて遠い存在である南米の日本語文学への関心が高まることを期待している。なお本書は自費出版の『松井太郎作品集』を底本に一部の表記を整え、原著者と編者の文通にもとづき若干の書き換えを加えた。サンパウロ在住の映像作家岡村淳氏に、直接質問をお願いした事柄もある。

大正期に移住の波が終わる北中米、戦後に本格的な移住が始まるボリビアやパラグアイなどと異なり、ブラジルは中断期を含めて半世紀にわたって日本移民を受け入れてきた。戦前一九万人、戦後六万人の移民に、日本語の高い読み書き力を受け継いだ数万の二世が、比較的大きく、持続的な日本語共同体を築いてきた。そして、充実した出版界を形成してきた。本国の例にならい、ほとんどの新聞雑誌は読者文芸欄（特に俳句と短歌）を持った。また短詩の結社が一九二〇年代に現われ、三〇年代には会報を発行した。草の根文芸活動の浸透は日本語の文化的な特徴といってよい。松井のように、小学校しか出ていないが、若いころから本の虫で、徳冨蘆花、芥川龍之介、谷崎潤一郎らを読み漁り、六〇歳を超えて出版のあてなく小説を書くというような農民（「神童」の「わたし」には若干自伝的な要素が漂う）は、他の言語社会では考えにくい。四畳半ほどの小部屋が寝室兼書斎で、壁には岩波文庫を中心に古今の文学書を並べ（新しいところでは村上春樹）、簡素な折りたたみ式のスチール製の椅子机で執筆している。質素を旨とする信条がよくわかる。

一九〇八年（明治四一年）に始まったブラジル日本移民は、一九一六年には謄写版の週刊新聞『南米』を持ち、既に俳句、詩、随筆を読むことができる。一九二〇年代前半には新聞三紙が刊行され、文芸愛好家に場所を提供した。身辺雑記、望郷、性欲処理のような筆のすさびが小説の始まりだったが、三〇年代には本格的な作品が発表されるようになった。新聞は懸賞募集をかけ、振興をはかった。一九三二年から三七年にかけての『伯剌西爾時報』主催「植民文学短編小説」募集は重要で、第一回の講評によると、明治風の美文調、情愛物、日本を舞台とした作、開拓民の苦労話、生活報告文などが集まった。読み物としての面白さを採るか、「イデオロギシュな着想」を採るかで迷ったが、後者を優先し、現実の真実を捉えた作品を表彰したという。おそらくこのあたりが、日系移民社会内部を描く現実主義というその後の移民小説の主流を決めたようだ。農村の三角関係、人種差別にもとづく殺人、結婚の失敗、日本人会の争い、移住の経緯、こうした深刻な題材が三〇年代には書かれた。一九三七年にはサンパウロ市在住の文学青年が初の総合文芸同人誌『地平線』を発行するものの、財政的な理由で三八年には休刊せざるを得なかった。一九四一年には日本語出版が禁止され、文芸の芽はいったんつぶされた。

一九四六、七年には新聞、雑誌が復活し、いずれも読者文芸欄に力を入れた。長い抑圧からの解放感がページから立ち上った。本国の出版物の輸入が制限されていたことも文学界の高揚感につながった。一九五三年に戦後移民が開始、一九六〇年代後半は戦前戦後を通じて日本語人口が頂点に達したと思われるが、その時でさえ文筆業は成立せず、相変わらず、新聞や農業雑誌が募る文学賞が小説の主な発表場所だった。一九五六年には戦後の三大紙のひとつ『パウリスタ新聞』が文学賞を設け、多くの書き手の登竜門となった（一九九一年まで）。一九六〇年には『農業と協同』がそれに続いた（一九七一年まで。その後『のうそん』が一九七九年より開始し、継続中）。戦前移民と戦後移民、あるいは一世と二世の軋轢、勝ち組負け組抗争、異民族結婚、一代記など、移民生活を現実的な設定で描く短編が、小説の主流となった。

日本からの新来者が激減し、日本語社会の先細りが誰の眼にも明らかとなるなか、一九六六年にブラジルの日本語文学史上最も活発だった雑誌『コロニア文学』が創刊された。短詩の雑誌は非常に多いが、小説が中心を占める文学同人誌は『地平線』以来のことで、それまで新聞と農業雑誌に寄生していた小説が独立を果たしたと会員は胸を張った。『コロニア文学』によって初めて移民による小説を歴史的に捉える視座が確保され、コロニア文学会は読み継がれるべき作を『コロニア小説選集』全三巻に集めた。『コロニア文学』は一九七七年に終刊するが、一部の会員は『コロニア詩文学』（八〇年創刊）を立ち上げ、一九八四年ごろから小説の割合が増していく。同誌は一九九九年に『ブラジル日系文学』と改称し、現在も続いている。雑誌の寄稿者の高齢化は顕著だ。移民とは何かを問うような重たい作は減り、通俗的な筋立てと文体が好まれるようになった。一方、世紀が変わる頃には、雑誌の制約（枚数、題材）を受けず、自費出版（あるいはインターネット）によって個性的な長編を著わす作者が現われた。文筆が生きがいであるにせよ、趣味の域を超えるわけではない。しかし創作を趣味とする老人が数十名は生き残っているところに、日本語文芸の草の根の力を思い知らされる。

書き手は例外なく熱心な読み手でもある。日本からの書籍雑誌は最初期から日系雑貨店の店頭で農具や種や日本食品やレコードと並べて販売されていた。三〇年代には日系書店が成り立つほど需要が高まった。その遠藤書店の広告によれば、総合雑誌、婦人雑誌、読み物雑誌、農業や生活の実用書、教養書、趣味書、文学などが輸入された。本好きにとって、サンパウロに出る楽しみのひとつが本漁りだっただろう。本国の値段よりかなり高くても、他には代えがたかった。一九六〇年代には小さな古本屋のんき堂が、サンパウロの日本人街に店を構えるほど本の流通量が増えた。内省的な小説を著わす薮崎正寿が店主で、文学サロンのような場所だったと聞く。現在では数軒の日系書店がサンパウロに店を出し、日本の総合雑誌、婦人雑誌、編み物本、コミック、文庫本、ベストセラー、ブラジル関連書の他に、ポルトガル語のマンガやその画き方指南書、格闘技や生け花の解説書などを売っている。

次ページの表のように、松井太郎は七〇年代から一定のペースで作品を発表してきた。作品はすべて自ら装丁、製本した函入りの『松井太郎作品集』に収められている。ワープロ原稿の電子複写で、九〇年代半ばから順次発行されている。ノンブル（ページの数）とルビは手書き、各巻の表紙は茶色系の紙に題名と作者名を書きこんだ白い用紙を貼る様式に統一され、薄茶の箱に収められている。私が二〇〇八年八月に贈られたものには青い紐がかけられている。その時には七巻だったが、その後二巻が追加された。自筆の挿絵がところどころに配置されている。九〇年代以降、ブラジルではワープロを利用した自費出版が多くなったが、ここまで手作りにこだわった人は少ない。書物愛の賜物であり、配布部数はわずか二〇部前後という。三〇年以上にわたって小説を書き続けた書き手は日系ブラジル社会では稀だ。また彼ほど作風の広い書き手も珍しい。年代分けをするに値する唯一の作者であろう。大作の「うつろ

表　松井太郎作品一覧

| 出版年 | 題名 | 初出雑誌 | 作品集 |
|---|---|---|---|
| 1966.5 | ひでりの村 | 『農業と協同』179 | 『ある移民の生涯』 |
| 1970.7～1970.8 | ある移民の生涯* | 『農業と協同』229-230 | 『ある移民の生涯』 |
| 1975.8 | 狂犬 | 『コロニア文学』27 | 『ある移民の生涯』 |
| 1979.1 | 遠い声** | 『パウリスタ年鑑』1979年度 | 『うらみ鳥』 |
| 1980.1 | うらみ鳥 | 『パウリスタ年鑑』1980年度 | 『うらみ鳥』 |
| 1982.3 | アガペイの牧夫 | 『のうそん』75 | 『ある移民の生涯』 |
| 1983.9 | 廃路 | 『のうそん』84 | 『神童』 |
| 1984.1 | 土俗記 | 『コロニア詩文学』17 | 『うらみ鳥』 |
| 1985.5 | 金甌 | 『のうそん』94 | 『うらみ鳥』 |
| 1987.12 | 山賤記 | 『のうそん』108 | 『ある移民の生涯』 |
| 1988.1～1994.6 | うつろ舟 | 『コロニア詩文学』27-33 39-47 | 『うつろ舟』 |
| 1990.1 | 堂守ひとり語り* | 『コロニア詩文学』36 | 『神童』 |
| 1994.1 | 年金貰い往還記 | 『コロニア詩文学』48 | 『うらみ鳥』 |
| 1995.6 | 位牌さわぎ | 『コロニア詩文学』50 | 『うらみ鳥』 |
| 1995 | 野盗一代 | 書き下ろし | 『ある移民の生涯』 |
| 1996.6 | 高砂 | 『コロニア詩文学』53 | 『うらみ鳥』 |
| 1997.7 | 神童 | 『コロニア詩文学』56 | 『神童』 |
| 1998.1 | 虫づくし | 『コロニア詩文学』60 | 『神童』 |
| 2000.11～2002.11 | 宿世の縁 | 『ブラジル日系文学』6-8 | 『宿世の縁』 |
| 2003.3 | 犰狳物語 | 『ブラジル日系文学』13 | 『宿世の縁』 |
| 2003.12 | コロニア今昔物語 | 『ブラジル日系文学』15 | 『コロニア今昔物語 コロニア能狂言』 |
| 2004.12 | コロニア能狂言*** | 『ブラジル日系文学』18 | 『コロニア今昔物語 コロニア能狂言』 |
| 2004 | ジュアゼイロの聖者 シセロ上人御一代記 | 書き下ろし | 『ジュアゼイロの聖者 シセロ上人御一代記』 |

*　岡村淳氏の公式サイト「岡村淳のオフレコ日記」内「孤高の作家・松井太郎の世界」（http://www.100nen.com.br/ja/okajun/000182/index2.cfm）に掲載。

**　集英社『すばる』2008年8月号に掲載。

***　所収の「結納ぬすっと」が、岡村淳氏による「移民を撮る 移民を書く」最終回（ラティーナ『月刊ラティーナ』2008年12月号）に収録。

舟」と「宿世の縁」を切れ目にすると、作風の変化を一望しやすい。

前期（一九六六年〜八九年）。処女作から「うつろ舟」第一部まで。一世を物語の焦点とする点ではコロニア（日系ブラジル）文学の主流にしたがっている。大雑把にいって、日系共同体内の摩擦に絞った作品（「土俗記」「金甌」「山賤記」「うらみ鳥」「廃路」）と、日系社会の外や縁（へり）、また辺境で生きる一世・二世を描いた作品（「ひでりの村」「ある移民の生涯」「遠い声」「アガペイの牧夫」）の二つの群に分けることができる。松井らしさが表われているのは後者で、代表作「うつろ舟」はその頂点と見てよい。

中期（一九九〇年〜二〇〇二年）。「うつろ舟」第二部を完成させながら、九〇年代には自身の分身と思しき老一世を主人公とする連作に取り組んだ（「年金貰い往還記」「位牌さわぎ」「高砂」）。その集大成が妻の死を機会に書かれた「宿世の縁」で、上の三作と重なる過去を語りながら、取り残された寂しさを描いている。ブラジルでは自分史的な創作は非常に多く、主流に取り込まれたような感を抱くが、その一方で、日系人がまったく登場しない「堂守ひとり語り」「野盗一代」のような異端にも走っている。こちらはブラジル北東部の民話や口承詩を翻案したような特異な作風を打ち出して、辺境物の発展形といえる。

後期（二〇〇三年〜今日）。北東部物の延長で、民話、口承詩の色合いが強い「犰狳（タツー）物語」と「シセロ上人御一代記」を著している。後者は翻訳だが、その文体は講談調で、松井のブラジル文学観を刻み込んでいる。そのかたわら、中世文学に形を借り、戦前移民の生活を面白おかしく描いた「コロニア能狂言」「コロニア今昔物語」を発表している。初期移民の苦労話は飽きるほど聞かされてきたが、松井はそれに説話のごとき装飾をほどこし、軽みを加えて品良く料理している。まとめれば、（一）「移民小説」（日系社会内の物語）、（二）私小説、（三）辺境小説、（四）滑稽小説、この四つのカテゴリーの作品を松井は残してきた。この他に木芋庵（木芋はマンジョカ芋のこと）の名で七五調の戯れ歌を数編発表している。到達のレベルは違うが、石川淳のような硬軟自在の作家をふと連想させる。

物語作者として彼ほど成熟した作家は、ブラジルでは他に見ない。履歴書的な類型から離れ、殺人事件や古典のパロディを使って読み手を引き込むような技巧が光る。彼の静かな存在は、ブラジルの日本語文学の最後の光芒のように思える。現実主義におおいつくされたかのようなブラジル移民文学の、別の可能性を終盤になって示し、たそがれる太陽の残光がひときわ眩しく見えるように、その最後の特異点として輝いている。

「うつろ舟」は日本人が自分にとっても、他人にとっても「日本人」でなくなる臨界点を、奥地の大河を舞台に描いている。河は「流れる」ことを最も鮮やかに視覚化した自然の事物で、洋の東西を問わず、時や人生の隠喩として活用されてきた。「うつろ舟」は河の文学の白眉で、豊富な水が母性的で性的な生命力の根源として描かれている。また血の問題が物語の中心にある。継志もイレネも一族の血が弱くなっていることを自覚している。エバの「野性の血」を継志は頼もしく思うが、血液性の風土病に斃れる。イレネがエイズで死ぬ唐突な結末は、血の物語の結末にふさわしいかもしれない。

作者自身は「貴種流離譚」と分類している。継志はエバと初めて出会った時、日本人かと問われて、「血はなあ、だがここの者だよ」と答える。血よりも地を重く見ている。それでも彼女に関心を持ったのは、「土俗化した移民の裔（すえ）」と一目でわかったからだった。日系人を頼りに生きるわけではないが、「同類」のよしみを無視しない。日系社会の外で生きながら、民族的な共感を忘れない。ほとんど同化（「土俗化」）を果たしたが、心には収まりきらぬ人種的異分子、日本人意識が残っている。生活上は民族的境界線の外に飛び出しつつ、意識の上ではその外周を経巡っている。三度の墓参の場面は、死者を厚く弔う松井の倫理をよく表わしている。それは日本人というより、生者としてすべきことと継志は心得ている。書き足し分では彼の墓が後代の見知らぬ日本人によって訪れられて、物語の円環を閉じている。継志は不運を自覚しながらも、敗北感はない。土着化を積極的に選び取ったわけではないが、矜持を失っていない。「あまりに分別臭く行儀がよくなり過ぎ」（伊那宏）という声は、このあたりから生まれてくるだろう。

「狂犬」は家父長に逆らえなかった息子が、父権を確立できぬまま息子に殺される物語である。「うつろ舟」の継志は、日本人妻と離縁した後、日本人の血の混じった女に愛情を持ち、その息子を育て裏切られたが、「狂犬」の東吾は非日系混血女性と遊び心で関係し、その不実の子に殺される。彼女との関係は妻君江に知られ、その自殺未遂を招く。夫婦関係はそれ以来うまくいっていない。二人の間の一人息子もあまり大切にされていないようだ。東吾は父を超えることも、父になることもできない。息子を一目見て、居酒屋の老主人は父親に実に良く似ていると感心するが、妻の君江は誰かに似た面影を感じるだけで、誰だかははっきりしない。フロイト流に読めば、彼女の眼は夫の容貌を認めたが、無意識はそれを否認した。夫の結婚前の行状は彼女の記憶から検閲されていた。

因果応報の悲劇の真ん中に、アンナが置かれている。養鶏場の跡取りの嫁になるはずが、不実の子を産まされ、村を追い出され、樵と結婚するも先立たれ、息子を人殺しにし、狂死させる半生。十数年ぶりに東吾に再会した時、彼女は「衣食の苦労を知らぬ階級に住む一人の男」と呼び、彼は逆に美少女の面影を失った醜さから、アンナを識別できなかった。人種だけでなく階級の落差も二人の間には横たわっている。

「廃路」は息子の財産を乗っ取った日系混血の嫁に対する静かな復讐譚で、冒頭から胸に何かを秘めた老人のふるまいが読者を引っ張っていく。夫の無言の怒りをすべて察した妻、二人にかつて恩を受けた養鶏農家、懇意の踏切番が、篤実な志村の性格を明るみに出す。控え目だからこそ「勝利者」に対する怨念の深さ、最後の行動の大胆さが際立つ。求めた家がもとから撤去を予定されていたのも、ブラジルではありがちな詐欺で、蒸発するにはもってこいだった。これは次の「堂守ひとり語り」と反対に、復讐に成功する話。

「堂守ひとり語り」は松井の北東部物の第一作にあたり、日系人は日系人について書くという暗黙の前提を覆した。北東部は一六世紀からヨーロッパ人が入植（侵略）し、大農園、奴隷制、植民地支配の原点といってよい。地域の風土を、特徴的に表われているのが、物語の舞台となる内陸部の荒地（セルトン）で、旱魃のたびに農民が集団で出て行く極めて苛酷な生存条件に置かれ、独自の習俗、文化が育まれてきた。国の歴史に欠かせない地の果てとして想像され、たくさんの文学、絵画、映画が、土地の極端な貧困と独特の生き方を活写してきた。

二人の男の競合意識、嫉妬が復讐心に火をつけた殺人、女の略奪の試みと失敗——ブラジルの地方主義文学にありそうな筋立てを第三者による一人語りで追っている。初出誌では翻案物のようだと評された。問わず語りは「ある移民の生涯」以来、松井が好んできた形式である。アニジオの祖父はカヌードスの乱（一八九六〜九七年、アントニオ・コンセレイロに率いられたバイーア州奥地の千年王国的な農民集団カヌードスが、政府軍と対峙した大規模な叛乱）の残党で、人馬も通わぬ僻地に隠れ住んだと設定されている。ちょうど西日本の平家部落を想像すればよい。そんな不毛で危険な土地への愛着が、悲劇の発端である。復讐の陰にいるのがアルフレードの母で、口のきけない従僕と関係があるらしいし、過去の不幸ないきさつの見返しを息子に肩代わりさせているらしい。もうひとつの書かれていない関係はアニジオとシモネの間柄で、二人に近親愛があっても不思議がない状況にある。シモネの自死は父のお告げによるとも解釈できる。セルトンならありうる筋書きである。

村は身近な事件が即興歌になる口承共同体で、アニジオはそこのオルフェウスだった。七五調の俗謡で野趣を盛り上げる手法は、処女作「ひでりの村」以来時々用いられている。松井には北東部の口承民衆詩（一部は小冊子に印刷されて街頭で紐にぶら下げて売られていることから「紐の文学」と呼ばれている）を浪花節調で自由訳したものや、それに擬した創作詩もある。ブラジルの文豪を読み、翻訳した移民はある程度存在するが、民衆詩に入れ込んだ者は他に知らない。松井の特異な文学的気質の一端がうかがえる。

「神童」はブラジルの民衆的な聖母信仰を日本的な菩薩（か観音）信仰に重ね合わせた異色作で、最後の場面にいたって民衆カトリシズムが強烈に読者に迫ってくる。拝む側の信仰によってふたつの顔を見せる、隠れキリシタンのマリア観音を想像させる。少年は聖書に懐疑的な子どもだったが、彼の彫塑した母の像には宗教を越えた聖なる力がみなぎり、「母を慕う少年の情念」にあふれていると感じられた。像には知恵の足りない重作の妻への思いも込められている。この鈍牛には愛情のこまやかさはない。それでも妻の死は「鉄槌で頭をたたかれたようなものであった」。聖なる愚者に近い。アキオの追慕と芸術性と重作の純情が合わさって初めて、聖母像は完成した。聖母と崇められる彫像の陰に、忘れられた犠牲者がいることを「わたし」は知っている。誰もが疎んじた人生の敗残者にも、ひとつは世に残す仕事があった。惜しまれて死んだ神童だけでなく、重作を「茫々とした移民史」のなかで供養するところに、松井太郎の同胞観が表われている。これは彼の初期作品から一貫している。

現在、日本は移民を送り出す国ではなくなった。日本移民の文学がこれからなお書き継がれる可能性は薄い。ブラジルの二、三世のなかにポルトガル語作家が少し現われているが、彼らは一世の書いたものを読めないし、日本や移民への関心は概して乏しい。日本では縮小気味とはいえ文学界は内部で充実し、海外の日曜作家まで目が届かない。一世が日本語で書いたものは、日本からもブラジルからも孤立している。言語的な孤立は、移民の生活と文学の最も基本にある条件である。いくらデジタル技術がコミュニケーションの距離を無化したと宣言しても、いわゆる「距離の僭主政」は物理的な現実では終わらない。日本は遠い、ブラジルは遠い。一九世紀末から二〇世紀半ばまで継続した移民は、遠さを否応なく引き受けた。「遠い」場所に暮らしても、「近い」場所はある。大半のブラジルの書き手は近いところに題材を採った。松井はその慣例から出発しながら、日系社会の外へ物語の世界を広げ、遠いブラジル北東部の民間伝承までたどりついた。暴力、殺人、復讐のような読み物風の筋立て、寓話を用意しながら、血と地の問題をつきつける。主要人物は概して貧困と孤独を友とし、生活は自制に向かうが、自嘲ややけに走らず、自分の意思に任された小さな余白に存在の重みをかける。インターネットで読める「ある移民の生涯」は松井的人物の典型をよく示している。無名の移民とその子孫の供養は執筆の根本的な動機だ。辺境の倫理といったらよいだろうか。

松井太郎はブラジルの日本語文学史のなかではかなり特異な存在だ。日本移民であることを強く意識しながら、同族がブラジル社会のなかで消滅していくのを当然の流れと見ている。それを惜しむでもない。消えゆく宿命を負いながら、一世として無名の同胞に灯明を捧げることを、自分の文筆の務めと考えている。当人は面白い話を書きたかっただけと謙遜するが、多くの人物の貧困と孤独のなかで静かに「筋を通す」生き方は、日本の読者にも、汗と涙の定型に収まらない移民像を結ばせるに違いない。本選集が言語的な孤立のなかで書く孤高の作者の存在を日本の読者に知らしめ、他言語によって包囲された母国語が持つ力について考える一助になれば幸いである。

〈著者〉

## 松井　太郎（まつい・たろう）

父貞蔵、母きよを両親として、一九一七年神戸市に生まれる。日本の国籍は今も保持。一九三六年、父の失業を機に、一家でブラジルに渡った。サンパウロ州奥地で農業に従事。一家は四年後には二五ヘクタールの小地主（ミニフンジオ）となった。

第二次世界大戦、またその後のコロニア社会の動揺を大過なく切り抜ける。

意見が合わなくなった父に勘当され、妻・子どもを連れて新しい生活を始める。過労がたたって病を得たが、気候のよいモジ・ダス・クルーゼス市の郊外に移り、病気から回復。妻と息子の働きによって、安定した生活ができるようになった。後日、息子がサンパウロ市に移り、スーパーマーケットを出したのを機に隠居。

生来、文芸に親しんできたが、隠居後に創作活動を開始。年一作ぐらいの割で創作し、コロニアの新聞・同人誌に投稿を重ねてきた。

現在もサンパウロ市に在住、なお創作活動を続けている。

〈編者〉

西　成彦（にし・まさひこ）

一九五五年生まれ。立命館大学大学院先端総合学術研究科教授。専攻は比較文学、ポーランド文学。

著書に、『ラフカディオ・ハーンの耳』（岩波書店、一九九三）、『イディッシュ　移動文学論Ｉ』（作品社、一九九五）、『森のゲリラ　宮沢賢治』（岩波書店、一九九七）、『耳の悦楽　ラフカディオ・ハーンと女たち』（紀伊国屋書店、二〇〇四、芸術選奨文部科学大臣賞新人賞受賞）、『エクストラテリトリアル　移動文学論II』（作品社、二〇〇八）など。

訳書に、ゴンブローヴィッチ『トランス＝アトランティック』（国書刊行会、二〇〇四）など。

細川　周平（ほそかわ・しゅうへい）

一九五五年生まれ。国際日本文化研究センター教授。専攻は近代日本音楽史、日系ブラジル移民文化論。

著書に、『サンバの国に演歌は流れる　音楽にみる日系ブラジル移民史』（中央公論社、一九九五）、『シネマ屋、ブラジルを行く　日系移民の郷愁とアイデンティティ』（新潮社、一九九九）、『遠きにありてつくるもの　日系ブラジル人の思い・ことば・芸能』（みすず書房、二〇〇八、読売文学賞受賞）など。

**うつろ舟**　ブラジル日本人作家・松井太郎小説選

2010年8月13日　初版発行　　　定価はカバーに表示しています

著　者　松井　太郎
編　者　西　　成彦
　　　　細川　周平

発行者　相坂　一

発行所　　　松籟社（しょうらいしゃ）
〒612-0801　京都市伏見区深草正覚町1-34
電話　075-531-2878　振替　01040-3-13030
url　http://shoraisha.com/

装丁　西田優子
印刷・製本　モリモト印刷（株）

Printed in Japan


ISBN978-4-87984-285-5　C0093